15 contos escolhidos de Katherine Mansfield

Seleção dos textos de
FLORA PINHEIRO

Tradução de
MÔNICA MAIA

1ª edição

EDITORA RECORD
RIO DE JANEIRO • SÃO PAULO
2016

CIP-BRASIL. CATALOGAÇÃO NA FONTE
SINDICATO NACIONAL DOS EDITORES DE LIVROS, RJ

M248q

Mansfield, Katherine
    15 contos escolhidos de Katherine Mansfield / Katherine Mansfield; seleção Flora Pinheiro; tradução Mônica Maia. – 1ª ed.
Rio de Janeiro: Record, 2016.
280 p.

    Tradução de: Selected Stories
ISBN 978-85-01-10819-7

    1. Conto neozelandês (Inglês). I. Maia, Monica. II. Título.

16-33608

CDD: 828.99333
CDU: 821.111(931)-3

15 contos escolhidos de Katherine Mansfield, de autoria de Katherine Mansfield. Primeira edição impressa em setembro de 2016.

Texto revisado segundo o novo Acordo Ortográfico da Língua Portuguesa.

Títulos em inglês dos contos desta coletânea:
"Bliss" (1918), "*Je ne parle pas français*" (1918), "The Garden-Party" (1922), "A Cup of Tea" (1922), "The Daughters of the Late Colonel" (1920), "The Fly" (1922), "A Dill Pickle" (1917), "The Little Governess" (1915), "The Doll's House" (1922), "Prelude" (1917), "Pictures" (1919), "*Feuille d'Album*" (1917), "The Escape" (1920), "Taking the Veil" (1922), "Miss Brill" (1920).

Design de capa: Mariana Taboada.

Todos os direitos desta edição reservados a Editora Record Ltda. Rua Argentina, 171 – 20921-380 – Rio de Janeiro, RJ – Tel.: (21) 2585-2000.

Impresso no Brasil

ISBN 978-85-01-10819-7

Seja um leitor preferencial Record.
Cadastre-se no site www.record.com.br e receba informações sobre nossos lançamentos e nossas promoções.

Atendimento e venda direta ao leitor:
mdireto@record.com.br ou (21) 2585-2002.

Sumário

Prefácio da tradutora	7
1. Êxtase	11
2. *Je ne parle pas français*	29
3. A festa no jardim	65
4. Uma xícara de chá	85
5. As filhas do falecido coronel	97
6. A mosca	125
7. Picles de pepino	133
8. A jovem governanta	143
9. A casa de bonecas	163
10. Prelúdio	173
11. Cenas	231
12. *Feuille d'Album*	243
13. A fuga	251
14. Vestir o hábito	259
15. Srta. Brill	265

Prefácio da tradutora

A escritora neozelandesa Katherine Mansfield, bonita, talentosa, inteligente e célebre por seus contos, era uma mulher de saúde frágil e morreu de tuberculose aos 34 anos. A confissão de sua colega Virginia Woolf, a papisa da literatura modernista britânica dos anos 1920, dá a dimensão do talento de Katherine: "Eu tinha inveja de seu texto, talvez o único texto do qual tive inveja." Outras grandes autoras também tiveram.

A literatura de Mansfield se move entre os universos paralelos de seus personagens, sejam eles geográficos, culturais ou psicológicos. É a partir deles que a autora repercute sua experiência fracionada entre a herança familiar da Nova Zelândia colonial e a realidade europeia do período posterior à Primeira Guerra Mundial, quando foi viver definitivamente em Londres, aos 20 anos. Mas sua obra guarda atualidade e frescor surpreendentes, como o leitor contemporâneo pode degustar nesta coletânea de contos publicados entre 1915 e 1922.

Nestes contos, a autora relata mudanças marcantes na trajetória de seus personagens, com fatos perturbadores decorrentes de acontecimentos mais ou menos triviais, sejam estes resultado da inexperiência de uma moça em sua primeira viagem internacional; a busca desesperada por trabalho; a crueldade infantil; o preconceito social e a luta de classes; o tédio conjugal; a traição no casamento; a bissexualidade; o consumismo; a vaidade entre pretensos representantes da cena cultural. Com minúcia e poder descritivo comparável à linguagem cinematográfica, Mansfield recria ambientes, mobiliários, figurinos, refeições, aromas, músicas, elementos que ambientam os impasses de seus personagens – indivíduos imersos em refinadas nuances emocionais expressas nos fatos e nas contradições que os movimentam. As descrições dessas cenas são tão fidedignas que podem remeter os leitores de hoje ao capricho visual das melhores produções audiovisuais contemporâneas.

Influenciada por um dos mestres do conto, Anton Tchekhov, Katherine Mansfield privilegia pessoas comuns: balconistas, cantoras decadentes, senhorias gananciosas, donas de casa, crianças agitadas, empregadas furtivas, pretensos artistas, pequenos empresários ou cidadãos do mundo aparentemente sem história. Eles experimentam uma ruptura afetiva, emocional ou social, e são suas epifanias que coroam essas narrativas com uma prosa aparentemente simples, mas repleta de ritmo poético e assonâncias sem equivalência na língua portuguesa. Não é simples traduzir Katherine Mansfield, que, no passado, já teve sua obra vertida no Brasil por referências literárias, como os escritores Érico Veríssimo e Edla Van Steen, ou a poetisa Ana Cristina Cesar.

Alguns dos contos de Mansfield criam enigmas ao assumir descrições que por vezes beiram o fantástico, como em "Prelúdio". Este conto é parte da tríade de contos longos, cuja intenção seria formar uma novela curta, que incluiria "A casa de bonecas". Este último também integra esta coletânea e reporta-se à infância, abordando a desigualdade social de maneira dilacerante. Nele, a autora analisa as reações aos preconceitos sociais desde a mais tenra infância. "A festa no jardim", também inspirado na infância da autora na Nova Zelândia colonial, trata de forma aguçada a perda da inocência imposta por códigos sociais.

Já "As filhas do falecido coronel", calibrada como uma sátira às neuroses familiares, tratadas em perspectiva ora trágica ora cômica, também conta com recursos do fantástico. Por sua vez, a comédia rasgada "*Je ne parle pas français*" nos revela o que se passa na mente de um gigolô que posa de escritor e tece uma ácida crítica social, além de expor a tradicional oposição entre a cultura inglesa e a francesa. "Uma xícara de chá" critica o consumismo e a alienação por meio de uma ruptura no cotidiano de uma *socialite* londrina. Aborda também o narcisismo e o assistencialismo na Inglaterra pós-vitoriana, nos primeiros arroubos dos loucos anos 1920.

O icônico "Êxtase" ("*Bliss*"), traduzido anteriormente no Brasil como "Felicidade", é um clássico que captura a potência da prosa de Katherine Mansfield. A ousadia, o ritmo, o desenrolar dos acontecimentos, o colocam entre os mais famosos escritos da autora, que produziu joias literárias como "Srta. Brill" e tantas outras narrativas emocionantes, cujas filigranas influenciaram até mesmo uma autora brasileira do porte de Clarice Lispector:

> (...) aos quinze anos, com o primeiro dinheiro ganho com trabalho meu, entrei altiva, porque tinha dinheiro, numa livraria, que me pareceu o mundo onde eu gostaria de morar. Folheei quase todos os livros dos balcões, lia algumas linhas e passava para outro. E, de repente, um dos livros que abri continha frases tão diferentes que fiquei lendo, presa, ali mesmo. Emocionada, eu pensava: mas esse livro sou eu! E contendo um estremecimento de profunda emoção, comprei-o. Só depois vim a saber que a autora não era uma anônima, sendo, ao contrário, considerada uma das melhores escritoras de sua época: Katherine Mansfield.*

---

*LISPECTOR, Clarice. *Aprendendo a viver*. Rio de Janeiro: Rocco, 2004.

Se os contos de Mansfield marcaram a escrita de Clarice Lispector desde a juventude ou causaram inveja em monstros consagrados como Virginia Woolf, reeditar e divulgar essa obra, que se mantém atual e pertinente, após um século de criação, merece aplausos.

Mônica Maia
Maio de 2016

1

Êxtase

1918

Embora tivesse trinta anos, Bertha Young ainda passava por momentos como aquele, quando queria correr em vez de andar, dar passos de dança subindo e descendo da calçada, brincar de rolar um aro, jogar algo para cima e apanhar no ar ou ficar parada e apenas rir – à toa –, simplesmente rir à toa.

O que fazer se você tem trinta anos e, ao dobrar a esquina da própria rua, de repente é tomada por uma sensação de êxtase, êxtase absoluto! – como se tivesse engolido um pedaço luminoso daquele sol da tarde e que ardesse em seu peito, irradiando uma chuvinha de centelhas em cada partícula, até cada uma das pontas dos dedos...?

Ah, não há maneira de explicar isso sem soar "embriagada e confusa"? Como a civilização é estúpida! Por que ter um corpo se é preciso mantê-lo fechado em um estojo como um raro, um raríssimo violino?

"Não, isso a respeito do violino não é exatamente o que eu quero dizer", pensou, ao correr degraus acima, tatear na bolsa em busca da chave – que ela esquecera, como sempre – e chacoalhar a caixa de correio.

– Não é bem isso, porque... obrigada, Mary. – Ela entrou no vestíbulo. – A babá já voltou?

– Sim, Madame.
– E as frutas, chegaram?
– Sim, Madame. Chegaram.
– Pode trazer as frutas para a sala de jantar? Vou fazer um arranjo antes de subir.

A sala de jantar estava escura e bem fria. Ainda assim, Bertha tirou o casaco; não podia suportar aquele aperto nem mais um instante, e o ar frio envolveu seus braços.

Mas em seu coração ainda permanecia aquele local luminoso e brilhante – aquela chuva de pequenas centelhas espalhando-se. Era quase insuportável. Ela quase não ousava respirar por medo de intensificá-la, contudo, respirava, respirava profundamente. Quase não ousou olhar para o espelho frio – mas olhou, e o espelho lhe devolveu uma mulher radiante, sorrindo, com lábios trêmulos, com grandes olhos escuros, e um ar de escuta, de espera por algo... divino... e ela sabia que algo aconteceria... inevitavelmente.

Mary trouxe as frutas em uma bandeja, uma tigela de vidro e um prato azul, muito bonito, com um brilho estranho, como se tivesse sido mergulhado em leite.

– Posso acender a luz, Madame?
– Não, obrigada. Estou enxergando muito bem.

Havia tangerinas e maçãs com manchas rosadas. Algumas peras amarelas, macias como seda, algumas uvas verdes cobertas por um brilho prateado e um cacho grande de uvas púrpuras. Estas, ela comprara para que combinassem com o tom do novo tapete da sala de jantar. Sim, isso parecia muito improvável e absurdo, mas foi exatamente por isso que as comprara. Na loja, ela havia pensado: "Preciso ter algumas em tom púrpura para que a mesa combine com o tapete." E isso parecera fazer sentido naquele momento.

Quando terminou de fazer duas pirâmides com aquelas formas arredondadas e brilhantes, ela se afastou da mesa para avaliar o efeito, e realmente era muito interessante. Como a mesa escura parecia se dissolver na penumbra, o prato de vidro e a tigela azul pareciam flutuar. Era tão incrivelmente bonito, de acordo com seu humor daquele momento, claro... e ela começou a rir.

"Não, não. Estou ficando histérica." Pegou a bolsa e o casaco e correu pelas escadas acima até o quarto do bebê.

A BABÁ ESTAVA sentada em uma mesa baixa dando o jantar à Pequena B, após o banho. O bebê usava uma camisola de flanela branca e um casaquinho de lã azul, o cabelo fino e escuro estava penteado, preso em um rabinho engraçado. Ao ver a mãe, ela olhou para cima e começou a pular.

– Agora, minha linda, coma tudo e seja uma boa menina – disse a Babá, movendo os lábios de um jeito que Bertha conhecia, e aquilo significava que mais uma vez ela viera ao quarto do bebê no momento errado.

– Ela se comportou bem, Babá?
– Ela foi um docinho a tarde inteira – murmurou a Babá. – Fomos ao parque e, quando a tirei do carrinho, um cachorro grande apareceu e colocou a cabeça no meu joelho. Ela agarrou a orelha dele e puxou. Ah, devia ter visto.

Bertha quis perguntar se não era muito perigoso deixá-la agarrar a orelha de um cachorro desconhecido. Mas não ousou. Ela se levantou olhando para as duas, com as mãos caídas ao lado do corpo, como a garotinha pobre diante da garotinha rica com a boneca.

A menina a olhou outra vez, fitou-a, e então sorriu de um modo tão encantador que Bertha não conseguiu evitar pedir:

– Ah, Babá, me deixe terminar de dar o jantar dela enquanto você arruma as coisas do banho.

– Bem, Madame, não se deve trocar a pessoa que cuida dela quando está comendo – disse a Babá, ainda falando baixo. – Isso a deixa agitada, é bem capaz de perturbar o bebê.

Como isso era absurdo. Por que, então, ter um bebê se ele deve ser mantido – não em um estojo como um violino raro, raríssimo – e sim no colo de outra mulher?

– Ah, eu preciso! – disse ela.

Muito ofendida, a Babá lhe entregou o bebê.

– Não a deixe agitada depois de jantar. A senhora sabe que a agita, Madame. E depois ela me dá tanto trabalho!

Graças a Deus! A Babá saiu do quarto com as toalhas de banho.

– Agora eu tenho você só para mim, coisinha rica – disse Bertha, enquanto o bebê se recostava em seu colo.

Ela comia com prazer, esticava os lábios na direção da colher e, então, balançava as mãozinhas. Algumas vezes, não deixava a colher entrar na boca; e outras, logo que Bertha a enchia, ela jogava tudo aos quatro ventos.

Quando a sopa terminou, Bertha virou-se para a lareira.

– Você é um amor... Você é um amor! – disse, beijando seu bebê quentinho. – Estou orgulhosa de você. Eu adoro você. Adoro.

E de fato ela adorava tanto a Pequena B: quando ela jogava o pescoço para a frente, seus delicados dedinhos do pé que brilhavam translúcidos à luz das chamas da lareira – e toda aquela sensação de êxtase voltou outra vez, e outra vez ela não sabia como expressá-la: o que fazer com aquilo?

– A senhora foi chamada ao telefone – disse a Babá, retornando triunfante e tomando a *sua* Pequena B.

Ela correu para o andar de baixo. Era Harry.

– Ah, é você, Ber? Veja só. Vou me atrasar. Vou pegar um táxi e chegar o mais rápido que puder, mas então sirva o jantar em dez minutos, pode ser? Está bem?

– Sim, claro. Ah, Harry!

– Sim?

O que tinha a dizer? Não tinha nada a dizer. Ela queria apenas ficar mais um momento perto dele. Não podia gritar simplesmente: "Não foi um dia divino?"

– O que é? – insistiu a vozinha do outro lado.

– Nada. *Entendu* – disse Bertha, e pôs o fone no gancho, pensando em quanto a civilização era mais do que estúpida.

ELES TINHAM CONVIDADOS para o jantar. Os Norman Knights – um casal perfeito: ele estava para inaugurar um teatro, e ela estava muito interessada em decoração de interiores –, um rapaz, Eddie Warren, que acabara de publicar um pequeno livro de poemas e que todos convidavam para jantar, e um "achado" de Bertha chamado Pearl Fulton. Bertha não sabia o que a Srta. Fulton fazia. Elas haviam se conhecido no clube e Bertha caíra de amores por ela, já que sempre caía de amores por mulheres bonitas que tinham algo estranho a respeito de si.

O mais curioso era que, embora elas tivessem se encontrado várias vezes e realmente conversado, Bertha não conseguia decifrá-la. Até certo ponto, a Srta. Fulton era, de maneira extraordinária, incrivelmente franca, mas o ponto certo estava lá, e além disso ela não iria.

Havia algo além disso? Harry disse "não". Achava-a um tanto enfadonha, e "fria como todas as louras, talvez com um toque de anemia no cérebro". Mas Bertha não concordava com ele; ao menos, ainda não.

– Não, a maneira que ela tem de inclinar a cabeça um pouco para o lado, sorrindo, há algo por trás disso, Harry, e eu preciso descobrir o que é.

– Deve ser um bom estômago – respondeu Harry.

Ele fazia questão de provocá-la com respostas do tipo... "fígado insensível, minha querida" ou "apenas flatulência" ou "mal dos rins"... e assim por diante. Por alguma razão estranha, Bertha gostava, e quase o admirava por isso.

Ela foi para a sala de visitas e acendeu a lareira; em seguida, pegou as almofadas que Mary arrumara com tanto cuidado, jogando-as de volta às poltronas e aos sofás, uma por uma. Isso fez toda a diferença: imediatamente a sala se encheu de vida. Quando ia jogar a última, surpreendeu-se abraçando-a contra o corpo – de uma forma apaixonada, apaixonada. Mas isso não extinguia o fogo em seu peito. Ah, não, teve um efeito contrário!

As janelas da sala de visitas se abriam para um balcão com vista para o jardim. E no outro lado, contra o muro, havia uma árvore alta e delgada, uma pereira na mais plena e generosa floração; erguia-se perfeita, como se pairasse contra o céu em tom de jade. Mesmo àquela distância, Bertha não pôde deixar de notar que não tinha um só botão ou pétala caídos. Embaixo, nos canteiros, as tulipas vermelhas e amarelas pareciam curvar-se na penumbra, com o peso das flores. Um gato cinzento rastejou pela relva, arrastando a barriga, e outro, negro, o seguiu como uma sombra. A aparição dos gatos, tão veloz e precisa, provocou em Bertha um estranho calafrio.

– Os gatos são criaturas que dão arrepios! – balbuciou e, afastando-se da janela, começou a andar de um lado para o outro...

Como os junquilhos aromatizavam a sala quente! Muito forte? Ah, não. E ainda assim, atirou-se numa poltrona, como se estivesse recuperada, e pressionou as mãos contra os olhos.

– Estou tão feliz... tão feliz! – murmurou.

E ela parecia ver a maravilhosa pereira dentro de suas pálpebras com os botões completamente em flor como um símbolo da própria vida.

Sem dúvida – sem dúvida, ela tinha tudo. Era jovem. Harry e ela estavam apaixonados como sempre e se davam maravilhosamente bem, e eram mesmo bons companheiros. Tinha um bebê encantador. Não precisavam se preocupar com dinheiro. A casa e o jardim os satisfaziam plenamente. E os amigos – modernos, amigos incríveis, escritores e pintores e poetas ou pessoas interessadas em questões sociais: exatamente o tipo de amigos que desejavam ter. E havia os livros, e havia a música, e ela encontrou uma modista maravilhosa, e eles iriam para o exterior no verão e a nova cozinheira deles fazia omeletes maravilhosas...

– Estou sendo ridícula. Ridícula!

Ela se sentou; mas se sentiu muito tonta, quase embriagada. Deve ter sido a primavera.

Sim, foi a primavera. Agora estava tão cansada que não podia se arrastar até o andar de cima para se vestir.

Um vestido branco, um colar de contas de jade, sapatos e meias verdes. Não foi intencional. Ela pensou nessa combinação horas antes de parar diante da janela da sala de visitas.

As pregas do vestido farfalharam levemente quando ela entrou no vestíbulo e beijou a Sra. Norman Knight, que tirava um casaco laranja divertidíssimo, com uma fileira de macacos pretos em torno da bainha e que subiam na frente da roupa.

– ... Por quê? Por quê? Por que a classe média é tão enfadonha, sem nenhum senso de humor?! Minha querida, estou aqui somente por um acaso. Norman foi um anjo protetor. Porque meus queridos macaquinhos perturbaram tanto a todos no trem que no fim um homem simplesmente me devorou com os olhos. Não riu, não achou graça, o que eu teria adorado. Não, apenas encarou, e me perturbou o tempo todo, o tempo todo.

– Mas o melhor de tudo foi – disse Norman, colocando um monóculo com aro de tartaruga no olho –, você não se importa que eu lhe conte isso, Face, não é? (Na casa deles, e entre os amigos, se chamavam Face e Mug.)* O melhor de tudo foi quando ela, sentindo-se totalmente farta daquilo, virou-se para a mulher ao seu lado e disse: "Você nunca viu um macaco?"

– Ah, sim! – A Sra. Norman Knight também riu. – Isso também não foi o máximo?

E algo mais engraçado era que agora, sem o casaco, ela de fato parecia uma macaca muito inteligente, que até fizera para si mesma, com cascas de banana, aquele vestido de seda amarela. E seus brincos de âmbar pareciam duas pequenas castanhas penduradas.

– Essa é uma queda trágica, uma queda trágica! – disse Mug, parando diante do carrinho do bebê. – Quando o carrinho entra na sala... – E ele não completou o resto da citação.**

A campainha tocou. Era o esbelto e pálido Eddie Warren, (como sempre) em um estado de desespero agudo.

– *Esta* é a casa certa, *não é?* – suplicou ele.

– Ah, acho que sim; espero que sim – disse Bertha alegremente.

– Tive uma experiência *horrível* com o motorista de táxi; ele era *tão* sinistro. Não conseguia fazê-lo *parar*. Quanto *mais* eu batia e chamava atenção, *mais rápido* ele ia. E à luz da lua essa figura *bizarra* com a cabeça *chata* curvada sobre o volantezinho...

Ele deu de ombros, puxando uma imensa echarpe de seda branca. Bertha notou que as meias eram brancas também: muito charmoso.

– Mas que horror! – gritou ela.

---

*Optamos por usar os apelidos conforme o original. Mas é bom frisar o duplo sentido de *face*: rosto ou careta e *mug*: bobo, otário. *(N. da T.)*
**Entre especialistas na obra de Mansfield não há referências conclusivas sobre a origem desta citação. *(N. da T.)*

– Sim, realmente foi – disse Eddie, seguindo-a até a sala de visitas. – Eu me vi *levado* eternamente em um táxi *atemporal*.

Ele conhecia os Norman Knight. De fato, iria escrever uma peça para Norman Knight, quando o projeto do teatro avançasse.

– Então, Warren, como vai a peça? – perguntou Norman Knight, deixando o monóculo cair e proporcionando ao olho a chance de respirar, antes de atarraxá-lo de novo debaixo da lente.

– Ah, Sr. Warren, que meias engraçadas! – comentou a Sra. Norman Knight.

– Eu estou *tão* contente por ter gostado delas – disse ele, olhando os próprios pés. – Elas parecem ter ficado *bem* mais brancas desde que a lua apareceu. – E virou o seu rosto jovem, magro e tristonho para Bertha. – *Há* uma lua, você sabe.

– Tenho certeza de que sempre há, sempre! – Ela queria gritar.

Realmente ele era uma pessoa das mais atraentes. Mas Face também era, agachada diante do fogo com suas pregas de casca de banana, e também Mug, fumando um cigarro e dizendo, enquanto batia a cinza:

– Por que o noivo deve se atrasar?

– Ora, aí está ele.

Bang, a porta da frente se abriu e se fechou.

– Olá a todos. Desço em cinco minutos – gritou Harry.

Eles ouviram-no subir as escadas. Bertha não podia deixar de sorrir: ela sabia como ele adorava agir sob forte tensão. Afinal, qual é a importância de mais cinco minutos? Mas ele fingiria para si mesmo que importavam além da conta. E então faria questão de chegar à sala extravagantemente calmo e controlado.

Harry tinha tanto gosto pela vida. Ah, como ela apreciava isso nele. E sua paixão pela luta – por encarar tudo que surgia contra si como mais um teste de poder e coragem –, isso ela também entendia. Mesmo quando ocasionalmente podia lhe fazer parecer um pouco ridículo àqueles que não o conheciam bem... Mas havia momentos nos quais ele se atirava numa batalha onde não havia batalha... Ela conversava e ria e, antes de sua chegada (justamente como imaginara), até esquecera que Pearl Fulton não havia aparecido.

– Será que a Srta. Fulton se esqueceu?
– Acho que sim – disse Harry. – Ela tem telefone?
– Ah! Agora vem um táxi.

E Bertha sorriu com aquele ar de propriedade que sempre assumia quando suas descobertas femininas eram recentes e misteriosas.

– Ela vive em táxis.
– Vai engordar se continuar assim – disse Harry friamente, tocando o sino para o jantar. – Uma perigosa ameaça para as mulheres louras.
– Harry... não – advertiu Bertha, rindo para ele.

Outro momento passou enquanto esperavam, rindo e falando, esbanjando tempo à toa, sem perceber. E então a Srta. Fulton chegou, toda de prateado, com uma fita cor de prata prendendo o cabelo louro muito claro, e entrou sorrindo, com a cabeça um pouco inclinada para o lado.

– Estou atrasada?
– Não, de maneira alguma – disse Bertha. – Entre.

Bertha a pegou pelo braço e seguiram para a sala de jantar.

O que havia no toque daquele braço frio que podia atiçar – atiçar – e começar a arder – a arder aquela chama do êxtase com a qual Bertha não sabia lidar?

A Srta. Fulton não olhou para ela; mas raramente olhava para as pessoas diretamente. As pálpebras pesadas cobriam parte dos olhos e um meio sorriso estranho ia e vinha dos lábios como se vivesse mais de ouvir do que de ver. Mas de repente Bertha entendeu, como se o olhar mais longo e íntimo tivesse acontecido entre as duas, como se tivessem dito uma para a outra: "Você também?", que Pearl Fulton, mexendo a bela sopa vermelha no prato cinza, estava sentindo exatamente o que ela sentia.

E os outros? Face e Mug, Eddie e Harry, suas colheres levantavam e abaixavam – guardanapos passados ligeiramente nos lábios, pão esmigalhado, tilintar de garfos e copos, e conversas.

– Eu a encontrei no Alpha Show, criaturinha esquisitíssima. Não só tinha cortado o cabelo, mas parecia ter tirado um bom pedaço das pernas e dos braços e do pescoço e do pobre narizinho também.

– Ela não é muito *liée* a Michael Oat?

– O que escreveu *Love in False Teeth**?

– Ele quer escrever uma peça para mim. Um ato. Um homem. Decide se matar. Dá todas as razões por que deve fazer isso e por que não deve. E assim que ele muda de opinião tanto para fazer ou deixar de fazer: cai o pano. Não é má ideia.

– Como vai chamar isso: "Problema de estômago"?

– *Acho* que já vi a *mesma* ideia em uma revista francesa *bem* desconhecida na Inglaterra.

Não, eles não tinham a mesma sensação. Eles eram uns queridos – queridos –, e ela adorava tê-los ali, à sua mesa, e oferecer comida e vinhos deliciosos. Para dizer a verdade, desejava lhes dizer como eram encantadores, e que grupo decorativo compunham, como pareciam estimular uns aos outros e como lhe faziam lembrar uma peça de Tchekhov!

Harry estava se deleitando com o jantar. Era parte de – bem, não exatamente de sua natureza, e certamente não de sua pose – seu disso ou daquilo, falar sobre comida e se van-

---

**Amor de dentadura*, em tradução livre. *(N. do E.)*

gloriar de sua "paixão imodesta pela carne branca da lagosta" e "sorvetes de pistache – verdes e frios como as pálpebras das dançarinas egípcias".

Quando olhou para ela e disse: "Bertha, esse *soufflée* está excelente!", ela quase poderia chorar com um prazer infantil.

Ah, por que ela sentia tanta ternura em relação ao mundo todo esta noite? Tudo estava bom – e correto. Tudo que acontecia parecia preencher novamente sua taça transbordante de êxtase.

E, ainda, no fundo da sua mente, estava a pereira. Agora deveria estar prateada, à luz da lua do pobre Eddie, prateada como a Srta. Fulton, que se sentava ali girando uma tangerina nos dedos finos, tão pálidos que pareciam emitir luz.

O que ela simplesmente não podia entender – o que era fenomenal – era como fora capaz de adivinhar o estado de espírito da Srta. Fulton de maneira tão precisa e instantânea. Não duvidou de que estava certa, nem por um momento, e mesmo assim o que a faria continuar? Quase nada.

"Acho que isso realmente acontece muito, muito raramente entre as mulheres. Nunca entre os homens", pensou Bertha. "Mas, enquanto eu estiver fazendo café na sala de visitas, talvez ela dê um sinal."

O que queria dizer com isso ela não sabia, e o que aconteceria depois daquilo ela não podia imaginar.

Enquanto pensava assim, ela se viu falando e rindo. Precisava falar por causa de seu desejo de rir.

"Preciso rir ou vou morrer."

Mas quando percebeu a maniazinha engraçada de Face enfiar algo dentro do decote – como se também mantivesse uma pequena e secreta reserva de nozes ali – Bertha precisou enfiar as unhas nas palmas das mãos para não rir muito.

FINALMENTE ESTAVA TERMINADO. E:
– Venham ver minha cafeteira nova – disse Bertha.
– Nós só temos uma nova cafeteira de quinze em quinze dias – disse Harry. Desta vez, Face pegou o braço de Bertha; a Srta. Fulton inclinou a cabeça para o lado e seguiu.

Na sala, o fogo havia diminuído para um vermelho bruxuleante como "um ninho de bebês de fênix", disse Face.
– Não acenda a luz agora. É tão bonito.

E abaixou junto ao fogo outra vez. Ela sempre sentia frio... "Sem seu casaquinho de flanela vermelha", pensou Bertha.

Naquele momento, a Srta. Fulton "deu o sinal".
– Você tem um jardim? – disse a voz fria e sonolenta.

Isso foi tão primoroso da parte dela que tudo o que Bertha podia fazer era obedecer. Ela atravessou a sala, puxou as cortinas e abriu as janelas compridas.
– Aí está! – disse, inspirando o ar.

E as duas mulheres ficaram de pé lado a lado olhando a esguia árvore florida. Embora estivesse parada, como a chama de uma vela, parecia alongar-se, esticar-se para cima, tremer no ar puro, ficar cada vez mais e mais alta aos olhos atentos – como se fosse tocar a borda da lua redonda e prateada.

Quanto tempo elas passaram de pé ali? Como se ambas tivessem sido capturadas pelo círculo de luz extraterrena, entendendo perfeitamente uma a outra, criaturas do outro mundo, e imaginando o que fariam com todo esse tesouro extasiante que queimava dentro do peito e caía de seus cabelos e de suas mãos em flores prateadas?

Para sempre – por um momento? E a Srta. Fulton murmurou:
– Sim. É exatamente *isso*.

Ou Bertha havia sonhado?

Então a luz foi acesa, Face fez café e Harry disse:
– Minha querida Sra. Knight, não me pergunte pelo meu bebê. Nunca a vejo. Não vou me interessar nem um pouco até

que tenha um amante. – E, por um momento, Mug tirou seus olhos da estufa e então colocou o monóculo outra vez, e Eddie Warren bebeu café e largou a xícara com uma expressão angustiada como se tivesse visto e engolido uma aranha.*

– O que quero fazer é dar uma chance a esses jovens. Acho que Londres está fervilhando com peças de primeira que ainda não foram escritas. O que quero lhes dizer é: "Aí está o teatro. Sigam."

– Minha querida, sabe que vou decorar uma sala para Jacob Nathans. Ah, estou tão tentada a fazer um desenho de uma loja de peixe frito,** o espaldar das cadeiras no formato de frigideiras e lindas batatas fritas bordadas nas cortinas.

– O problema com nossos jovens escritores é que eles ainda são muito românticos. Não se pode embarcar num navio sem ficar enjoado e precisar de uma bacia. Então, por que eles não têm a coragem de pedir a bacia? Um poema *horrível* sobre uma *garota* que era violentada por um mendigo *sem* nariz no bosquezinho...

A Srta. Fulton afundou na poltrona mais baixa e macia, e Harry passou os cigarros.

Pela maneira como ele ficou de pé diante dela e como balançava a caixa de prata dizendo abruptamente: "Egípcios? Turcos? Da Virgínia? Todos estão misturados", Bertha percebeu que ela não só o entediava; ele realmente não gostava dela. E pela maneira que a Srta. Fulton disse: "Não, obrigada, não vou fumar", sentiu o mesmo, e ficou magoada.

---

*Pode-se estabelecer uma relação com o texto original de *Winter's Tale*, de Shakespeare. A expressão "*I have drunk and seen the spider*" é usada pelo rei Leonte quando percebe que a rainha supostamente o está traindo. *(N. da T.)*
**Referência às lojas Fish & Chips, que vendem a mais popular refeição britânica. *(N. da T.)*

"Ah, Harry, não a odeie. Está enganado a respeito dela. Ela é maravilhosa, maravilhosa. Além disso, como pode se sentir de modo tão diferente a respeito de alguém que significa tanto para mim? Vou tentar lhe dizer o que tem acontecido quando estivermos na cama esta noite. Tudo o que ela e eu temos compartilhado."

E, COM ESSAS últimas palavras, algo estranho e quase horripilante passou pela mente de Bertha. E esse algo cego e sorridente sussurrou: "Essas pessoas vão embora logo. A casa ficará silenciosa, silenciosa. As luzes vão se apagar. E você e ele ficarão sozinhos no quarto escuro – a cama quente..."
Ela se levantou rápido da cadeira e correu ao piano.
– Que pena que ninguém toque! – ela disse. – Que pena que ninguém toque.
Pela primeira vez na vida, Bertha Young desejou o marido.
Ah, ela o amara, é claro, esteve apaixonada de algum modo, mas não daquela maneira. E é claro que, da mesma forma, tinha entendido que ele era diferente. Discutiram isso tantas vezes. A princípio ficou terrivelmente preocupada ao descobrir que era tão fria, mas depois de algum tempo isso pareceu não importar. Eram tão francos um com o outro – tão bons companheiros. Isso era o melhor de ser moderno.
Mas agora – ardentemente! Ardentemente! A palavra lhe doía em seu corpo ardente! Era a isso que aquela sensação de êxtase lhe levava? Mas então...
– Minha querida – disse a Sra. Norman Knight –, sabemos que é uma desfeita. Mas somos vítimas do tempo e do trem. Moramos em Hampstead. Foi tão bom.
– Acompanho vocês até o vestíbulo – disse Bertha. – Adorei a visita. Mas não podem perder o último trem. Isso é tão ruim, não é?
– Um uísque antes de ir, Knight? – convidou Harry.

– Não, obrigado, meu velho.

Bertha apertou ainda mais a mão dele, agradecida por isso.

– Boa noite, adeus – gritou do degrau de cima, sentindo que esse seu eu estava livre deles para sempre.

Quando voltou à sala de visitas, os outros estavam de partida.

– ... Então você pode vir no meu táxi parte do trajeto.

– Eu ficaria *tão* agradecida por *não* ter de enfrentar *outro* motorista *sozinha* depois da minha *terrível* experiência.

– Você pode pegar um táxi no ponto bem no final da rua. Só precisa andar mais um pouco.

– Que bom. Vou colocar meu casaco.

A Srta. Fulton foi em direção ao vestíbulo e Bertha a seguia quando Harry quase a empurrou ao passar.

– Vou ajudá-la.

Bertha sabia que ele estava arrependido da indelicadeza – ela o deixou passar. Como ele era infantil em alguns aspectos. Tão impulsivo... tão... simples.

E ela e Eddie ficaram perto da lareira.

– Já viu o *novo* poema de Bilk chamado *"Table d'Hôte"*? – perguntou Eddie gentilmente. – É *maravilhoso*. É da última Antologia. Tem um exemplar? Eu adoraria lhe mostrar. Começa com um verso *incrivelmente* bonito: "Por que sempre deve ser sopa de tomate?"

– Sim, eu conheço – disse Bertha.

E ela foi silenciosamente até a mesa em frente à porta da sala e Eddie deslizou silenciosamente atrás dela. Ela pegou o livrinho e lhe deu; não emitiram ruído algum.

Enquanto ele consultava o livro, ela virou a cabeça para o vestíbulo. E ela viu... Harry com o casaco da Srta. Fulton nos braços e a Srta. Fulton com as costas voltadas para ele e a cabeça inclinada. Ele jogou o casaco de lado, colocou as mãos nos ombros dela e a puxou violentamente contra si. Os lábios dele disseram "Eu te adoro", e a Srta. Fulton passou os dedos da cor do luar no rosto dele e deu o seu sorriso sonolento. As narinas de Harry tremeram; tinha os lábios crispados em um horrendo sorriso quando sussurrou: "Amanhã", e com as pálpebras a Srta. Fulton disse: "Sim."

– Aqui está – disse Eddie. – "Por que sempre tem de ser sopa de tomate?" É tão verdadeiro, não acha? Sopa de tomate é tão *pavorosamente* eterna.

– Se preferir – disse a voz de Harry do vestíbulo, muito, muito alta –, posso telefonar e pedir um táxi aqui na porta.

– Ah, não. Não é preciso – disse a Srta. Fulton, que se aproximou de Bertha e lhe estendeu os dedos finos.

– Adeus. Muito obrigada.

– Adeus – disse Bertha.

A Srta. Fulton segurou a mão dela por um instante a mais.

– Sua pereira é linda! – murmurou.

E então foi embora, com Eddie a seguindo, como o gato negro seguindo o gato cinzento.

– Vou fechar a loja – disse Harry, extravagantemente calmo e contido.

"Sua pereira é linda – linda – linda!"*

Bertha simplesmente correu até as amplas janelas.

– Ah, o que vai acontecer agora? – gritou.

Mas a pereira estava linda, repleta de flores e imóvel como sempre.

---

*Em inglês, as palavras *pear* (de pereira, *pear tree*) e *pair* (par, casal) têm sonoridade quase idêntica. Somada à de *tree/three* (árvore/três) ambas constituem um jogo de palavras intraduzível, realçado pela repetição no original: "*Your lovely pear tree – pear tree – pear tree.*" (N. da T.)

2

Je ne parle pas français

1918

Eu não sei por que gosto tanto deste pequeno café. É sujo e triste, triste. Não é como se tivesse algo a distingui-lo de centenas de outros: não tem; ou como se os mesmos tipos esquisitos viessem aqui todos os dias, daqueles que alguém possa espiar do canto e reconhecer e mais ou menos (com muita ênfase no menos) compreender.

Mas, por favor, não imagine que esses parênteses sejam uma confissão da minha humildade diante do mistério da alma humana. De jeito nenhum; não acredito na alma humana. Nunca acreditei. Acredito que as pessoas são como valises – repletas de certas coisas, enviadas a destinos, jogadas para lá e para cá, achadas e perdidas, esvaziadas pela metade de repente, ou mais abarrotadas do que nunca, até que afinal o último carregador as joga no último trem e elas vão embora chacoalhando...

Não que essas valises não possam ser fascinantes. Ah, muitíssimo! Eu me vejo diante delas, sabe, assim como um funcionário da alfândega.

– Algo a declarar? Vinhos, bebidas, charutos, perfumes, sedas?

E o momento de hesitação sobre se serei enganado logo antes de marcar aquele rabisco, e então o outro momento de hesitação logo depois, se de fato fui, talvez sejam os dois instantes mais emocionantes na vida. Sim, para mim são.

Mas, antes de começar aquela longa digressão muito improvável e nada original, o que eu queria dizer de maneira bem simples era que não há valises a serem analisadas aqui porque a clientela deste café, damas e cavalheiros, não se senta. Não, eles ficam de pé no balcão, e isso significa que são um punhado de trabalhadores vindos do rio, todos empoados com farinha branca, cal ou algo assim, e uns soldados, trazendo consigo garotas morenas com argolas de prata nas orelhas e cestas de feira nos braços.

Madame é magra e morena também, com bochechas e mãos claras. Dependendo da iluminação, ela parece bem diáfana, emana de seu xale negro um efeito extraodinário. Quando não está servindo, senta-se em um banco alto com o rosto virado, sempre em direção à janela. Seus olhos com contornos escuros buscam e seguem as pessoas que passam, mas não como se ela estivesse procurando por alguém. Talvez, faz quinze anos, estivesse; mas agora a postura tornou-se um hábito. Pode-se adivinhar pelo ar de fadiga e desesperança que ela deve ter desistido deles, ao menos, nos últimos dez anos...

E também há o garçom. Não é bobo – decididamente, não é engraçado. Sem jamais fazer uma daquelas observações perfeitamente insignificantes que surpreendem ao vir de um garçom (como se o pobre coitado fosse um tipo de cruzamento entre um bule de chá e uma garrafa de vinho e não se imaginasse conter uma gota de qualquer outra coisa). Ele é grisalho, mirrado e tem pé chato, com unhas longas e quebradiças que deixam qualquer um com os nervos à flor da pele quando esfregam uma moeda contra a outra. Quando não está engordurando a mesa com um pano sujo ou removendo uma ou outra mosca morta, ele fica em pé atrás de uma cadeira, com o avental excessivamente comprido e tendo sobre um dos braços o guardanapo sujo dobrado em três pontas, esperando ser fotografado por ter alguma conexão com um assassinato miserável. "Interior do café onde o cadáver foi encontrado." Você já o viu centenas de vezes.

Você acredita que em todo lugar existe uma hora em que tudo realmente se torna vivo? Não é exatamente o que quero dizer. Seria mais desse jeito. Parece de fato haver um momento no qual você percebe que, muito acidentalmente, parece ter subido ao palco no exato momento. Tudo está pronto para você: esperando por você. Ah, o dono da situação! Cheio de si. E ao mesmo tempo você sorri, secretamente, maliciosamente, porque a Vida parece se opor a lhe oferecer essas entradas em cena, parece estar de fato engajada em afastá-lo delas e torná-las impossíveis, mantendo você nos bastidores até que seja, de fato, muito tarde... Ao menos uma vez você derrotou a velha bruxa.

Aproveitei um momento desses na primeira vez que vim aqui. Suponho que por isso continuo a vir. Revisitar a cena do meu triunfo, a cena do crime em que peguei a velha bruxa pela goela, e por apenas uma vez fiz com ela o que eu queria.

Pergunta: Por que eu sou tão amargo com a Vida? E por que eu de fato a vejo como uma catadora de lixo do cinema americano, se arrastando enrolada em um xale imundo com suas velhas garras curvadas sobre uma bengala?

Resposta: O resultado direto da ação do cinema americano sobre uma mente fraca.

De qualquer forma, "a curta tarde de inverno estava chegando ao fim", como dizem, e eu estava vagando por aí, sem ir ou não ir para casa, quando me vi lá, andando em direção àquela cadeira no canto.

Pendurei o sobretudo inglês e o chapéu de feltro cinza no mesmo gancho atrás de mim, e depois de ter dado tempo para que ao menos vinte fotógrafos tirassem fotos do garçom, pedi um café.

Ele me serviu um copo do familiar líquido púrpura com uma luz esverdeada pairando acima, e saiu, e eu sentei pressionando as mãos contra o copo porque fazia um frio cruel lá fora.

De repente percebi que, bem longe de mim mesmo, eu estava sorrindo. Levantei a cabeça devagar e me vi no espelho do outro lado. Sim, eu estava sentado ali, com meu sorriso profundo e malicioso, o copo de café com sua pluma de fumaça etérea diante de mim e ao lado o círculo do pires branco com dois cubos de açúcar.

Abri bem os olhos. Ficaria ali como se fosse por toda a eternidade. E agora por fim eu estava começando a viver...

Estava tudo muito calmo no café. Lá fora era possível ver apenas através da penumbra que havia começado a nevar. Era possível ver apenas as silhuetas dos cavalos e das carroças e pessoas, alvas e suaves, movendo-se no ar plumoso. O garçom desapareceu e reapareceu com uma braçada de palha. Espalhou-a pelo chão, desde a porta até o balcão e em volta do fogão com gestos modestos, próximos da veneração. Ninguém ficaria surpreso se a porta se abrisse e a Virgem Maria entrasse, montada em um burrinho, as mãos humildes cruzadas sobre a barriga grande...

Isso é muito bonito, não acha, essa parte sobre a Virgem? Isso flui da caneta suavemente; como se esvaísse. No momento pensei nisso e decidi anotar. Ninguém sabe quando uma pequena citação como essa pode ser útil para arrematar um parágrafo. Então, com cuidado para me mover o mínimo possível porque o "encanto" ainda não fora quebrado (sabia disso?), me alonguei até a mesa ao lado para pegar um bloco.

Claro que não havia papel nem envelopes. Só um pedacinho de mata-borrão cor-de-rosa, inacreditavelmente liso e macio e quase úmido, como a língua de um gatinho morto, que jamais toquei.

Sentei-me – mas sempre sob o domínio desse estado de expectativa, enrolando a língua do gatinho morto nos meus dedos e enrolando a frase suave na minha mente enquanto meus olhos absorviam nomes de garotas e piadas sujas e desenhos de garrafas e xícaras que não se mantinham nos pires, espalhadas sobre o bloco de escrever.

Você sabe que é sempre assim. As garotas sempre têm os mesmos nomes, as xícaras nunca ficam nos pires; todos os corações estão presos e amarrados com fitas.

Mas então, quase subitamente, no pé da página, escrita com tinta verde, deparei com aquela frasezinha estúpida e banal: *Je ne parle pas français*.

Eis que chegou! O momento – o *geste*! E embora eu estivesse bem-preparado, aquilo me capturou e me derrubou; estava completamente dominado. E a sensação física era tão estranha, tão singular. Era como se eu estivesse inteiro, exceto minha cabeça e meus braços, todo o meu corpo que estava debaixo da mesa havia simplesmente se dissolvido, derretido, se transformado em água. Restaram na mesa apenas a minha cabeça e os dois galhos de braços apoiados. Mas, ah! A agonia daquele momento! Como posso descrevê-lo? Não pensei em nada. Nem mesmo gritei comigo mesmo. Só por um instante eu não estava. Eu era a Angústia, Angústia, Angústia.

Então isso passou, e naquele segundo logo depois, eu estava pensando: "Meu Deus do Céu! Serei capaz de ter sensações tão fortes como aquela? Mas eu estava absolutamente inconsciente! Não tinha uma frase que descrevesse aquilo! Estava dominado! Arrebatado! Nem esbocei uma vaga tentativa de compreender!"

E eu ofeguei e ofeguei, e finalmente me descontrolei dizendo:

– Afinal eu devo ser de primeira classe. Nenhuma mente de segunda categoria poderia ter experimentado uma intensidade de sensações tão... inocentemente.

O GARÇOM TINHA aproximado um papel torcido do fogão vermelho e acendeu um bico de gás sob uma sombra que se espalhava. Não adianta procurar a janela, madame; está muito escuro agora. Suas mãos brancas flutuam sobre o xale escuro. São como dois pássaros que voltaram para casa a fim de pernoitar. Estão indóceis, indóceis... Por fim você as enfia sob as axilas quentinhas.

Agora o garçom pegou uma longa vara e fechou as cortinas. "Acabou", como dizem as crianças.

E, além disso, não tenho paciência com pessoas que não podem abrir mão das coisas, que as perseguem e choram. Quando algo foi embora, foi. Acabou-se e pronto. Então deixe partir! Ignore isso, e console-se, se realmente quer consolo com o fato de que nunca se recupera aquilo que realmente está perdido. É sempre algo novo. O momento da partida já o modificou. Nesse ponto, isso também é verdadeiro a respeito de um chapéu de que se está correndo atrás numa ventania; e não digo superficialmente – mas falando com profundidade... Tenho como regra em minha vida nunca me arrepender e nunca olhar para trás. O arrependimento é uma pavorosa perda de energia, e ninguém que pretende ser um escritor pode dar-se o luxo de mergulhar nisso. Não é possível se adaptar; construir algo; só serve para chafurdar. Olhar para trás também é fatal para a arte. Isso empobrece. A arte não pode e não tolera pobreza.

Je ne parle pas français. Je ne parle pas français. Enquanto eu escrevia essa última página, o meu outro eu andava para cima e para baixo lá na escuridão. Abandonou-me assim que comecei a analisar meu grande momento, partiu distraído, como um cachorro perdido que acha que, finalmente, escuta o passo familiar de novo.

"Mouse! Mouse! Onde está você? Está por perto? É você que está encostado na janela alta e alongando os braços para fora para abrir os basculantes? Você é este embrulho macio movendo-se atrás de mim na neve plumosa? Você é essa garotinha empurrando as portas de vaivém do restaurante? Você é esta sombra negra curvada à frente no táxi? Onde está você? Onde está você? Em qual direção devo virar? Que caminho devo tomar? E a cada momento que fico aqui hesitante você está mais longe outra vez. Mouse! Mouse!

O pobre cachorro tinha voltado ao café com o rabo entre as pernas, totalmente exausto.

– Foi um... alarme... falso. Ela não está em lugar algum.. em que seja... vista.

– Deite-se agora! Deite! Deite!

Meu nome é Raoul Duquette. Tenho vinte e seis anos e sou um parisiense, um verdadeiro parisiense. Sobre a minha família – isso realmente não tem importância. Não tenho família; e não quero ter. Nunca penso na minha infância. Eu a esqueci.

Na verdade, só há uma lembrança que ficou de tudo. Isso é bem interessante porque agora me parece tão significativo já que me diz respeito do ponto de vista literário. É isso.

Quando eu tinha cerca de dez anos nossa lavadeira era uma africana, muito robusta, muito escura. Usava um lenço xadrez no cabelo crespo. Quando veio para nossa casa, ela sempre demonstrou uma atenção especial comigo, e após as roupas serem tiradas da cesta ela me levantava ali dentro e me balançava enquanto eu segurava firme nas alças e gritava de alegria e de medo. Eu era pequeno para a minha idade, e pálido, com uma linda boquinha entreaberta – disso tenho certeza.

Certo dia, quando estava de pé na porta, vendo-a ir embora, ela se virou e acenou para mim, meneando a cabeça e sorrindo de maneira estranha e misteriosa. Nem pensei em deixar de segui-la. Ela me levou para um alpendrezinho no final da viela, me pegou nos braços e começou a me beijar. Ah, aqueles beijos! Especialmente os beijos dentro das orelhas, que quase me ensurdeceram.

Quando me colocou no chão, ela tirou do bolso um bolinho frito polvilhado com açúcar, e eu andei cambaleando até a porta.

Como essa cena era repetida uma vez por semana, não é de se admirar que eu a recorde vividamente. Além disso, desde aquela primeira tarde a minha infância foi, para dizer de modo agradável, "constantemente beijada". Tornei-me muito lânguido, amoroso e sôfrego além das medidas. E tão excitado, tão estimulado, que parecia entender todo mundo e ser capaz de fazer o que queria com qualquer um.

Acho que vivia mais ou menos num estado de excitação física, e isso era o que atraía as pessoas. Porque todos os parisienses são meio... ah, bom, chega disso. E também chega da minha infância. Enterre-a sob um cesto de roupa suja em vez de numa chuva de rosas e *passons oultre*.

COMEÇO MINHA HISTÓRIA a partir do momento em que me tornei inquilino de um apartamentinho de solteiro no quinto andar de um prédio alto, não muito deteriorado, numa rua que poderia ou não ser discreta. Isso era muito útil... Ali eu me desenvolvi, vim à luz e coloquei as garras de fora com um escritório, um quarto e uma cozinha nas costas. E uma mobília de verdade nos cômodos. No quarto, um guarda-roupa com um espelho comprido, uma cama grande coberta com um edredom amarelo, uma mesinha de cabeceira com tampo de mármore e um conjunto de banheiro decorado com maçãzinhas. No meu escritório: uma escrivaninha inglesa com gavetas, a cadeira com estofamento em couro, livros, poltrona, mesinha lateral com luminária e uma espátula para papel e alguns esboços de nus nas paredes. Não usava a cozinha, a não ser para jogar papéis velhos.

Ah, e eu podia me ver naquela primeira noite, depois que os carregadores foram embora e consegui me livrar da minha velha e detestável *concierge* – andando na ponta dos pés e parando de pé diante do espelho com as mãos no bolso e dizendo àquela visão radiante: "Sou um homem jovem com um apartamento próprio. Escrevo para dois jornais. Estou me dedicando à boa literatura. Estou iniciando uma carreira. O livro que vou publicar simplesmente surpreenderá os críticos. Vou escrever sobre assuntos que nunca foram tratados. Vou fazer meu nome como escritor abordando o mundo submerso. Mas não como os outros fizeram antes de mim. Ah, não! Bem ingenuamente, com um tipo de humor sensível e visceral, como se tudo fosse bem simples, bem natural. Vejo minha trajetória perfeitamente. Ninguém jamais fez isso como eu farei porque nenhum dos outros viveu minhas experiências. Eu sou rico – eu sou rico.

Mesmo assim não tinha mais dinheiro do que o que tenho agora. É impressionante como alguém pode viver sem dinheiro... Tenho uma quantidade de roupas boas, roupa íntima de seda, dois ternos para a noite, quatro pares de botas de couro legítimo, todo tipo de pequenos acessórios, como luvas, e caixas de pó de arroz e um estojo de manicure, perfumes, sabonetes muito bons, e não pago nada por isso. Se me encontro com necessidade urgente de dinheiro vivo – bem, sempre há uma lavadeira africana e um alpendre, e sou muito franco e *bon enfant* a respeito de um bolinho frito bem açucarado depois...

E aqui eu gostaria de fazer um registro. Não para me gabar, mas com uma leve sensação de admiração. Nunca tomei a primeira iniciativa com mulher alguma. Não é como se eu tivesse conhecido apenas um tipo de mulher – não, de maneira alguma. Mas desde prostitutazinhas e manteúdas e viúvas maduras e balconistas e esposas de maridos respeitáveis, e mesmo damas da literatura moderna avançada nos mais seletos jantares e *soirées* (frequento esses lugares), invariavelmente encontrei não só a mesma disponibilidade, mas com o mesmo inegável convite. A princípio isso me surpreendeu. Eu costumava olhar ao redor da mesa e pensar "Essa moça muito distinta, discutindo *le Kipling* com cavalheiros de barba castanha, está realmente roçando o meu pé?". E realmente nunca tinha certeza até que roçasse o dela.

É estranho, não é mesmo? Não tenho a menor aparência de ser o sonho de uma donzela... Sou baixo e magro, com pele morena, olhos negros com cílios longos, cabelos pretos curtos e sedosos, dentinhos quadrados que aparecem quando sorrio. Minhas mãos são pequenas e obsequiosas. Certa vez, em uma padaria, uma mulher me disse: "Você tem as mãos ideais para fazer docinhos finos." Confesso que sou realmente bonito sem roupa, quase como uma menina, roliço, com ombros macios, e uso um bracelete fino de ouro acima do cotovelo esquerdo.

Mas espere! Não é estranho que eu tenha escrito isso a respeito do meu corpo e tudo o mais? É o resultado de minha vida pregressa, minha vida secreta. Sou como uma mulherzinha em um café que deve se apresentar com um punhado de fotografias. "Eu de camisa, saindo de um carro... Eu de cabeça para baixo em um balanço, com o traseiro coberto de babados como uma couve-flor..." Sabe como é.

SE VOCÊ ACHA que o que tenho escrito é meramente superficial e descarado e medíocre, enganou-se. Vou admitir que de fato poderia soar assim, mas não é. Se fosse, como poderia ter tido tal experiência quando li aquela frase sem graça escrita com tinta verde, no bloco de notas? Isso prova que há algo mais em mim e que realmente sou importante, não é? Eu poderia ter simulado algo menor do que aquele momento de angústia. Mas não! Aquilo foi real.

– Garçom, um uísque.

Odeio uísque. Sempre que coloco aquilo na boca o meu estômago se revolta, e o que servem aqui é, com certeza, particularmente detestável. Só pedi porque vou escrever sobre um inglês. Nós, franceses, ainda somos incrivelmente antiquados e fora de moda em certos aspectos. Pergunto-me por que não pedi também uma calça curta de *tweed*, um cachimbo, uns dentes compridos e um par de costeletas ruivas.

– Obrigada, *mon vieux*. Por acaso teria um par de costeletas ruivas?*

– Não, *monsieur* – responde ele, triste. – Não vendemos bebidas americanas.

Após esfregar um canto da mesa, ele se volta para outro casal tomado pela luz artificial.

Ugh! Que cheiro! E a sensação repugnante quando a garganta se contrai.

– Não é bom se embriagar com esse tipo de bebida – diz Dick Harmon, girando o copinho nos dedos e dando seu sorriso brando e sonhador. Então ele se embebeda daquilo de maneira branda e sonhadora e em determinado momento começa a cantar baixo, bem baixinho, sobre um homem que anda para lá e para cá tentando encontrar um lugar para jantar.

Ah! Como eu adorava aquela música e como adorava a maneira como ele a cantava, devagar, devagar, com uma voz sombria e macia:

> *There was a man*
> *Walked up and down*
> *To get a dinner in the town...***

---
*O trocadilho com "*whisky*" (uísque) e "*ginger whiskers*" (costeletas ruivas) leva à resposta do garçom. *(N. da T.)*
**Havia um homem/Andava para lá e para cá/Em busca de um jantar na cidade... *(N. do E.)*

Aquilo parecia conter, em sua seriedade e no som amortecido, todos aqueles prédios altos, a névoa, as ruas intermináveis, as sombras vigilantes dos policiais que definem a Inglaterra.

E então: o tema! A criatura magra e faminta andando para lá e para cá, com cada lugar fechado para ele porque ele não tinha um "lar". Isso é extraordinariamente inglês... Lembro que a história terminou quando afinal ele "encontrou um lugar" e pediu um bolinho de peixe, mas quando pediu pão o garçom gritou com desdém:

– Não servimos pão com apenas um bolinho de peixe.

O que mais você quer? Como essas músicas são profundas! Contêm toda a psicologia de um povo; um povo nada, nada francês!

– Mais uma vez, Dick, mais uma vez! – Eu suplicava, juntando as mãos e fazendo beicinho para ele. Ele estava plenamente satisfeito em cantá-la para sempre.

OUTRA VEZ. MESMO com o Dick. Foi ele que tomou a iniciativa.

Eu o conheci em uma festa do editor de uma nova revista. Era um acontecimento muito exclusivo e elegante. Um ou dois dos homens mais velhos e as mulheres estavam extremamente *comme il faut*.* Sentavam-se em sofás cubistas em trajes de noite completos e nos permitiam oferecer cálices de *cherry-brandy* e conversar sobre a poesia delas. Pelo que posso recordar, eram todas poetisas.

Era impossível ignorar Dick. Era o único inglês presente, e em vez de circular com graça pela sala como nós todos fazíamos, ele ficava no mesmo lugar, encostado contra a parede, com as mãos nos bolsos, aquele quase sorriso sonhador nos lábios, e respondendo em excelente francês com sua voz baixa e suave a qualquer pessoa que falasse com ele.

---

*Como deveriam. *(N. do E.)*

– Quem é ele?

– Um inglês. Londrino. Um escritor. E está fazendo uma pesquisa especial sobre a literatura francesa moderna.

Foi o suficiente para mim. Meu livrinho *Moedas falsas*, acabara de ser publicado. Eu era um jovem sério que estava fazendo uma pesquisa especial sobre a literatura inglesa moderna.

Mas eu realmente não tinha tempo para lançar o meu anzol antes que ele dissesse, balançando-se levemente, como se saísse da água em busca da isca:

– Não quer me visitar no hotel? Venha por volta das cinco horas e podemos conversar antes de sairmos para jantar.

– Encantado!

Eu fiquei tão, mas tão envaidecido que precisei deixá-lo e me vangloriar diante dos sofás cubistas. Mas que achado! Um inglês, reservado, sério, fazendo uma pesquisa especial sobre literatura francesa...

Naquela mesma noite um exemplar de *Moedas falsas* com uma dedicatória cuidadosamente cordial lhe foi enviado, e um ou dois dias depois nós realmente jantamos juntos, e passamos a noite conversando.

Conversando – mas não apenas sobre literatura. Para meu alívio, não era necessário me restringir à tendência do romance moderno, à necessidade de um novo formato ou ao motivo por que nossos jovens pareciam não acompanhar isso. Como se fosse por acaso, de vez em quando, eu jogava uma carta que parecia não ter nada a ver com o jogo, só para ver a reação dele. Mas toda vez ele a colocava nas mãos com um olhar sonhador e sorriso inalterado. Talvez ele murmurasse: "Isso é muito interessante." Mas como se não fosse interessante de maneira alguma.

Finalmente aquela aceitação calma acabou por me subir à cabeça. Fiquei fascinado. Aquilo me levava cada vez mais longe, até que lhe entreguei todas as minhas cartas, recostei-me e fiquei olhando ele arrumá-las nas mãos.

"Muito curioso e interessante..."

Quando estávamos completamente bêbados, ele começou a cantarolar sua canção bem suave, bem baixo, sobre o homem que andava para lá e para cá em busca do jantar.

Mas eu estava sem fôlego ao pensar no que fizera. Mostrara a alguém os dois lados da minha vida. Contei tudo da maneira mais sincera e verdadeira que podia. Esforcei-me para lhe explicar aspectos da minha vida oculta que eram realmente lamentáveis, e possivelmente não poderiam nunca ver a luz do dia por meio da literatura. No conjunto, eu me apresentara como se fosse muito pior do que era: mais presunçoso, mais cínico, mais interesseiro.

E ali estava o homem em quem eu confiara, cantando para si mesmo e sorrindo... Isso me emocionou tanto que lágrimas de verdade encheram meus olhos. Eu as vi brilhando nos meus cílios longos e sedosos – tão charmoso.

DEPOIS DISSO, LEVAVA Dick comigo a todos os lugares, e ele vinha ao meu apartamento, e sentava-se na poltrona, muito indolente, brincando com a espátula para papel. Não posso entender por que seu ar indolente e sonhador sempre me dera a impressão de que já havia vivido no mar. Esse seu jeito lento e indolente parecia ser ajustado ao movimento do navio. Essa impressão era tão forte que sempre que estávamos juntos e ele levantava e deixava uma mulherzinha, logo quando ela não esperava que ele levantasse e a deixasse, mas ao contrário, eu explicava: "Ele não consegue evitar, querida. Precisa voltar ao navio." E eu acreditava mais nisso do que ela.

Durante todo o tempo que passamos juntos, Dick nunca saiu com uma mulher. Às vezes eu imaginava se ele era completamente inocente. Por que não perguntei? Porque nunca perguntei nada a seu respeito. Mas certa noite, bem tarde, ele pegou a carteira e uma fotografia caiu. Eu peguei e olhei, antes de devolvê-la. Era de uma mulher. Não muito jovem. Morena, bonita, um ar exótico, mas repleta de uma arrogância intratável em cada traço, e mesmo que Dick não a tivesse apanhado tão rápido eu não a olharia por mais tempo.

"Suma da minha frente, seu francês, seu *fox terrierzinho* perfumado", dizia ela.

(Quando estou nas piores situações meu nariz lembra o de um *fox terrier*.)

– Essa é minha mãe – disse Dick, ao guardar a carteira.

Mas se não se tratasse de Dick eu ficaria tentado a fazer o sinal da cruz, só de brincadeira.

FOI ASSIM QUE nos separamos. Certa noite, enquanto estávamos diante do seu hotel aguardando o *concierge* abrir o trinco da porta externa, ele disse, olhando o céu:

– Espero que amanhã faça um tempo bom. Vou partir para a Inglaterra de manhã.

– Você não está falando sério.

– Totalmente. Preciso voltar. Tenho uns trabalhos que não posso fazer daqui.

– Mas já tomou todas as providências?

– Providências? – Ele quase sorriu. – Não tenho providência alguma a tomar.

– Mas, *enfin*, Dick, a Inglaterra não é do outro lado do bulevar.

– Não é muito longe – disse ele. – Apenas algumas horas, você sabe.

A porta se abriu com um estalo.

– Ah, eu preferia que tivesse me contado no início da noite!

Fiquei magoado. Eu me sentia como uma mulher deve se sentir quando um homem saca o relógio do bolso e se lembra de um compromisso que não lhe diz respeito, exceto por ser prioridade.

– Por que você não me contou?

Ele estendeu a mão e ficou parado, balançando-se de leve sobre o degrau como se o hotel fosse o seu navio, e a âncora tivesse sido levantada.

– Eu esqueci. Realmente esqueci. Mas você vai me escrever, não vai? Boa noite, velho amigo! Eu voltarei um dia desses.

E então eu fiquei de pé na praia, sozinho, mais do que nunca me sentia como um pequeno *fox terrier*.

"Mas, afinal de contas, foi você quem assoviou para mim, você que me chamou para vir! E que espetáculo eu dei balançando o rabinho e pulando ao seu redor, somente para ser abandonado assim enquanto o navio parte, lento e sonhador... Malditos ingleses! Não, esse também é muito insolente. Quem você imagina que sou? Um guia barato para os prazeres da noite parisiense...? Não, *monsieur*. Sou um jovem escritor, muito sério, e extremamente interessado na literatura inglesa moderna. E eu fui insultado, insultado."

Dois dias depois chegou uma longa e fascinante carta dele, escrita em francês com um tom excessivamente francês, dizendo como sentia minha falta e que contava com minha amizade, e esperava manter contato.

Li a carta em pé diante do espelho do guarda-roupa (ainda não quitado). Era de manhã cedo. Eu usava um quimono azul bordado com pássaros brancos e meu cabelo ainda estava molhado; caído na minha testa, úmido e brilhante.

– Retrato de madame Butterfly – disse eu. – Ao saber da chegada de *ce cher Pinkerton*.

De acordo com os livros, eu deveria ter me sentido imensamente aliviado e contentíssimo. "... Ao ir à janela, ele abriu as cortinas e olhou as árvores de Paris, verdes com os botões que já desabrochavam... Dick! Dick! Meu amigo inglês!"

Não me senti assim. Apenas me senti um pouco nauseado. Depois do meu primeiro voo de avião não queria voar de novo, logo agora.

AQUILO PASSOU, E MESES depois, no inverno, Dick escreveu que estava voltando a Paris a fim de permanecer indefinidamente. Poderia reservar quartos para ele? Estava trazendo uma amiga.

É claro que poderia. E lá foi o pequeno *fox terrier* correndo. Isso também foi muito proveitoso; porque eu devia muito dinheiro ao hotel onde fazia as minhas refeições, e dois ingleses solicitando quartos por um período indefinido era uma excelente soma a ser diminuída na minha conta.

Talvez eu realmente tenha imaginado, enquanto estava de pé no maior dos dois quartos com madame dizendo "Excelente", qual seria a aparência da amiga, mas apenas vagamente. Ou ela seria muito austera, achatada na frente e nas costas, ou seria alta, formosa, vestida de verde resedá, chamada Daisy, e cheirando a uma lavanda excessivamente doce.

Observe que, a essa altura, conforme a minha regra de não olhar para trás, eu quase já havia me esquecido de Dick. Até mesmo errei a melodia da canção dele, sobre o homem infeliz, quando tentei cantarolá-la...

AFINAL, QUASE NÃO fui à estação. Eu combinara que iria, e de fato tinha me vestido com cuidado especial para a ocasião. Porque desta vez pretendia criar uma nova ligação com Dick. Sem confissões e lágrimas nas pestanas. Não, muito obrigado!

– Desde que você deixou Paris – falei, diante do espelho sobre o console da lareira, ao dar o nó na minha gravata preta pontilhada com prateado (ainda não quitada, também) –, estou elaborando mais dois livros, e também escrevi um folhetim, "Portas erradas", que vai ser publicado em breve e vai me render muito dinheiro. E ainda tenho meus livrinhos de poemas – gritei, apanhando a escova de roupas e escovando a lapela de veludo de minha sobrecasaca azul-índigo –, meu livrinho *Guarda-chuvas esquecidos* de fato criou – e eu ri e acenei com a escova – enorme sensação!

Era impossível não acreditar nisso, vindo de uma pessoa que se avaliava dos pés à cabeça, calçando luvas macias e cinzentas. Ele parecia um personagem; ele era o personagem.

Isso me deu uma ideia. Peguei o meu caderno e fiz uma ou duas anotações... Como alguém pode parecer o personagem e não ser o personagem? Ou ser o personagem e não parecer? Parecer não é ser? Ou ser, parecer? Em qualquer caso, quem dirá que não é...?

Naquele momento, isso pareceu extraordinariamente profundo e muito original. Guardei o caderno de anotações.

– Você, literato? Você tem a aparência de quem perdeu a aposta numa corrida de cavalos!

Mas eu não dei ouvidos. Fui embora, fechando a porta do apartamento com um puxão suave e rápido para que a *concierge* não percebesse a minha partida. E, pela mesma razão, desci as escadas depressa como um coelho.

MAS, AH! A velha aranha. Foi mais rápida do que eu. Ela me deixou chegar ao último buraco da teia e então preparou o ataque.

– Um momento. Um momentinho. *Monsieur* – sussurrou ela, em tom odiosamente confidencial. – Entre, entre.

E acenou com uma concha que pingava sopa. Fui até a porta, mas isso não foi suficiente. Assim que entrei, a porta se fechou, antes que ela pudesse falar.

Há duas maneiras de lidar com a *concierge* se você não tem dinheiro algum. Uma delas é: de forma violenta, torná-la sua inimiga, vociferar, se recusar a discutir seja lá o que for; a outra é: lidar bem com ela a ponto de elogiar o laço do trapo velho que ela amarra debaixo do queixo, fingir que tem confiança e contar com ela para chegar a um acordo com o gasista e com o proprietário.

Tentei a segunda. Mas ambas são igualmente detestáveis e infrutíferas. Qualquer forma será a pior, a inviável.

Dessa vez foi o proprietário... Imitação do proprietário pela *concierge* ameaçando me despejar... Imitação da *concierge* pela *concierge* domando o touro selvagem... Imitação do proprietário outra vez, bufando na cara da *concierge*. Eu era a *concierge*. Não, isso era muito repugnante. E, durante todo esse tempo, a panela negra borbulhava sobre a boca do gás, cozinhando o coração e o fígado de cada inquilino daquele lugar.

– Ah! – gritei, olhando fixamente para o relógio no console da lareira, e então, ao perceber que estava parado, passei a mão na testa como se a ideia não tivesse nada a ver com aquilo. – Madame, tenho um compromisso com o diretor do jornal às nove e meia. Talvez amanhã eu possa lhe dar...

Fora, fora. Escada abaixo até o metrô e espremido num vagão lotado. Quanto mais, melhor. Cada pessoa era um anteparo entre mim e a *concierge*. Eu estava radiante.

– Ah! Desculpe-me, *monsieur*! – disse a charmosa criatura alta vestida de preto com busto generoso e um grande buquê de violetas. Com o balanço do trem, o buquê foi lançado bem nos meus olhos. – Ah! Desculpe-me, *monsieur*!

Mas eu olhei para ela sorrindo maliciosamente.

– Não há nada que aprecie mais, madame, do que flores numa sacada.

Exatamente quando falei isso, vislumbrei o homem enorme com um casaco de pele contra o qual se apoiava aquela que me encantara. Ele esticou a cabeça acima do ombro dela e ficou branco até o nariz; na verdade, seu nariz estava mais para um "queijo verde".

– O que você disse à minha mulher?

A estação Saint Lazare me salvou. Mas se deve admitir que mesmo para o autor de *Moedas falsas, Portas erradas, Guarda-chuvas perdidos* e mais dois livros em elaboração, não era fácil prosseguir em meu caminho triunfante.

Por fim, depois que inúmeros trens enevoaram a minha mente e inúmeros Dick Harmons vieram em minha direção, o trem de verdade chegou. Nosso pequeno grupo que aguardava na grade se aproximou, esticou o pescoço e começou a gritar como se fôssemos um monstro de várias cabeças, e Paris, atrás de nós, nada mais que uma enorme armadilha que armamos para apanhar esses inocentes cansados.

Eles caíram na armadilha e foram apanhados e retirados para serem devorados. Onde estava minha vítima?

– Meu Deus!

Meu sorriso sumiu e minha mão levantada se abaixou. Por um instante terrível pensei que aquela fosse a mulher da fotografia, a mãe dele, andando em minha direção com o chapéu e o casaco de Dick. Com esforço – e se podia ver que era esforço –, os lábios dele se curvavam num esgar para mim, intratável, selvagem e arrogante.

O que aconteceu? O que podia ter feito ele mudar assim? Será que devo mencionar isso?

Esperei por ele, e estava até mesmo inibido de me arriscar a abanar o rabo como um *fox terrier* para verificar como ele reagiria, e então falei:

– Boa noite, Dick! Como está você, velho parceiro? Vai bem?

– Bem. Bem – falou ele quase ofegante. – Conseguiu os quartos?

Vinte vezes Deus! Eu vi tudo. A luz iluminou as águas escuras e meu marinheiro não se afogara. Quase dei uma cambalhota de tanta felicidade.

Foi o nervosismo, claro. Era constrangedor. Era a famosa seriedade inglesa. Como eu iria me divertir! Poderia tê-lo abraçado.

– Sim, consegui os quartos – quase gritei. – Mas onde está madame?

– Está cuidando da bagagem – disse ofegante. – Aí vem ela.

Não podia ser a menina ao lado do velho carregador, como se ele fosse sua babá e tivesse acabado de lhe tirar do carrinho enquanto jogava os volumes ali.

– E ela não é madame – disse Dick, arrastando as palavras de repente.

Naquele momento ela o viu e o saudou com seu pequeno protetor de mãos para o frio. Ela se afastou da babá, correu e disse algo em inglês, muito rápido; mas ele respondeu em francês:

– Ah, tudo bem. Vou dar um jeito.

Antes que se virasse para o carregador, ele apontou para mim acenando vagamente e murmurou algo. Fomos apresentados. Ela estendeu a mão naquele estranho modo apropriado aos garotos, típico das inglesas, e de pé diante de mim, muito ereta, com o queixo levantado fazendo – ela também – o máximo de esforço para controlar seu entusiasmo irracional, disse, apertando minha mão (tenho certeza de que nem sabia que era minha): *Je ne parle pas français*.

– Tenho certeza de que fala – respondi, tão carinhoso, tão reconfortante, como se fosse um dentista prestes a lhe arrancar o primeiro dente de leite.

– Claro que ela fala – Dick se virou em nossa direção. – Podemos pegar um táxi? Não queremos ficar nesta maldita estação a noite inteira, não é?

Isso foi tão rude que levei um instante para me recuperar; e ele deve ter percebido, porque lançou o braço em volta do meu ombro, como costumava fazer, e disse:

– Ah, me desculpe, parceiro. Mas tivemos uma viagem medonha, horrível. Levamos anos para chegar, não foi? – disse, voltando-se para ela.

Mas ela não respondeu. Inclinou a cabeça e começou a alisar o seu agasalho de mãos cinzento; caminhava ao nosso lado alisando-o por todo o trajeto.

"Cometi algum erro?", pensei. Esse seria um caso de impaciência furiosa da parte deles? Apenas estão precisando de "uma boa noite de sono", como se diz? Teriam passado por aflições na viagem? Talvez tivessem ficado sentados muito juntos e com calor dividindo a mesma manta? ... e assim por diante enquanto o motorista prendia as caixas com correias. Isso feito...

– Olhe aqui, Dick. Vou para casa de metrô. Aqui está o endereço do seu hotel. Tudo foi providenciado. Venha me ver assim que puder.

Juro que pensei que ele fosse desmaiar. Ficou branco até os lábios.

– Mas você vem conosco – berrou ele. – Pensei que estivesse tudo combinado. Claro que você vem conosco. Não vai nos abandonar.

Não, eu desisti. Era muito difícil, inglês demais para mim.

– Com certeza, com certeza. Com muito prazer. Apenas pensei que talvez...

– Você precisa vir! – disse Dick ao pequeno *fox terrier*. E outra vez voltou-se para ela de um jeito estranho.

– Entre, Mouse.

E Mouse entrou no buraco negro e sentou-se alisando Mouse II sem dizer uma palavra.

Seguimos aos solavancos e chacoalhando como três dadinhos que a vida decidira lançar.

Eu insistira em me sentar de frente para eles, no assento extra, porque não perderia por nada aqueles ocasionais olhares flamejantes que via quando passávamos pelos círculos de luz branca dos postes.

Esses revelavam Dick, sentado afastado no canto, com a lapela do casaco virada para cima, as mãos enfiadas nos bolsos, e o grande chapéu escuro lhe sombreando como se fosse uma parte dele: uma espécie de asa debaixo da qual se escondia. A luz a mostrava sentada, bem ereta, seu lindo rostinho parecia mais um desenho que um rosto de verdade: cada traço era tão repleto de significado e tão bem-desenhado contra a escuridão flutuante.

Mouse era linda. Era primorosa, mas tão frágil e delicada que toda vez que olhava para ela era como se fosse a primeira vez. Ela causava o mesmo tipo de impacto que sente quem bebe chá numa xícara fina e delicada e, de repente, enxerga no fundo uma pequenina criatura, metade borboleta, metade mulher, fazendo uma reverência com as mãos escondidas nas mangas.

Até onde pude perceber, seu cabelo era escuro, e os olhos, azuis ou pretos. Os longos cílios e as duas pequenas plumas traçadas acima eram o mais importante.

Ela vestia uma longa capa escura, como aquelas de damas inglesas no exterior que são vistas nos retratos antigos. Quando os braços apareciam, era possível ver que o interior da capa era de pele cinzenta – também havia pele ao redor do pescoço, e a boina apertada também era de pele.

"Combina com a ideia de rato",* concluí.

AH, MAS COMO era intrigante – como era intrigante! A agitação deles estava cada vez mais e mais perto de mim, e eu corria ao encontro disso, e mergulhava nisso além do que poderia, até que por fim, como eles, mal podia me controlar.

---

*O nome da moça, Mouse, significa "rato" em inglês. *(N. da E.)*

Mas o que eu queria era me comportar do modo mais singular, como um palhaço. Começar a cantar, com gestos largos e extravagantes, apontar para a janela e gritar "Senhoras e senhores, agora estamos passando por uma das paisagens pelas quais *notre* Paris é merecidamente famosa"; saltar do táxi ainda em movimento, subir no telhado e mergulhar de volta por uma porta, ficar na janela e procurar pelo hotel olhando na extremidade errada de um telescópio quebrado, que também passaria por uma corneta ensurdecedora.

Eu me via fazendo tudo isso, compreende, e até consegui me aplaudir discretamente com as luvas nas mãos enquanto dizia a Mouse:

– Esta é sua primeira visita a Paris?

– É, nunca estive aqui antes.

– Ah, então há muito o que ver.

E iria mencionar locais de interesse e museus quando paramos com uma freada brusca.

Sabe, é bem absurdo, mas quando abri a porta para eles e subi as escadas até a recepção eu me senti, de algum modo, como se fosse o dono do hotel.

Havia um vaso de flores no peitoril da janela, e até mesmo cheguei a rearrumar um botão ou dois, me afastar e avaliar o efeito, enquanto a gerente vinha recebê-los. E, quando ela se voltou para mim e me entregou as chaves (o *garçon* estava levando as malas), disse:

– *Monsieur* Duquette mostrará seus quartos.

Tive vontade de bater no braço de Dick com uma das chaves e dizer, bem confidencialmente: "Olhe aqui, parceiro. Como é um amigo posso lhe dar um pequeno desconto..."

Fomos cada vez mais para cima. Em círculos. Passamos por um casual par de botas (por que ninguém vê um par de botas atraente do lado de fora de uma porta?). Mais e mais alto.

– Temo que os quartos sejam em andares muito altos – murmurei como um idiota. – Mas os escolhi porque...

Obviamente, eles não se importavam em saber por que escolhi aqueles quartos, então não fui adiante. Eles aceitaram tudo. Não esperavam nada diferente. Era apenas parte do que iriam experimentar – foi essa a minha conclusão.

– Afinal, chegamos. – Corri de um lado para outro do corredor, acendendo as luzes e dando explicações.

– Imaginei que ficaria neste aqui, Dick. O outro é maior e tem um pequeno quarto de vestir.

Meu olhar de "proprietário" percebeu que as toalhas e as colchas estavam limpas, e a roupa de cama bordada, de algodão vermelho. Achei os quartos muito agradáveis, com tetos inclinados, angulosos, exatamente o tipo de quarto que alguém que nunca esteve em Paris espera encontrar.

Dick atirou o chapéu na cama.

– Eu não deveria ajudar aquele rapaz com os baús? – perguntou ele para ninguém.

– Sim, você deve – respondeu Mouse –, estão terrivelmente pesados.

E ela se voltou para mim com o primeiro vislumbre de um sorriso:

– Livros, você sabe. – Ele lhe lançou um olhar estranho antes de sair. E não só ajudou, ele tirou o baú das costas do *garçon*, cambaleando para trás ao pegá-lo, colocou-o no chão e então pegou outro.

– Esse é o seu, Dick – disse ela.

– Bem, você não se importa que ele fique aqui por enquanto, não é? – perguntou ele, sem fôlego, respirando fundo (o baú devia ser tremendamente pesado). Ele pegou um punhado de dinheiro no bolso. – Acho que devo pagar o rapaz.

O *garçon*, de pé, parecia pensar assim também.

– Vai precisar de algo mais depois, *monsieur*?

– Não! Não! – disse Dick com impaciência.

Mouse deu um passo à frente. Ela disse, bem deliberadamente, sem olhar para Dick, com seu sotaque inglês singular e bem ritmado:

– Sim, gostaria de chá. Chá para três.

E levantou de repente o agasalho de mãos como se estas estivessem enganchadas lá dentro, e com isso disse ao *garçon* pálido e suado que seus recursos haviam acabado, e gritou para que a salvasse com: "Chá. Imediatamente!"

Me pareceu tão fantástico! Era tão precisamente o gesto e o grito que se esperava (embora eu não pudesse ter imaginado) extrair de uma inglesa diante de uma crise grave, que quase me senti tentado a levantar a mão e protestar:

"Não! Não! Chega. Chega. Vamos parar por aqui. Com a palavra: chá. Porque realmente, realmente, você deixou o seu leitor mais voraz tão saturado que ele explodirá caso tenha de engolir mais uma palavra."

Isso fez com que até Dick se levantasse. Como alguém que estivesse inconsciente por muito tempo, ele se virou devagar para Mouse e a olhou com olhos cansados e famintos, e murmurou com o eco de sua voz sonhadora:

– Sim, é uma boa ideia. – E então: – Você deve estar cansada, Mouse. Sente-se.

Ela se sentou na poltrona com tiras de renda nos braços; ele se recostou na cama, e eu me recuperei em uma cadeira de espaldar reto, cruzei as pernas e afastei uma poeira imaginária dos joelhos das minhas calças. (Um parisiense à vontade.)

Houve uma pausa breve. Então ele disse:

– Não vai tirar o seu casaco, Mouse?

– Não, obrigada. Não agora.

Eles iriam me perguntar algo? Ou eu devia levantar a mão e gritar numa voz pueril: "É a minha vez de responder."

Não, eu não devia. Eles não me perguntaram.

A pausa se tornou um silêncio. Um silêncio de verdade.

"... Venha, meu *fox terrier* parisiense! Divirta esses ingleses tristes! Não é de admirar que seja uma nação de cães."

Mas, afinal – por que eu deveria? Isso não é meu "trabalho", como eles diriam. Entretanto, aproveitei uma oportunidadezinha jovial com Mouse.

– Uma pena que não tenha chegado de dia. Há uma vista agradável dessas duas janelas. O hotel fica em uma esquina e cada janela tem vista para uma rua reta e bem comprida.

– Sim – disse ela.

– Não que isso pareça muito fascinante – eu ri –, mas há tanta animação, tantos garotinhos de bicicleta e pessoas nas janelas, ah, bem, você verá de manhã... Muito divertido. Muito animado.

– Ah, sim – disse ela.

Se o *garçon* pálido e suado não tivesse entrado naquele momento, carregando a bandeja de chá em uma das mãos, como se as xícaras fossem balas de canhão, e ele, um levantador de pesos de cinema...

Ele conseguiu colocá-la sobre uma mesa redonda.

– Traga a mesa até aqui – disse Mouse.

O *garçon* parecia ser a única pessoa com a qual ela se preocupava em falar. Ela tirou as mãos do agasalho. Tirou as luvas e atirou para trás a capa antiquada.

– Com leite e açúcar?

– Sem leite, obrigada, e sem açúcar.

Como um pequeno cavalheiro, fui pegar minha xícara. Ela serviu-se de outra.

– Esta é para Dick.

E o fiel *fox terrier* a levou até ele, e, de certo modo, a deixou aos seus pés.

– Ah, obrigada – disse Dick.

E então voltei à minha cadeira e ela afundou na sua.

Mas Dick estava distante outra vez. Ele fitou a xícara ansiosamente, por um momento, olhou ao redor, pousou-a na mesinha de cabeceira, pegou o chapéu e gaguejou rapidamente:

– Ah, por acaso se importaria em postar uma carta no correio para mim? Quero que seja expedida pelo correio da noite. Eu preciso. É urgente... – E ao flagrar o olhar dela sobre si, disse, impaciente: – É para minha mãe.

Então, voltou-se para mim.

– Não vou demorar. Tenho tudo o que preciso. Mas tenho que sair esta noite. Você não se importa? Isso... isso não vai demorar.

– É claro que colocarei no correio. Terei o maior prazer.

– Não vai tomar o seu chá antes? – sugeriu Mouse com suavidade.

... Chá? Chá? Sim, é claro, Chá... Uma xícara de chá na mesa de cabeceira... Em seu sonho veloz ele dirigiu o sorriso mais radiante e encantador à pequena anfitriã.

– Não, obrigado. Não agora.

E ainda esperando que não fosse trazer problema algum para mim, ele saiu do quarto e fechou a porta, e o ouvimos atravessar o corredor.

COM A PRESSA em levar a xícara de volta à mesa, eu me queimei e disse:

– Você deve me desculpar se estou sendo impertinente... se eu sou muito franco. Mas Dick tem tentado esconder algo, não é? Há algum problema. Posso ajudar?

(Música suave. Mouse se levanta, anda pelo palco um momento ou mais antes de retornar à poltrona e servir uma xícara de chá tão cheia, tão quente que chegam lágrimas aos olhos do amigo enquanto ele bebe até os resíduos amargos do chá...)

Tive tempo de fazer tudo isso antes que ela respondesse. Primeiro, ela olhou dentro do bule, encheu-o com água quente e mexeu com uma colher.

– Sim, há um problema. Não, creio que não possa ajudar, obrigada. – Percebi o mesmo vislumbre de sorriso outra vez. – Lamento muito. Isso deve ser terrível para você.

Terrível mesmo! Ah, por que eu não poderia lhe dizer que fazia meses e meses que eu não me divertia tanto?

– Mas você está sofrendo – arrisquei suavemente, como se aquilo fosse o que eu não suportava ver.

Ela não negou. Meneou a cabeça e mordeu o lábio inferior, e achei que vi o seu queixo tremer.

– E não há realmente nada que eu possa fazer? – disse ainda mais suavemente.

Ela balançou a cabeça, empurrou a mesa e levantou-se.

– Logo tudo ficará bem – murmurou, ao andar até a penteadeira e permanecer em pé, virada de costas para mim. – Tudo ficará bem. Isso não pode continuar assim.

– Mas é claro que não pode – concordei, imaginando se podia parecer uma insensibilidade se eu acendesse um cigarro; tive uma vontade súbita de fumar.

De alguma maneira ela viu minha mão alcançar o bolso do casaco, tirar a cigarreira e colocá-la de volta, porque o que disse em seguida foi:

– Fósforos... no... castiçal. Eu vi.

E em sua voz percebi que estava chorando.

– Ah! Muito obrigado. Sim, sim. Já os encontrei. – Acendi o cigarro e andei de um lado para o outro fumando.

Tudo estava tão silencioso que poderia ter sido às duas horas da manhã. Fazia tal silêncio que se podia ouvir tábuas rangendo e estalando como acontece em uma casa no campo.

Fumei o cigarro inteiro e coloquei a guimba no meu pires antes que Mouse se virasse e retornasse à mesa.

– Dick não está demorando muito?

– Você está muito cansada. Acho que quer se deitar – disse com gentileza. ("E se quiser, espero que não se importe comigo", disse mentalmente.)

– Mas ele não está demorando muito? – insistiu.

Dei de ombros.

– Está, um pouco.

Então vi que ela me olhou de um modo estranho. Estava atenta.

– Faz tempo que ele saiu – disse ela, e com passos curtos e leves foi até a porta, abriu-a, e atravessou o corredor até o quarto dele.

Eu esperei. Agora eu também estava atento. Não podia perder uma palavra. Ela havia deixado a porta aberta. Eu a segui na ponta dos pés pelo quarto. A porta de Dick também estava aberta. Mas – não havia uma só palavra a perder.

Sabe que me ocorreu a ideia louca de que estivessem se beijando naquele quarto silencioso – um beijo longo e reconfortante. Um daqueles beijos que não só colocam a tristeza de alguém na cama, mas cuidam dela e a colocam para dormir bem protegida e a mantêm aquecida até que adormeça profundamente. Ah! Como isso é bom.

Finalmente acabou. Escutei alguém se movimentar na ponta dos pés.

Era Mouse. Ela voltou. Entrou no quarto com a carta para mim. Mas não estava em um envelope; era apenas uma folha de papel que ela segurava pela ponta como se ainda estivesse úmida.

A cabeça estava tão baixa – tão enfiada na gola de pele que eu não podia ter noção – até que deixou o papel cair e quase caiu também no chão, ao lado da cama, onde encostou o rosto, estirou as mãos como se fossem as suas últimas armas, que estivessem perdidas, e se deixando levar, mergulhava em águas profundas.

Tive um lampejo! Dick havia se matado, e então uma sucessão de cenas passaram enquanto eu corria lá dentro, via o corpo, a cabeça ilesa, o pequeno orifício azul na têmpora, o hotel despertado, o funeral providenciado, a presença no funeral, o táxi, o casaco novo...

Eu me abaixei, peguei o papel e poderia acreditar – minha percepção parisiense do *comme il faut* é tão enraizada – que murmurei "*pardon*" antes de lê-lo.

Mouse, minha pequena Mouse,

Não adianta. É impossível. Não posso continuar. Ah, eu te amo. Realmente te amo, Mouse, mas não posso magoá-la. Simplesmente não ouso desferir o golpe final. Compreenda, embora ela seja mais forte do que nós dois, ela é frágil e orgulhosa. Eu a mataria – a mataria, Mouse. E, meu Deus, não posso matar a minha mãe! Nem mesmo por você. Nem mesmo por nós. Você entende isso, não entende?

Tudo parecia tão possível quando conversamos e fizemos nossos planos, mas no momento exato em que o trem partiu, tudo acabou. Eu a senti me arrastando de volta – me chamando. Posso ouvi-la enquanto escrevo. E agora ela está sozinha e não sabe. Um homem deveria ser um demônio para lhe contar, e eu não sou um demônio, Mouse. Ela não precisa saber. Ah, Mouse, no fundo, no fundo você não concorda? Tudo é tão indescritivelmente horrível que eu não sei se quero ir ou não. Devo? Ou mamãe está apenas me chamando? Eu não sei. Minha mente está muito cansada. Mouse, Mouse – o que vai fazer? Mas eu também não posso pensar nisso. Não ouso. Eu sucumbiria. E não posso sucumbir. Tudo o que tenho a fazer é – apenas lhe contar isso e partir. Não poderia partir sem lhe contar. Você ficaria amedrontada. E não deveria ficar amedrontada. Não vai ficar, vai? Eu não poderia suportar mais isso. E não escreva. Eu não teria coragem de responder suas cartas e ver a sua caligrafia emaranhada.

Perdoe-me. Deixe de me amar. Sim. Ame-me. Ame-me. Dick.

O QUE ACHA disso? Não foi uma descoberta extraordinária? Meu alívio de que ele não tenha se matado estava misturado com uma maravilhosa sensação de alegria. Ajustei as contas com meu "isso é muito curioso e interessante" inglês – mais do que ajustei as contas...

Ela chorou de modo tão estranho. Com os olhos bem fechados, o rosto muito sereno exceto pelas pálpebras trêmulas. As lágrimas desciam como pérolas por seu rosto, e ela as deixava cair.

Mas ao perceber meu olhar ela abriu os olhos e me viu segurando a carta.

– Você a leu?

A voz dela estava muito calma, mas não era mais a voz dela.

Era como a voz que poderia se imaginar vinda de uma pequena e fria conchinha do mar levada pela maré salgada à praia seca...

Assenti, muito emocionado, compreende, e abaixei a carta.

– É inacreditável! Inacreditável! – murmurei.

Com isso ela se levantou do chão, andou até o lavatório, mergulhou o lenço na jarra e passou-o nos olhos, dizendo:

– Ah, não. Não é inacreditável de maneira alguma.

E ainda pressionando a bola úmida nos olhos se voltou para mim, para sua poltrona com tiras de renda e ali se afundou.

– É claro que eu sabia o tempo todo – disse a vozinha fria e salgada. – Desde o momento em que começamos. Senti tudo isso dentro de mim, mas ainda tinha esperança. – E então ela largou o lenço e me deu um último olhar. – Assim como agem as pessoas estúpidas, sabe?

– Como elas agem.

Silêncio.

– Mas o que vai fazer? Vai voltar? Vai procurá-lo?

Isso a fez se sentar ereta e me encarar.

– Que ideia sensacional! – disse ela, mais friamente do que nunca. – Claro que não devo sonhar em vê-lo. E quanto a voltar, está fora de cogitação. Não posso voltar.

– Mas...

– É impossível. Porque todos os meus amigos pensam que sou casada.

Estendi a mão.

– Ah, minha pobre amiguinha.

Mas ela recuou. (Movimento em falso.)

Claro que havia uma questão que esteve em minha mente todo esse tempo. Odiava isso.

– Você tem algum dinheiro?

– Sim, tenho vinte libras, aqui – e ela colocou a mão sobre o seio. Fiz uma reverência. Era bem mais do que eu esperava.

– Quais são os seus planos?

Sim, eu sei. Minha pergunta foi a mais grosseira, a mais idiota que poderia ter feito. Ela havia sido tão dócil, havia demonstrado tanta confiança em mim, deixando, ao menos de modo espiritual, que eu segurasse aquele corpinho trêmulo e acariciasse sua cabecinha peluda – e agora, eu a havia jogado fora. Ah, eu deveria ter me esmurrado.

Ela se levantou.

– Não tenho planos. Mas é muito tarde. Você precisa ir, por favor.

Como eu poderia tê-la de volta? Eu a queria de volta. Juro que então eu não estava fingindo.

– Saiba que eu sou seu amigo – disse. – Vai me deixar vir amanhã cedo? Vai me deixar tomar conta de você um pouquinho, cuidar de você um pouquinho? Você vai me usar como for conveniente?

Eu consegui. Ela saiu da toca... tímida... mas saiu.

– Sim, você é muito gentil. Sim. Venha mesmo amanhã. Ficarei contente. Isso torna as coisas bem difíceis porque – e outra vez agarrei sua mão de garotinho – *je ne parle pas français.*

Somente quando já havia percorrido metade do caminho pelo bulevar compreendi toda a força daquilo.

Porque eles estavam sofrendo... aqueles dois... realmente sofrendo. Eu tinha visto duas pessoas sofrerem como suponho que jamais verei...

NATURALMENTE VOCÊ SABE o que esperar. Pode antecipar tudo o que vou escrever. Caso contrário não seria eu.

Nunca voltei àquele lugar.

Sim, ainda devo aquela quantidade considerável de almoços e jantares, mas isso não interessa. É vulgar mencionar isso junto ao fato de que nunca mais vi Mouse.

Logicamente, pretendia vê-la. Eu me preparava, ia até a porta, escrevia e rasgava cartas – fiz tudo isso. Mas simplesmente não conseguia me empenhar até o final.

Até agora não compreendo com clareza o motivo. É evidente que sabia que não poderia prosseguir com aquilo. Esse foi um dos motivos. Mas você pensaria, colocando a questão da maneira mais vulgar, que a curiosidade não podia manter meu faro de *fox terrier* afastado...

Je ne parle pas français. Para mim esse foi o seu canto do cisne.

Mas como ela me faz quebrar as minhas regras. Ah, você viu por si mesmo, mas eu poderia lhe dar inúmeros exemplos.

... noites, quando me sento em algum café sombrio e uma pianola começa a tocar uma melodia "mouse" (há dúzias de melodias que evocam apenas ela), começo a sonhar com algo como...

Uma casinha à beira-mar, em algum lugar longe, bem longe. Uma moça lá fora vestida com uma roupa parecida com a de uma índia pele-vermelha, acenando para um rapaz que vem da praia, correndo.

– O que você pegou?
– Um peixe. – Dou um sorriso e entrego para ela.

... a mesma moça, o mesmo rapaz, roupas diferentes – sentados numa janela aberta comendo frutas e inclinados para fora e rindo.

– Todos os morangos silvestres são para você, Mouse. Não pegarei nenhum.

... uma noite chuvosa. Eles vão para casa juntos, debaixo de um guarda-chuva. Param na porta para beliscar juntos as bochechas molhadas.

E continua e continua, até que um velho galanteador safado vem até a minha mesa, senta-se à minha frente e começa a rir e tagarelar. Até que me ouço dizendo:

– Mas eu tenho uma mocinha para você, *mon vieux*. Baixinha... tão pequenina.

Beijo a ponta dos meus dedos e os coloco sobre o coração.

– Dou minha palavra de honra como um cavalheiro, um escritor sério, jovem e extremamente interessado na literatura inglesa moderna.

Preciso ir, preciso ir. Pego meu casaco e o chapéu. Madame me conhece.

– Ainda não jantou? – ela sorri.
– Não, ainda não, Madame.

3

A festa no jardim

1922

E, afinal, o clima estava ideal. Eles não poderiam contar com um dia mais perfeito para uma festa no jardim, foi melhor que a encomenda. Sem vento, cálido, nenhuma nuvem no céu. Apenas o azul velado por uma névoa leve de luz dourada, como às vezes acontece no início do verão. O jardineiro ficara ali desde o amanhecer, aparando e varrendo os gramados, até que a grama e as rosetas escuras dos canteiros onde ficavam as margaridas pareceram brilhar. Quanto às rosas, não se pode deixar de sentir que as rosas são as únicas flores que impressionam as pessoas em uma festa no jardim; as únicas flores que todos têm a certeza de conhecer. Centenas, sim, literalmente centenas, floriram em apenas uma noite; os galhos verdes se curvavam como se tivessem sido visitados por arcanjos.

Ainda não haviam terminado o café da manhã quando os homens chegaram para instalar a tenda ao ar livre.

– Onde quer que ponham a tenda, mãe?

– Minha filha querida, não adianta me perguntar. Estou determinada a deixar tudo por conta de vocês, meninas. Esqueçam que sou sua mãe. Tratem-me como uma convidada de honra.

Mas Meg não tinha condições de supervisionar os homens. Lavara o cabelo antes do desjejum, estava sentada com seu café e um turbante verde, e tinha um cacho escuro e úmido sobre cada bochecha. Jose, preocupada com a aparência, sempre descia com uma camisola de seda e quimono.

– Você deve ir, Laura; você é a artista.

Laura saiu depressa, ainda segurando um pedaço de pão com manteiga. É tão delicioso ter uma desculpa para comer ao ar livre, e além disso, ela adorava organizar as coisas; sempre achou que podia fazer isso muito melhor que qualquer pessoa.

Quatro homens em mangas de camisa estavam de pé, agrupados na trilha do jardim. Carregavam estacas com lonas enroladas e tinham grandes sacolas de ferramentas penduradas nos ombros. Impressionavam. Laura agora preferia não segurar o pedaço de pão com manteiga, mas não tinha onde colocá-lo nem podia jogá-lo fora. Ficou ruborizada e tentou parecer severa e mesmo um pouco míope ao se aproximar deles.

– Bom dia – disse, imitando a voz da mãe. Mas soava tão afetada e medrosa que ficou com vergonha, e passou a gaguejar como uma garotinha. – Ah... é... vocês... vieram... é sobre o toldo?

– Isso mesmo, senhorita – disse o mais alto deles, um sujeito magricela e sardento, e mudou de lado a sacola de ferramentas que levava, empurrou o chapéu de palha para trás e sorriu. – É sobre o toldo.

O sorriso dele era tão franco e simpático que Laura se recuperou. Tinha olhos lindos, pequenos, mas que tom de azul-escuro! E agora ela olhava os outros, que sorriam também. "Ânimo, a gente não morde", era o que o sorriso dele parecia dizer. Que operários gentis! E que manhã linda! Ela não devia mencionar a manhã; devia ser profissional. O toldo.

– Bem, que tal na clareira dos lírios? Ficaria bom?

E ela apontou a clareira dos lírios com a mão que não segurava o pão com manteiga. Eles se viraram e olharam naquela direção. Um camarada gordinho esticou o lábio inferior, o sujeito alto franziu o cenho.

– Eu não gosto – disse ele. – Não fica bem visível. Sabe, algo como um toldo – e se virou para Laura de seu jeito afável –, você deve colocar em um lugar que pareça um tapa na cara, se é que entende o que quero dizer.

Por um momento, e devido à maneira como foi criada, isso fez Laura imaginar se seria respeitoso da parte de um operário lhe dirigir a palavra usando termos como tapa na cara. Mas ela entendeu o que ele quis dizer.

– No canto da quadra de tênis – sugeriu ela. – Mas a orquestra vai ficar em um dos cantos.

– Hummm, vai ter uma banda? – disse outro operário. Estava pálido. Tinha uma expressão intratável enquanto os olhos escuros esquadrinhavam a quadra de tênis. O que estaria pensando?

– Apenas uma orquestra pequena – disse Laura com suavidade. Talvez ele não se importasse tanto se a banda fosse bem pequena. Mas o sujeito alto os interrompeu.

– Veja, senhorita, aquele é o lugar. De frente para as árvores. Lá adiante. Vai ficar bom.

De frente para as *karakas*.* Então elas ficariam escondidas. E eram tão bonitas, com folhas largas e brilhantes e frutas ao sol em uma espécie de esplendor silencioso. Deveriam ficar escondidas por uma tenda?

Deveriam. Os homens já tinham posto as estacas no ombro e rumavam para o local. Somente o sujeito alto ficou. Ele se abaixou, tirou um galhinho de lavanda, levou o polegar e o indicador ao nariz e sentiu o cheiro. Quando Laura viu aquele

---

*Árvores nativas da Nova Zelândia, com 15 metros de altura, que dão pequeninos frutos alaranjados – o que indica que a história se passa em fevereiro. (N. da T.)

gesto, esqueceu tudo a respeito das *karakas,* maravilhada por vê-lo demonstrar interesse por coisas como... se importar com o cheiro da lavanda. Quantos homens conhecia que teriam feito algo assim? Ah, que operários notavelmente gentis eram aqueles, ela pensou. Por que não poderia ter operários como amigos em vez de garotos tolos com quem dançava e que vinham à ceia de domingo? Ela estaria bem melhor com homens como aqueles.

"Tudo é a culpa", ela concluiu, quando o mais alto desenhava algo no verso do envelope, algo que deveria ser amarrado ou pendurado, uma dessas absurdas distinções de classe. Bem, de sua parte ela não sentia isso. Nem um pouco, nem um átomo... E agora vinha o *toc-toc* dos martelos de madeira. Alguém assoviava, outro cantava: "Está aí, colega", "Colega!". A camaradagem disso, a... a... Somente para provar como ela estava feliz, apenas para provar ao sujeito alto como ela se sentia à vontade, e como menosprezava convenções estúpidas, Laura deu uma boa mordida no pão com manteiga enquanto olhava o desenhozinho. Ela se sentia como uma operária.

– Laura, Laura, onde está você? Telefone, Laura! – gritou uma voz da casa.

– Já vou!

Ela se afastou apressada, pelo gramado, trilha acima, subindo os degraus, atravessou a varanda e chegou ao alpendre. Na sala, seu pai e Laurie escovavam os chapéus, prontos para ir ao escritório.

– Laura – disse Laurie com pressa. – Você precisa dar uma olhada no meu casaco ainda esta manhã. Veja se precisa passar.

– Vou olhar – disse Laura. De repente não se conteve. Correu até Laurie e lhe deu um abraço, suave e ligeiro. – Ah, eu realmente adoro festas, e você? – perguntou ofegante.

– Muuito – disse a voz acolhedora e juvenil de Laurie, e ele também abraçou a irmã e lhe deu um empurrãozinho. – Vá correndo atender o telefone, mocinha.

O telefone.

– Sim, sim; ah, sim. Kitty? Bom dia, querida. Vem almoçar? Venha, querida. Claro que é um prazer. Vai ser uma refeição simples... somente cascas de sanduíches e merengues partidos e as sobras. Sim, não está uma manhã linda? O seu branco? Ah, com certeza deve. Um momento... espere na linha. Mamãe está chamando. – E Laura se virou: – O que é, mãe? Não estou ouvindo.

A voz da Sra. Sheridan desceu flutuando pelas escadas:

– Diga para ela vir com aquele chapeuzinho bonito que usou no domingo passado.

– Mamãe disse para vir com aquele chapeuzinho *bonito* que usou no domingo passado. Está certo. Uma da tarde. Tchau, tchau.

Laura desligou o telefone, levantou os braços, inspirou profundamente e os deixou cair.

– Humm! – suspirou, e logo depois se sentou.

Estava parada, ouvindo. Todas as portas da casa pareciam estar abertas. A casa ressoava com passos leves e rápidos e vozes incessantes. A porta revestida de feltro verde, com mola, de acesso à área da cozinha, se escancarou e se fechou com um estrondo abafado. E então veio um som extenso, arrastado e estranho. Era o pesado piano sendo arrastado com as rodinhas emperradas. Mas o ar! Se alguém parasse para perceber, o ar era sempre assim? Pequenas lufadas de vento brincavam entrando pelo alto das janelas, saindo pelas portas. E havia duas pequeninas manchas de sol, que também brincavam, uma delas numa moldura de prata de uma fotografia. Manchinhas adoráveis. Principalmente aquela na tampa do tinteiro. Era uma graça. Uma graça de estrelinha prateada. Ela poderia tê-la beijado.

A campainha da porta da frente tocou, e lá se ouviu o farfalhar da saia estampada de Sadie. Uma voz masculina murmurou; Sadie respondeu, indiferente:

– Realmente não sei. Espere. Vou perguntar à Sra. Sheridan.
– O que é, Sadie?
Laura entrou no salão.
– É o florista, Srta. Laura.
Era, de fato. Ali, perto da porta, estava uma bandeja larga e rasa repleta de potes de lírios cor-de-rosa. Nenhum de outro tipo. Nada que não fossem lírios: lírios de canna, enormes flores cor-de-rosa, totalmente abertas, radiantes, vivas de um modo quase assustador nas hastes vermelho-claro.

– Aah, Sadie! – disse Laura, e o som pareceu um leve gemido.

Ela se agachou como se aquecesse com aquele esplendor dos lírios; ela os sentiu em seus dedos, lábios, crescendo em seu peito.

– Há algum engano – disse vagamente. – Ninguém nunca encomendou tantos. Vá procurar mamãe, Sadie.

Mas naquele momento a Sra. Sheridan chegou.

– Está correto – disse com calma. – Sim, eu encomendei as flores. Não são lindas? – Apertou o braço de Laura. – Estava passando pela loja e as vi na vitrine. E subitamente pensei que uma vez na vida deveria ter bastante lírios de canna. A festa no jardim foi uma boa desculpa.

– Achei que você tinha dito que não iria interferir – disse Laura.

Sadie já tinha ido. O rapaz da floricultura ainda estava lá fora, no veículo de entregas. Ela colocou o braço em torno do pescoço da mãe e, de leve, bem levemente, mordeu sua orelha.

– Minha filha querida, você não iria gostar de uma mãe racional, iria? Não faça isso. Aqui está, rapaz.

Ele ainda carregava mais lírios, outra bandeja repleta.

– Pode enfileirar ali, logo depois da porta, nos dois lados do vestíbulo, por favor – disse a Sra. Sheridan. – Não concorda, Laura?

– Ah, mãe, eu *concordo*.

Na sala de visitas, Meg, Jose e o bom Hans finalmente conseguiram mudar o piano de lugar.

– Agora, e se colocarmos este sofá contra a parede e tirarmos tudo da sala, exceto as poltronas, o que acha?

– Sim, concordo.

– Hans, leve essas mesas para a sala de fumantes e traga uma vassoura para tirar essas marcas do tapete e... um momento, Hans...

Jose adorava dar ordens aos criados, e eles adoravam obedecê-la. Ela sempre os fazia sentir que estavam participando de uma peça de teatro.

– Diga à mãe e à Srta. Laura para virem aqui já.

– Perfeitamente, Srta. Jose.

Ela se virou para Meg.

– Quero ouvir como está o piano, caso me peçam para cantar esta tarde. Vamos tentar com "Essa vida é triste".

Pom! Ta-ta-ta Tii-ta! O piano eclodiu tão apaixonadamente que a expressão no rosto de Jose mudou. Ela uniu as mãos e as apertou. Parecia triste e enigmática para Laura e a mãe; foi a impressão que causou quando elas entraram.

> *Que vida tão triiis-te,*
> *Uma lágrima... um soluço.*
> *Um amor que muu-da,*
> *Que vida tão triiis-te,*
> *Uma lágrima... um soluço.*
> *Um amor que muu-da,*
> *E então... Adeus!*

Mas na palavra "Adeus", e embora o piano soasse mais desesperado do que nunca, seu rosto se abriu em um sorriso resplandecente, quase assustadoramente antipático.

– Não estou com uma boa voz, mamãe? – perguntou, radiante.

Que vida tão triiis-te,
A esperança vem morrer.
Do sonho – o despertar.

Mas agora Sadie as interrompeu.
– O que foi, Sadie?
– Por favor, *sinhora*, a cozinheira perguntou se a *sinhora* tem os emblemas para marcar os sanduíches.
– Os marcadores para os sanduíches, Sadie? – repetiu a Sra. Sheridan, sonhadora. E as filhas percebiam pela expressão de seu rosto que ela não os tinha.
– Deixe-me pensar. – E disse a Sadie com firmeza: – Avise à cozinheira que entregarei em dez minutos.
Sadie saiu da sala.
– Agora, Laura – falou a mãe. – Venha comigo à sala de fumantes. Tenho os nomes no verso de um envelope em algum lugar. Você precisará escrever para mim. Meg, suba já e tire esse turbante molhado da cabeça. Jose, vá logo e acabe de se vestir imediatamente. Vocês entenderam ou preciso contar ao seu pai quando ele voltar para casa à noite? E... e, Jose, se realmente for à cozinha, acalme a cozinheira, por favor! Estou apavorada com ela esta manhã.
Finalmente o envelope foi encontrado, atrás do relógio da sala de jantar, embora a Sra. Sheridan não pudesse imaginar como fora parar ali.
– Meninas, uma de vocês deve ter roubado a minha bolsa, porque me lembro claramente... *cream cheese* e coalhada de limão. Anotou?
– Sim.
– Ovos e... – A Sra. Sheridam afastou o envelope. – Parece acetona. Não pode ser acetona, pode?

— Azeitona, querida – disse Laura, olhando sobre o ombro.

— Sim, é claro, azeitona. Parece uma combinação terrível. Ovo e azeitona.

Afinal terminaram, e Laura levou tudo à cozinha. Encontrou Jose acalmando a cozinheira, que nem parecia tão apavorada.

— Nunca vi sanduíches tão requintados – disse Jose, com a voz arrebatada. – Quantos tipos disse que havia? Quinze?

— Quinze, Srta. Jose.

— Bem, eu lhe dou os parabéns.

A cozinheira juntou as cascas de pão com a comprida faca de sanduíches e deu um sorriso largo.

— A Godber's chegou – anunciou Sadie, ao sair da despensa. Tinha visto o funcionário passar pela janela.

Isso significava que as bombinhas de creme tinham chegado. A Godber's era famosa pelas bombinhas. Ninguém se atrevia a fazê-las em casa.

— Traga todas aqui e ponha na mesa, minha menina – ordenou a cozinheira.

Sadie trouxe as bombinhas e retornou à porta. Claro que Laura e Jose eram muito crescidas para realmente se importarem com algo assim. De qualquer forma, não podiam deixar de concordar que as bombinhas estavam muito atraentes. Muito. A cozinheira começou a arrumá-las, e as sacudia para retirar o excesso de açúcar de confeiteiro.

— Não nos leva ao passado, a todas as nossas festas? – perguntou Laura.

— Suponho que sim – respondeu a pragmática Jose, que jamais gostou de ser levada a devaneios. – Confesso que parecem muito leves e fofinhas.

— Podem pegar uma para provar, minhas queridas – disse a cozinheira com sua voz reconfortante. – A mãe de vocês não vai saber.

Ah, impossível. Bombinhas de creme caprichadas tão cedo, após o café da manhã. A ideia em si fez uma delas tremer. Mesmo assim, dois minutos depois, Jose e Laura estavam lambendo os dedos com aquele ar introspectivo e absorto que só o chantilly pode provocar.

– Vamos até o jardim, pela porta dos fundos – sugeriu Laura. – Quero ver como os homens estão montando o toldo. São homens tremendamente simpáticos.

Mas a porta dos fundos fora bloqueada pela cozinheira, por Sadie, pelo rapaz da Godber's e Hans.

Algo havia acontecido.

– *Tsc-tsc-tsc* – fazia a cozinheira, como uma franga agitada. Sadie tinha uma das mãos espalmada na bochecha, como se tivesse dor de dente. O rosto de Hans estava contraído com esforço para compreender. Apenas o rapaz da Godber's parecia se divertir: aquela história era dele.

– Qual é o problema? O que aconteceu?

– Aconteceu um acidente horrível – disse a cozinheira. – Um homem foi morto.

– Um homem morto! Onde? Como? Quando?

Mas o rapaz da Godber's não deixaria a história dele ser roubada debaixo de seu nariz.

– Conhece aquelas casinhas logo depois daqui, senhorita? Se as conhecia? Claro que ela conhecia.

– Bem, tem um rapaz que mora lá, chamado Scott, um carroceiro. O cavalo dele trombou com uma máquina de tração na esquina da Hawke Street hoje de manhã, e ele foi jogado para fora e caiu com a parte de trás da cabeça no chão. Morreu.

– Está morto! – Laura olhou para o rapaz da Godber's.

– Estava morto quando o encontraram – disse o rapaz da Godber's, com deleite. – Estavam levando o corpo para casa quando eu vinha para cá. – E então, voltando-se para a cozinheira: – Deixou mulher e cinco filhos pequenos.

– Jose, venha cá. – Laura puxou a manga da irmã e a arrastou pela cozinha até a porta de feltro verde. Ela parou e se recostou na porta. – Jose! – disse ela, horrorizada. – Seja lá como for, vamos suspender tudo!

– Suspender tudo, Laura? – gritou Jose, atônita. – O que quer dizer?

– Suspender a festa no jardim, é claro!

Por que Jose se fazia de desentendida?

Mas Jose estava ainda mais espantada.

– Suspender a festa no jardim? Laura, minha querida, não fale algo tão absurdo. Claro que não podemos fazer isso. Ninguém espera que façamos isso. Não seja extravagante.

– Mas não podemos dar uma festa no jardim com um homem morto bem ali, diante do portão da frente.

Aquilo realmente era extravagante, porque os casebres ficavam num beco, ao pé de uma subida íngreme que levava até a casa. Uma rua larga passava no meio. Na verdade, ficavam muito perto. Eram algo feio de ver, e eles não tinham direito algum de estar naquela área. Eram casebres pobres pintados de marrom-chocolate. Nos canteiros dos quintais não havia nada além de talos de repolho, galinhas doentes e latas de tomate. Até mesmo a fumaça que saía das chaminés era marcada pela pobreza. Uns fiapos e frangalhos de fumaça, bem diferentes das grandes plumas prateadas que se desenrolavam das chaminés dos Sheridans. No beco moravam lavadeiras, garis e um sapateiro, e um homem cuja fachada da casa era coberta por gaiolas de passarinhos. As crianças se aglomeravam. Na infância, os Sheridans foram proibidos de colocar os pés ali, por causa da linguagem chula e das doenças que podiam pegar. Mas, desde que cresceram, Laura e Laurie passavam de vez em quando por lá. Era sórdido e desagradável. Elas saíam arrepiadas. Mas, mesmo assim, é preciso andar por toda parte; ver de tudo. Por isso iam.

– Pense só como o som da orquestra soaria para aquela pobre mulher – disse Laura.

– Ah, Laura, se for impedir uma orquestra de tocar cada vez que alguém sofre um acidente, você levará uma vida extenuante. Sinto tanta pena quanto você. Também sou solidária. – Ela endureceu o olhar. Encarou-a do mesmo jeito que fazia quando eram pequenas e brigavam. – Você não vai ressuscitar um operário bêbado sendo sentimental – disse com gentileza.

– Bêbado! Quem disse que ele estava bêbado? – Laura se virou furiosa para Jose. Ela falou da mesma forma que costumavam falar nessas ocasiões. – Vou contar a mamãe imediatamente.

– Conte, querida – retrucou Jose.

– Mamãe, posso entrar no seu quarto? – Laura virou a maçaneta de porcelana.

– Claro, filha. Por quê? Qual é o problema? O que lhe deixou dessa cor? – E a Sra. Sheridan se virou de sua penteadeira. Estava experimentando um chapéu novo.

– Mãe, um homem foi morto – começou Laura.

– *Foi* no jardim? – interrompeu a mãe.

– Não, não!

– Ah, que susto você me deu! – A Sra. Sheridan suspirou com alívio, tirou o chapelão e o apoiou no colo.

– Escute, mãe – disse Laura. Ofegante, quase sufocada, ela contou a terrível história. – Claro que não podemos dar a nossa festa, podemos? – implorou. – A orquestra e todos chegando. Mãe, eles iriam ouvir; são quase vizinhos!

Para espanto de Laura, a mãe se comportou exatamente como Jose. Era mais difícil de suportar porque ela parecia achar graça. Recusava-se a levar Laura a sério.

– Mas, minha filha querida, use seu bom senso. Foi apenas por acidente que soubemos disso. Se alguém tivesse morrido lá, de uma morte natural, e eu não sei como conseguem se manter vivos naqueles buracos apertados, nós ainda assim daríamos a nossa festa, não é?

Laura teve de concordar, mas sentia que aquilo estava errado. Sentou-se no sofá da mãe e apertou o babado de uma almofada.

– Mãe, não é terrivelmente cruel da nossa parte?

– Querida! – A Sra. Sheridan se levantou e foi até ela, levando o chapéu. Antes que Laura pudesse impedi-la, colocou o chapéu nela. – Minha filha! O chapéu é seu. Foi feito para você. É muito jovial para mim. Nunca vi você parecer tanto com uma pintura. Veja só! – E lhe entregou um espelho com cabo.

– Mas, mãe – recomeçou Laura. Ela não conseguia se olhar; virou-se de lado.

Mas, como Jose, a Sra. Sheridan perdeu a paciência.

– Você está sendo ridícula, Laura. Pessoas como aquelas não esperam sacrifícios de nós. E não é nada simpático estragar a diversão dos outros como está fazendo agora.

– Eu não entendo – disse Laura, saindo depressa para o seu quarto.

Lá, a primeira visão que teve foi a de uma moça bonita, de chapéu preto emoldurado por margaridas douradas e uma longa fita de veludo preto. Ela nunca imaginara que podia ter essa aparência. "Mamãe está certa?", ela se perguntou. E agora esperava que a mãe estivesse certa. Estou sendo extravagante? Talvez fosse extravagante. Apenas por um minuto teve outra visão daquela mulher pobre e daquelas crianças, e do corpo sendo carregado para dentro da casa. Mas tudo parecia obscurecido, irreal, como uma fotografia no jornal. "Lembrarei outra vez disso quando a festa terminar", ela decidiu. E de algum modo esse parecia o melhor plano...

O almoço acabou à uma e meia. Por volta de duas e meia todas estavam prontas para a batalha. A orquestra com os músicos de uniforme verde chegara e estava em um canto da quadra de tênis.

– Minha querida! – gorjeou Kitty Maitland – Eles não estão muito parecidos com sapos? Devia tê-los arrumado em volta do lago com o maestro no meio de uma folha.

Laurie chegou, cumprimentou todos e foi trocar de roupa. Ao vê-lo, Laura relembrou do acidente. Queria lhe contar. Se Laurie concordasse com os outros, então aquilo estaria correto. E ela o seguiu até o vestíbulo.

– Laurie!
– Olá!

Ele estava no meio da escada, mas quando se virou e viu Laura, inflou as bochechas e arregalou os olhos para ela.

– Laura, você está deslumbrante – disse Laurie. – Que chapéu esplêndido!

Laura falou vagamente:

– É mesmo? – e sorriu, sem dizer mais nada.

Logo depois as pessoas passaram a chegar, em torrentes. A orquestra começou; os garçons contratados corriam da casa para a tenda. Para onde quer que se olhasse havia casais passeando, se inclinando sobre as flores, se cumprimentando, se movimentado no gramado. Eram como se pássaros alegres tivessem pousado no jardim dos Sheridans, só por essa tarde, em seu rumo para: onde? Ah, que felicidade é estar com pessoas que estão todas felizes, apertar as mãos, sorrir.

– Laura, querida, como você está bem!
– Como esse chapéu fica bem em você, menina!
– Laura, você parece uma espanhola. Nunca a vi tão bonita.

E Laura, alvo de tantos elogios, respondia gentilmente: "Já se serviu de chá?" "Não vai tomar um sorvete? O de maracujá está delicioso."

Ela correu até o pai e implorou:

– Papai querido, os músicos não podem beber algo?

E a tarde perfeita amadureceu aos poucos, murchou aos poucos e as pétalas se fecharam.

"Nunca houve uma festa tão agradável no jardim..." "O maior sucesso..." "Realmente a melhor..."

Laura ajudou a mãe com as despedidas. Ficaram lado a lado na entrada até que tudo terminasse.

– Acabou, acabou, graças a Deus – disse a Sra. Sheridan. – Chame os outros, Laura. Vamos tomar um café quente. Estou exausta. Sim, foi o maior sucesso. Mas, ah, essas festas, essas festas! Por que vocês insistem em dar festas, meninas?

E todos se sentaram sob o toldo vazio.

– Pegue um sanduíche, papai querido. Eu escrevi nos marcadores.

– Obrigado. – O Sr. Sheridan deu uma mordida e acabou com o sanduíche. Pegou outro. – Suponho que não souberam do acidente brutal que aconteceu hoje – disse ele.

– Meu querido – disse a Sra. Sheridan erguendo a mão. – Nós soubemos. Quase estragou a festa. Laura insistiu para que adiássemos.

– Ah, mãe! – Laura não queria ser provocada com isso.

– Foi horrível, mesmo assim – disse o Sr. Sheridan. – Além de tudo, o sujeito era casado. Morava logo abaixo do beco, e deixou a mulher e meia dúzia de filhinhos, dizem.

Um breve silêncio constrangedor tomou conta da conversa. A Sra. Sheridan remexia a xícara. Realmente, era muita falta de tato do pai...

Ela ergueu o olhar subitamente. Ali na mesa estavam todos aqueles sanduíches, bolos, bombinhas, todos intactos, a ponto de serem desperdiçados. Ela teve uma de suas ideias brilhantes.

– Eu sei – disse ela. – Vamos fazer uma cesta. Vamos mandar para aquela pobre criatura um pouco dessa comida em perfeitas condições. De alguma forma, será um presente para as crianças. Não concordam? E, com certeza, ela receberá visitas dos vizinhos. É bom deixar tudo pronto. Laura!

Ela se levantou prontamente.

– Traga a maior cesta do armário debaixo das escadas.

– Mas, mãe, realmente acha que é uma boa ideia? – perguntou.

Curiosamente, outra vez ela parecia ser diferente de todos eles. Levar as sobras da festa. A pobre mulher gostaria mesmo disso?

– Claro! O que há com você hoje? Faz uma ou duas horas você insistia que devíamos ser solidários, e agora...

Ah, está bem! Laura correu para pegar a cesta. A mãe a encheu, deixando-a abarrotada.

– Leve você mesma, querida – disse ela. – Vá lá assim como está. Não, espere, leve os copos-de-leite. Gente dessa classe se impressiona muito com copos-de-leite.

– Os talos vão estragar o seu vestido de renda – disse a pragmática Jose.

E estragariam mesmo. Bem a tempo.

– Então leve somente a cesta. E, Laura – a mãe a seguiu até fora da tenda –, em nenhuma hipótese...

– O quê, mãe?

Não, melhor não colocar tais ideias na cabeça da menina!

– Nada! Vá logo!

Já começava a escurecer quando Laura fechou os portões do jardim. Um cachorro grande passou como uma sombra. A estrada cintilava, clara, e lá embaixo, ao fundo, os casebres estavam numa penumbra profunda. Como tudo parecia silencioso após aquela tarde. Ela ia ladeira abaixo a algum lugar onde um homem jazia morto, e não podia compreender isso. Por que não podia? Ela parou por um momento. E lhe pareceu que beijos, vozes, o tilintar de colheres, risadas, o aroma de grama amassada estavam, de algum modo, dentro dela. Ela não tinha espaço para mais nada. Como era estranho! Olhou o céu pálido, e tudo o que pensou foi: "Sim, foi a melhor festa."

Agora tinha atravessado a rua mais larga. Começava o beco, enfumaçado e escuro. Mulheres de xale e bonés de *tweed* masculinos passavam. Os homens se apoiavam nas cercas; crianças brincavam nas portas das casas. Um zunido surdo vinha dos pequenos casebres humildes. Em alguns deles havia um lampejo de luz, e uma sombra em forma de caranguejo se movia do outro lado da janela. Laura abaixou a cabeça e se apressou. Agora ela desejava ter vestido um casaco. Como o vestido dela brilhava! E o chapelão com laço de veludo... se fosse outro chapéu ao menos! As pessoas estariam olhando? Deviam estar. Foi um erro ter vindo; ela sabia o tempo todo que era um erro. Deveria voltar, mesmo agora?

Não, agora era muito tarde. Essa era a casa. Devia ser. Havia um aglomerado sombrio de pessoas do lado de fora. Ao lado do portão, uma mulher muito, muito velha com um par de muletas observava, sentada em uma cadeira. Seus pés estavam sobre um jornal. As vozes silenciaram quando Laura chegou perto. O grupo se dividiu. Era como se ela fosse aguardada, como se soubessem que ela viria.

Laura estava terrivelmente nervosa. Afastando a fita de veludo por cima dos ombros, disse a uma mulher de pé à sua frente:

– Esta é a casa da Sra. Scott?

E a mulher respondeu com um sorriso estranho:

– É, mocinha.

Ah, estar longe dali! E chegou a dizer: "Deus, me ajude" quando passou pela trilhazinha e bateu à porta. Estar longe daqueles olhares fixos nela, ou estar coberta com algo, mesmo um daqueles xales das mulheres. Vou apenas deixar a cesta e vou embora, decidiu. Nem mesmo esperar que a esvaziem.

Então a porta se abriu. Uma mulherzinha de preto apareceu na penumbra.

– A senhora é a Sra. Scott?

Mas para seu horror a mulher respondeu:

– Entre, faz favor, senhorita. – E ela se viu fechada no corredor.

– Não – disse Laura – Não quero entrar. Só quero deixar esta cesta. Mamãe mandou...

A mulherzinha no corredor parecia não tê-la escutado.

– Venha por aqui, por favor, senhorita – disse com a voz escorregadia, e Laura a seguiu.

Ela se viu numa cozinha pequena e miserável, de teto baixo, iluminada por uma lamparina enfumaçada. Havia uma mulher sentada diante da lareira.

– Emm – disse a criaturinha que a fizera entrar. – Emm! É uma mocinha. – Virou-se para Laura.

– Sou a irmã dela, senhorita. Vai disculpá ela, não vai?

– Ah, mas é claro! – disse Laura. – Por favor, não a perturbe. Eu... eu só quero ir...

Mas naquele instante a mulher na lareira se virou. O rosto dela, intumescido, vermelho, com olhos inchados e lábios inchados, tinha uma aparência horrível. Ela parecia não entender por que Laura estava ali. O que isso significava? Por que essa estranha em pé na cozinha com uma cesta? O que seria aquilo tudo? E o rosto miserável se enrugou de novo.

– Está certo, minha querida – disse a outra. – Eu vou agradecer a moça.

E ela começou outra vez.

– Você vai desculpá-la, senhorita, tenho certeza. – E o rosto dela, também inchado, ensaiou um sorriso sem vontade.

Laura só queria sair dali, ir embora. Estava de volta ao corredor. A porta se abriu. Ela entrou direto no quarto onde estava o homem morto.

– Queria dar uma olhada nele, não é? – disse a irmã de Emm, e esbarrou em Laura, seguindo até a cama. – Não tenha

medo, mocinha... – E agora a voz dela soava orgulhosa e astuta, e orgulhosamente ela levantou o lençol. – Ele parece uma pintura. Não tem nada para mostrar. Venha, minha querida.
Laura foi.
Ali jazia um homem jovem, adormecido... dormindo tão profundamente que estava longe, muito longe delas. Ah, tão distante, tão pacífico. Ele estava sonhando. Nunca mais iria acordar. A cabeça se afundava no travesseiro, os olhos fechados estavam cegos debaixo das pálpebras fechadas. Estava entregue ao seu sonho. O que festas no jardim e cestas e vestidos de renda importavam para ele? Estava longe de tudo isso. Ele era maravilhoso, bonito. Enquanto estavam rindo e a banda tocava, essa maravilha veio para o beco. Feliz... feliz... Está tudo bem, dizia o rosto adormecido. Está exatamente como devia ser. Estou contente.
Mas mesmo assim tinha de chorar, e ela não podia sair do quarto sem lhe dizer algo. Laura deu um soluço alto e infantil.
– Perdoe o meu chapéu – disse.
E desta vez ela não esperou pela irmã de Emm. Laura encontrou a saída, passou pela porta, pela trilhazinha, por todas aquelas pessoas sombrias. Na esquina do beco estava Laurie.
Ele saiu das sombras.
– É você, Laura?
– Sou eu.
– Mamãe está ansiosa. Foi tudo bem?
– Sim. Ah, Laurie! – Ela segurou o braço dele, e se recostou.
– Não está chorando, está? – perguntou o irmão.
Laura balançou a cabeça. Estava.
Laurie colocou o braço no ombro dela.
– Não chore – disse com sua voz cordial e afetuosa. – Foi muito ruim?
– Não – Laura soluçou. – Foi simplesmente maravilhoso. Mas Laurie...

Ela parou, olhou para o irmão.
– A vida não é... – balbuciou ela. – A vida não é...
Mas o que era a vida ela não podia explicar. Não importava. Ele compreendeu tudo.
– *Não é*, querida? – disse Laurie.

4

Uma xícara de chá

1922

Rosemary Fell não era exatamente bonita. Não, não se poderia dizer que ela era bonita. Bonita? Bem, se julgarmos os detalhes... Mas por que ser tão cruel e julgar alguém pelos detalhes? Ela era jovem, brilhante, extremamente moderna, primorosamente bem-vestida, assombrosamente bem-informada sobre as novidades dos mais novos livros, e as suas festas eram a mais deliciosa mistura de pessoas realmente importantes e... artistas – criaturas singulares, descobertas dela, alguns deles muito amedrontadores para definir, mas outros bem apresentáveis e divertidos.

Havia dois anos que Rosemary estava casada. Tinha um lindo menino. Não, não era Peter: era Michael. E o marido a adorava. Eram ricos, realmente ricos, não tinham apenas uma vida confortável ou abastada, o que é repulsivo e sufocante e lembra os avós de alguém. Mas se Rosemary quisesse fazer compras iria a Paris, como eu e você vamos à Bond Street. Se quisesse comprar flores, um carro a deixaria na loja ideal em Regent Street, e, dentro da loja, Rosemary de sua maneira um tanto confusa e exótica diria:

– Quero essas e essas e aquelas. E quatro ramos daquelas. E aquele jarro de rosas. Sim, vou colocar todas as rosas em um jarro. Não, lilases não. Odeio lilases. São disformes.

O atendente inclinaria a cabeça e tiraria os lilases de vista, como se aquilo fosse uma verdade absoluta; lilases são terrivelmente disformes.

– Dê-me aquelas tulipazinhas atarracadas. Aquelas vermelhas e as brancas.

E ela iria até o veículo acompanhada por uma vendedora magra cambaleando debaixo de uma braçada de papel branco que se assemelhava a um bebê de camisola.

Certa tarde de inverno ela fora comprar algo em um pequeno antiquário da Curzon Street, em Mayfair. Era uma loja da qual gostava. Por um motivo que se guarda para si mesmo. O homem que cuidava do local sentia um orgulho absurdo em atendê-la. Ficava radiante sempre que ela entrava. Ele unia as mãos; sentia tanta satisfação que mal podia falar. Bajulação, é claro. Mesmo assim havia algo...

– Sabe, madame – explicou ele em seu tom de voz baixo e respeitoso. – Eu adoro minhas peças. Prefiro não me separar delas a vendê-las a alguém que não sabe apreciá-las, que não tem aquele bom gosto que é tão raro... – E, respirando profundamente, ele desenrolou um quadradinho de veludo azul e passou no vidro do balcão com seus dedos pálidos.

Hoje foi uma caixinha. Ele havia guardado para ela. Ainda não a mostrara a ninguém. Uma requintada caixinha esmaltada com um verniz tão fino que parecia ter sido assada com uma camada de creme. Na tampa, uma minúscula criatura estava debaixo de uma árvore florida, e outra mais minúscula ainda colocava os braços em volta do seu pescoço. O chapéu dela de fato não era maior que uma pétala de gerânio, pendurado em um galho; tinha fitas verdes. E havia uma nuvem rosa como um querubim atento flutuando acima de suas cabeças. Rosemary tirou as mãos das longas luvas. Ela sempre tirava as luvas para observar tais peças. Sim, ela gostou muito; era uma gracinha. Ela precisava ter aquilo. E, enquanto devolvia a caixinha clara, abrindo-a e fechando, não pôde deixar de notar como suas mãos eram belas contra o veludo azul. O balconista poderia, em alguma caverna sombria da mente, ter ousado pensar nisso também. Então pegou um lápis, debruçou-se sobre o balcão, e seus dedos pálidos e descorados se arrastaram timidamente até os dedos rosados e radiantes, enquanto ele murmurava com gentileza:

– Se a madame me permite, gostaria de mostrar as flores no corpete da pequenina mulher.

– Fascinante!

Rosemary adorava flores. Mas qual era o preço? Por um momento o balconista parecia não ouvi-la. Então um murmúrio a alcançou:

– Vinte e oito guinéus, madame.

– Vinte e oito guinéus.

Rosemary não reagiu. Ela abaixou a caixinha; abotoou as luvas de novo. Vinte e oito guinéus. Mesmo sendo rica... Ela parecia confusa. Distraiu-se com uma chaleira arredondada acima da cabeça do balconista, e a voz soava sonhadora quando ela respondeu:

– Bem, pode guardar isso para mim? Eu vou...

Mas o balconista já havia inclinado a cabeça como se guardar isso para ela fosse tudo que qualquer ser humano pudesse pedir. Claro que ele estaria pronto a guardar aquilo para ela para sempre.

A porta discreta fechou com um clique. Ela estava lá fora, no degrau, fitando a tarde de inverno. Chovia, e com a chuva parecia que tinha vindo também a escuridão, caindo como cinzas. O ar estava frio e rascante, e as lâmpadas recentemente acesas pareciam tristes. Tristes eram as luzes na casa do outro lado. Queimavam fracas como se estivessem arrependidas de algo. E as pessoas passavam com pressa, escondidas em seus guarda-chuvas horrorosos. Rosemary sentiu uma pontada estranha. Apertou o agasalho com as mãos contra o peito; ela gostaria de ter aquela caixinha. Claro que o carro estava lá. Precisava apenas atravessar a calçada. Mas ainda assim esperou. Há momentos, momentos terríveis na vida, quando alguém emerge de um abrigo e olha para fora, e é muito ruim. Não devemos dar margem a isso. Deve-se ir para casa e tomar um chá extraordinariamente especial. Mas no instante em que pensou nisso, uma garota nova, obscura e sombria – de onde ela veio? – estava diante de Rosemary e uma voz como um suspiro, quase um soluço, soou:

– Madame, posso lhe falar um momento?

– Falar comigo? – Rosemary se virou.

Ela viu uma criaturinha atarracada, com olhos enormes, alguém muito jovem, não mais velha que ela mesma, que agarrava a lapela do casaco com mãos avermelhadas, e tremia como se tivesse acabado de sair da água.

– Ma-madame – gaguejou a voz. – Podia me dar um dinheiro para uma xícara de chá?

– Uma xícara de chá? – Havia algo simples e sincero naquela voz; não era a voz de um mendigo. – Então você não tem dinheiro? – perguntou Rosemary.

– Nenhum, madame – foi a resposta.

– Isso é extraordinário! – Rosemary perscrutou através da penumbra, e a garota a fitava. Bem mais que extraordinário! E, de repente, aquilo parecia a Rosemary uma aventura. Era como algo tirado de um romance de Dostoiévski, o encontro na penumbra. E se ela levasse a garota para casa? E se fizesse uma daquelas coisas sobre as quais sempre lia e via nos palcos, o que aconteceria? Seria emocionante. E depois ela se ouviu dizendo para a perplexidade dos amigos: "Eu simplesmente a levei para casa comigo", enquanto se virava e dizia à obscura pessoa ao seu lado:

– Venha tomar um chá na minha casa.

A garota recuou, surpresa. Até mesmo parou de tremer por um momento. Rosemary esticou a mão e lhe tocou no braço.

– Falo sério – disse, sorrindo. E sentiu quanto seu sorriso era simples e gentil. – Venha. Venha comigo tomar um chá.

– Madame, madame... não fala sério – disse a garota, e havia dor em sua voz.

– Falo, sim – gritou Rosemary. – Quero que vá. Para me agradar. Venha.

A garota colocou os dedos nos lábios e seus olhos devoraram Rosemary.

– Vai... vai me levar para a delegacia?

– A delegacia! – gargalhou Rosemary. – Por que eu seria tão cruel? Não, quero apenas agasalhá-la e ouvi-la... o que quiser me contar.

Pessoas famintas são facilmente guiadas. O lacaio segurou a porta da carruagem aberta, e logo depois elas deslizavam pela penumbra.

– Ali! – disse Rosemary.

Tinha uma sensação de vitória quando escorregou a mão na tira de veludo. Ela poderia ter dito: "Agora eu te peguei", enquanto olhava a pequena presa que capturara. Mas claro que se dispunha a dizer isso de modo cordial. Ah, mais que cordial. Ela iria provar a essa garota que – maravilhas de fato acontecem na vida, que – pessoas ricas têm coração, e que mulheres eram *irmãs*. Virou-se impulsivamente dizendo:

– Não tenha medo. Afinal, por que você não pode voltar comigo? Somos mulheres. Se eu sou a mais favorecida, você deveria esperar...

Mas, felizmente, naquele momento, já que ela não sabia como concluir a frase, a carruagem parou. A campainha foi tocada, a porta foi aberta, e com um movimento gracioso, protetor, quase envolvente, Rosemary levou a garota para o saguão. O ar acolhedor, a suavidade, um aroma leve e doce, tudo era tão familiar para ela que jamais sequer parara para pensar nisso, ela assistia a outra sentir. Era fascinante. Ela era como a menininha rica no quarto das crianças com todos aqueles armários para abrir e todas as caixas para desembrulhar.

– Vamos, vamos lá em cima – disse Rosemary, almejando começar a ser generosa. – Vamos para o meu quarto.

E, além disso, ela queria poupar aquela coitadinha de ser encarada pelos criados; ao subir a escada ela decidiu que nem tocaria a campainha para Jane, ela mesma levou as coisas. O melhor era ser espontânea!

– Aqui! – gritou Rosemary outra vez, quando chegaram ao lindo e enorme quarto, com as cortinas puxadas, o reflexo do fogo saltitando na maravilhosa mobília de laca, as almofadas douradas e os tapetes amarelos e azuis.

A garota ficou parada bem na porta, parecia confusa. Mas Rosemary não se incomodou com isso.

– Entre e sente-se – disse, arrastando a maior cadeira até a lareira – nessa cadeira confortável. Venha e se aqueça. Você parece estar com um frio terrível.

– Eu não ousaria, madame. – E a garota deu um passo para trás.

– Ah, por favor, não deve ter medo, realmente não deve. Sente-se, e depois que eu me trocar podemos ir para a sala ao lado e tomar chá confortavelmente. Por que está com medo? – E com gentileza quase empurrou aquela pessoa magra para o profundo assento.

Mas não houve resposta. A garota permaneceu como fora colocada, com as mãos caídas ao lado e a boca levemente aberta. Para ser bem sincera, ela parecia bem tola. Mas Rosemary nem reconhecia isso. Inclinava-se sobre ela, dizendo:

– Não quer tirar o chapéu? Seu belo chapéu está todo molhado. E qualquer pessoa fica mais confortável sem chapéu, não é?

Houve um sussurro que soava como "Muito bom, madame", e o chapéu amassado foi removido.

– Deixe-me ajudar com o casaco – disse Rosemary.

A garota se levantou. Mas segurou-se na cadeira com uma das mãos e deixou Rosemary tirar o casaco. Foi uma proeza. A outra pouco colaborou. Parecia cambalear como uma criança, e o pensamento que ia e vinha na mente de Rosemary era que se as pessoas querem ajuda precisam colaborar somente um pouco, caso contrário se torna realmente difícil ajudar. E o que faria agora com o casaco e o chapéu? Ela ia apenas pegar um cigarro no console quando a garota falou rápido, mas de um modo muito suave e estranho:

– Madame, sinto muito, mas vou desmaiar. Preciso ir embora se não comer algo.

– Meu Deus, como sou distraída! – Rosemary correu para tocar a campainha. – Chá! Chá imediatamente! E também um pouco de conhaque!

A criada já fora embora outra vez, mas a garota quase gritou:

– Não, não quero conhaque. Nunca bebo conhaque. É uma xícara de chá que eu quero, madame.

E ela caiu em prantos.

Foi um momento terrível e fascinante. Rosemary se ajoelhou ao lado da cadeira.

– Não chore, pobrezinha – disse. – Não chore.

E Rosemary lhe deu o lenço rendado. Estava realmente muito emocionada. Passou o braço em volta daqueles ombros magros, como os de um passarinho.

Agora, por fim a outra desistiu da timidez, se esqueceu de tudo a não ser que eram duas mulheres, e disse, ofegante:

– Eu não posso continuar assim. Não posso suportar. Não posso suportar. Preciso fazer algo a meu respeito. Não aguento mais.

– Você não precisa. Vou tomar conta de você. Não chore mais. Não vê que foi bom ter me conhecido? Vamos tomar chá e você me conta tudo. E eu vou conseguir alguma coisa. Eu prometo. Mas *pare* de chorar. É tão cansativo. Por favor!

A garota de fato parou, bem a tempo de Rosemary se levantar, antes que o chá chegasse. A mesa estava posta. Ela assediou a pobre criaturinha com tudo, todos os sanduíches, pão com manteiga, e cada vez que a xícara dela se esvaziava, Rosemary enchia com chá, creme e açúcar. Dizem que açúcar é nutritivo. Como ela mesma não estava comendo; fumava e observava, discreta, para que a outra não ficasse tímida.

E, de fato, o efeito daquela refeição leve foi maravilhoso. Quando a mesinha de chá foi retirada, um novo ser, uma leve e frágil criatura com o cabelo embaraçado, lábios escuros, olhos profundos e brilhantes, se recostou na cadeira grande em uma espécie de doce languidez, olhando a chama. Rosemary acendeu outro cigarro; era hora de começar.

– Quando fez sua última refeição? – perguntou gentilmente.

Mas naquele instante a maçaneta da porta girou.

– Rosemary, posso entrar?

Era Philip.

– Claro.

Ele entrou.

– Ah, me desculpe – disse ele, e parou e com os olhos arregalados.

– Está tudo bem – disse Rosemary sorrindo. – Esta é minha amiga, a senhorita...

– Smith, madame – completou a figura lânguida, que estranhamente se mostrava destemida.

– Smith – repetiu Rosemary. – Nós vamos conversar um pouco.

– Ah, sim – disse Philip. – Bastante. – Ele observou o casaco e o chapéu no chão. Foi até a lareira e virou de costas.

– Foi uma tarde brutal – falou, curiosamente, ainda fitando o corpo lânguido, as mãos e as botas, e então voltou a olhar para Rosemary.

– Sim, não foi? – falou Rosemary com entusiasmo – Detestável.

Philip abriu seu sorriso charmoso.

– Na verdade – disse –, quero que venha à biblioteca um momento. Você poderia? A Srta. Smith nos permite?

Os olhos enormes o seguiram, mas Rosemary respondeu no lugar da garota. E ambos saíram do quarto juntos.

– Fale – disse Philip quando ficaram sós. – Explique. Quem é ela? O que significa tudo isso?

Rosemary se encostou contra a porta, rindo.

– Eu a peguei na Curzon Street. Verdade. É um verdadeiro achado. Ela me pediu dinheiro para uma xícara de chá, e eu a trouxe para casa comigo.

– Mas por quê? O que vai fazer com ela? – gritou Philip.

– Ser boa com ela – respondeu Rosemary depressa. – Ser espantosamente boa com ela. Cuidar dela. Não sei como. Ainda não conversamos. Mas vou mostrar a ela... tratar dela... fazê-la se sentir...

– Minha menina querida – disse Philip. – Você está completamente louca. Isso simplesmente não pode ser feito.

– Sabia que iria dizer isso – retorquiu Rosemary. – Por que não? Eu quero fazer. Isso não é um motivo? E, além disso, estamos sempre lendo sobre isso. Eu decidi...

– Mas – disse Philip, devagar, e cortou a ponta do charuto – ela é tão surpreendentemente bonita.

– Bonita? – Rosemary ficou tão surpresa que enrubesceu. – Você acha? Eu... eu não tinha pensado nisso.

– Meu bom Deus! – Philip riscou um fósforo. – Ela é realmente linda. Olhe de novo, minha querida. Fui nocauteado quando entrei no quarto agora mesmo. Entretanto... acho que está cometendo um grave erro. Desculpe, querida, se fui cruel e tudo mais. Mas me diga se a Srta. Smith vai jantar conosco para que eu possa dar uma olhada na *The Milliner's Gazette*.*

– Você é terrível! – disse Rosemary, e saiu da biblioteca, mas não voltou ao quarto.

Foi para o escritório e sentou-se à escrivaninha. Bonita! Realmente linda! Nocauteado! O coração dela batia como um sino bem pesado. Bonita! Linda! Ela colocou o talão de cheques diante de si. Mas não, um cheque não adiantaria, é claro. Abriu a gaveta e tirou notas de cinco libras, olhou-as e colocou de volta, e retornou ao seu quarto segurando três das notas.

Meia hora depois Philip ainda estava na biblioteca, quando Rosemary entrou.

Apoiando-se na porta e olhando para ele com seu jeito exótico e confuso, ela falou:

– Eu só queria dizer que a Srta. Smith não vai jantar conosco esta noite.

Philip abaixou o jornal.

– Ah! O que aconteceu? Ela já está noiva?

Rosemary se aproximou e se apoiou nos joelhos dele:

– Ela insistiu em ir embora – disse ela. – Então, eu dei à pobrezinha um presentinho em dinheiro. Não posso forçá-la, posso? – acrescentou com doçura.

Rosemary tinha acabado de fazer um penteado, passara um pouco de sombra nos olhos e colocara as suas pérolas. Levantou as mãos e tocou no rosto de Philip.

– Você gosta de mim? – perguntou, e seu tom de voz, doce, rouco, o perturbou.

---

*Ironia com o fato de que, antes do jantar, ele deveria checar informações sobre a convidada na publicação do século XIX que tratava de moda, literatura, artes. (*N. da T.*)

– Sou louco por você. – E então a apertou com mais força.
– Beije-me.

Houve uma pausa.

Então Rosemary disse, de um modo sonhador:

– Eu vi uma caixinha fascinante hoje. Custa vinte e oito guinéus. Posso comprar?

– Pode, minha gastadorazinha – disse ele.

Mas aquilo não era o que Rosemary queria dizer.

– Philip – sussurrou, e pressionou a cabeça dele em direção ao peito dela. – Eu sou *bonita*?

5

As filhas do falecido coronel

I

1920

A semana seguinte foi uma das mais atarefadas de suas vidas. Mesmo quando iam para a cama, apenas os corpos se deitavam e descansavam; as mentes continuavam a ponderar questões, conversar seriamente, questionar, decidir, tentar lembrar onde...

Constantia estava deitada como uma estátua, com as mãos ao lado do corpo, os pés quase sobrepostos, o lençol estendido até o queixo. Tinha o olhar fixado no teto.

– Acha que papai se importaria se déssemos a cartola dele ao porteiro?

– O porteiro? – Josephine disse bruscamente. – Por que o porteiro? Que ideia estranha!

– Porque – disse Constantia devagar – ele sempre deve ir a enterros. E eu percebi, no cemitério, que ele usava apenas um chapéu-coco. – Ela se deteve. – Então pensei como ele gostaria de uma cartola. E também devemos lhe dar um presente, ele sempre foi tão bom com papai.

– Mas – gritou Josephine, virando-se no travesseiro e encarando Constantia no escuro – a cabeça do pai! – E subitamente, por um terrível momento, ela quase deu uma risadinha. Devia ser o hábito. Anos antes, quando passavam a noite acordadas conversando, as camas tremiam. E agora a cabeça do zelador, que desaparecera, surgia de repente, como uma vela, debaixo da cartola do pai... A vontade de rir aumentava, aumentava; ela cerrou as mãos; controlou-se; franziu o cenho no escuro e disse com severidade: – Não se esqueça.

– Podemos decidir isso amanhã – ela disse.

Constantia não notou; ela suspirou.

– Acha que também devemos tingir nossas camisolas?

– De preto? – Josephine quase gritou.

– Bem, de que outra cor? – perguntou Constantia. – Estava pensando... de certo modo não me parece muito honesto usar preto fora de casa quando estamos adequadamente vestidas, e, então, quando estamos em casa...

– Mas ninguém nos vê – disse Josephine. Ela deu um puxão tão forte na roupa de cama que seus pés ficaram descobertos, e precisou arrastar os travesseiros para abrigá-los de novo.

– Kate vê – disse Constantia. – E o carteiro também poderia ver.

Josephine pensou nos chinelos vermelho-escuros que combinavam com sua camisola, nos chinelos esverdeados de Constantia, seus preferidos, que faziam conjunto com a camisola dela. Preto! Duas camisolas pretas e dois pares de chinelos pretos forrados de lã, arrastando-se até o banheiro como gatos negros.

– Não acho que seja realmente necessário – disse.

Silêncio. Então Constantia continuou:

– Devemos divulgar um anúncio nos jornais amanhã para aproveitar o correio do Ceilão... Quantas cartas estão prontas?

– Vinte e três.

Josephine respondeu a todas elas, e por vinte e três vezes quando chegava a "Sentimos tanta falta de nosso pai" caía em prantos e precisava usar o lenço, e em algumas até enxugava uma lágrima azul-clara com a ponta do mata-borrão. Estranho! Ela não poderia ter colocado nas vinte e três vezes. Entretanto, mesmo agora, quando disse para si mesma, tristemente: "Sentimos *tanta* saudade de nosso querido pai", poderia ter chorado se quisesse.

– Tem selos suficientes? – Constantia manifestou-se.

– Ah, como posso saber? – disse Josephine, rabugenta. – De que adianta me perguntar isso agora?

– Eu só estava pensando – falou Constantia brandamente.

Outro silêncio. E veio um roçar, uma corrida, um pulo.

– Um rato – disse Constantia.

– Não pode ser um rato porque não há migalha alguma – retrucou Josephine.

– Mas o rato não sabe disso – falou Constantia.

Uma pontada de pena apertou seu coração. Coitadinho! Gostaria de ter deixado um pedacinho de biscoito na mesa. Era ruim pensar que não encontraria nada. O que faria?

– Não sei como fazem para sobreviver – disse devagar.

– Quem? – perguntou Josephine.

E Constantia falou mais alto do que gostaria.

– Os ratos.

Josephine estava furiosa.

– Ah, que bobagem, Con! – disse. – O que os ratos têm com isso? Está dormindo?

– Acho que não estou – falou Constantia. Fechou os olhos para se certificar. Estava.

Josephine esticou a coluna, levantou os joelhos e dobrou os braços até posicionar os pulsos sob as orelhas, e pressionou o rosto contra o travesseiro.

II

O fato de que teriam a enfermeira Andrews hospedada por uma semana complicava tudo. A culpa era delas, que tinham feito o convite. A ideia foi de Josephine. Pela manhã – bem, na última manhã, quando o médico partira, Josephine dissera à Constantia:

– Não acha que seria muito bom convidar a enfermeira Andrews para ficar uma semana como nossa convidada?

– Muito bom – disse Constantia.

– Eu pensei – prosseguiu rápido Josephine – que deveria dizer isso esta tarde, depois de lhe pagar: "Eu e minha irmã ficaríamos muito satisfeitas, depois de tudo o que fez por nós, enfermeira Andrews, se ficasse por uma semana, como nossa convidada." Teria de salientar o fato de ser nossa convidada para o caso de...

– Ah, mas ela não acharia que seria paga por isso! – gritou Constantia.

– Nunca se sabe – disse Josephine com prudência.

Claro que a enfermeira Andrews vibrou com a ideia. Mas era um incômodo. Significava que fariam refeições com horários determinados, enquanto se estivessem sozinhas poderiam simplesmente pedir que Kate trouxesse uma refeição na bandeja onde estivessem. E horários de refeições, agora que a tensão passou, eram uma aflição. A enfermeira Andrews era simplesmente louca por manteiga. Não poderiam deixar de notar porque ela tirava partido da gentileza delas. E ela tinha a enlouquecedora mania de pedir mais um pouco de pão para terminar o que restava no prato, e, na última porção, distraidamente – claro que não estava distraída – servia-se outra vez. Josephine ficava vermelha quando isso acontecia, e pregava os olhinhos, que pareciam duas contas, na toalha da mesa, como se tivesse visto um inseto diminuto rastejando na trama. Mas o rosto comprido e pálido de Constantia se espichava ainda mais, e ela fitava ao longe – mais ao longe –, além do deserto onde aquela fila de camelos desenrolava-se como um novelo de lã.

– Quando trabalhei com lady Tukes – disse a enfermeira Andrews –, havia um recipiente delicado para manteiga. Era um Cupidozinho de prata equilibrado na borda de um pratinho de louça, que segurava um garfinho. E, quando você queria um pouco de manteiga, apenas pressionava os pés dele, e o Cupidozinho se abaixava e tirava um bocadinho. Era uma graça.

Josephine mal podia suportar aquilo. Mas "Acho que essas coisas são muito extravagantes" foi tudo o que disse.

– Mas por quê? – perguntou a enfermeira Andrews, com os olhos brilhando detrás dos óculos. – Com certeza, ninguém tiraria mais manteiga do que havia de querer, não é mesmo?

– Toque a sineta, Con – berrou Josephine. Temia não se controlar caso respondesse.

E a jovem e altiva Kate, a princesa encantada, entrou para ver o que as velhas solteironas queriam agora. Recolheu os pratos com a imitação de uma receita disso ou daquilo e jogou na frente delas um horripilante manjar branco.

– Geleia, por favor, Kate – disse Josephine gentilmente.

Kate se ajoelhou e escancarou o guarda-louças, levantou a tampa do pote de geleia, viu que estava vazio, colocou-o na mesa e saiu a passos largos.

– Acho – disse a enfermeira Andrews logo depois – que acabou.

– Ah, que pena! – disse Josephine. Ela mordeu o lábio. – O que devemos fazer?

Constantia parecia indecisa.

– Não podemos perturbar Kate de novo – disse suavemente.

A enfermeira Andrews esperou, sorrindo para ambas. Seus olhos passeavam, espionando tudo detrás dos óculos. Constantia, em desespero, voltou a pensar nos camelos. Josephine franziu o cenho severamente – concentrada. Se não fosse por essa mulher idiota, ela e Con, certamente, comeriam o manjar branco sem geleia. Subitamente, veio a ideia.

– Já sei – disse. – Marmelada. Tem um pouco de marmelada no guarda-louças. Pegue, Con.

– Eu espero – riu a enfermeira Andrews, e sua risada era como uma colher batendo em um vidro de remédio. – Espero que não seja uma marmelada muito amarga.

III

Mas, afinal, agora já não demoraria tanto, e então ela iria embora para sempre. E não se podia ignorar o fato de que fora muito bondosa com o pai. Cuidara dele dia e noite até o fim. Na verdade, intimamente, tanto Constantia quanto Josephine sentiam que ela se excedera por não ter saído de perto dele no final. Quando foram se despedir, a enfermeira Andrews se manteve sentada todo o tempo ao lado da cama, segurando o pulso dele e fingindo olhar o próprio relógio. Isso não era necessário. E também era muita falta de tato. E se o pai quisesse dizer algo – algo em particular para elas? Não que ele quisesse. Ah, nada disso! Permaneceu deitado, arroxeado, com uma expressão sombria e arroxeada no rosto, e nem mesmo as olhou quando entraram. Então, enquanto elas estavam lá de pé, imaginando o que fazer, de repente ele abriu um dos olhos. Ah, que diferença isso teria feito, que diferença faria na lembrança delas, como seria bem mais fácil contar isso aos outros, se ele tivesse aberto os dois olhos! Mas não: apenas um olho. Olhou-as fixamente um instante e depois... apagou.

IV

Isso tornou tudo muito constrangedor quando o Sr. Farolles, da igreja de St. John, fez uma visita, naquela tarde.
– Creio que o fim tenha sido bem sereno, não? – foram as primeiras palavras que ele disse, enquanto atravessava a penumbra da sala de visitas na direção delas.
– Muito – disse Josephine vagamente.
Ambas abaixaram a cabeça. Tinham certeza de que aquele olho não fora nada pacífico.
– Não quer se sentar? – perguntou Josephine.
– Muito obrigada, Srta. Pinner – respondeu o Sr. Farolles, agradecido. Dobrou as abas da casaca e começou a se abaixar para sentar na poltrona do pai, mas ao se aproximar do assento, quase deu um salto e deslizou até a cadeira ao lado.
Ele tossiu, Josephine apertou as mãos; Constantia parecia distraída.
– Quero que saiba, Srta. Pinner – disse ele –, e Srta. Constantia, também, que estou tentando ajudar. Quero ajudar as duas, se me permitirem. Nesses momentos – continuou o Sr. Farolles, de maneira simples e sincera – Deus quer que ajudemos uns aos outros.
– Muito obrigada, Sr. Farolles – agradeciam ao mesmo tempo Josephine e Constantia.
– Não há de quê – disse o Sr. Farolles amavelmente. Ele puxou as luvas de pelica pelos dedos e recostou-se. – E se vocês quiserem fazer a Comunhão, uma das duas ou ambas, aqui *e*

agora, podem me dizer. Comungar é sempre uma boa ajuda: um grande consolo – acrescentou com ternura.

Mas a ideia de comungar apavorou-as. O quê?! Na sala de visitas, apenas elas – sem altar – sem nada! O piano era muito alto e ocupava espaço, pensou Constantia, e o Sr. Farolles não poderia se debruçar sobre aquilo com o cálice. E, com certeza, Kate viria de repente e os interromperia, concluiu Josephine. E se a campainha tocasse inesperadamente? Poderia ser alguém importante – para prestar condolências. Elas se levantariam reverentemente e sairiam... ou deveriam esperar... torturando-se?

– Talvez possam mandar um bilhete pela bondosa Kate, caso mudem de ideia mais tarde – falou o Sr. Farolles.

– Ah, sim, muito obrigada! – disseram as duas.

O Sr. Farolles se levantou e pegou o chapéu de palha preto na mesa redonda.

– E a respeito do funeral – disse ele suavemente. – Posso providenciar tudo como um velho amigo do seu pai e de vocês, Srta. Pinner e Srta. Constantia?

Josephine e Constantia se levantaram também.

– Gostaria que fosse bem simples – disse Constantia com firmeza – e não muito caro. Ao mesmo tempo, eu queria...

"Um bom enterro que dure bastante", pensou a sonhadora Constantia, como se estivesse comprando uma camisola. Mas é claro que Josephine não falou isso.

– Um enterro de acordo com a posição do nosso pai – disse. Ela estava muito nervosa.

– Vou entrar em contato com nosso querido amigo, o Sr. Knight – concluiu o Sr. Farolles, tranquilizando-as. – Vou pedir que as procure. Tenho certeza de que ele ajudará bastante.

V

Bem, de qualquer modo, toda aquela parte terminara, embora nenhuma delas pudesse acreditar que o pai nunca mais retornaria. Josephine tivera um momento de puro terror no cemitério, enquanto o caixão era baixado à sepultura, ao pensar que ela e Constantia tinham feito isso sem a permissão dele. O que o pai diria quando descobrisse? Ele com certeza descobriria, mais cedo ou mais tarde. Ele sempre descobria. "Enterrado. Vocês duas me *enterraram*!" Ela ouvia a bengala bater. Ah, o que elas diriam? Que desculpa poderiam dar? Parecia algo de uma crueldade pavorosa. Tirar uma vantagem perversa de alguém que no momento não poderia reagir. As outras pessoas pareciam tratar tudo aquilo com naturalidade. Eram estranhos; ninguém imaginaria que aquele pai seria a última pessoa a quem algo assim aconteceria. Não, toda a culpa recairia sobre ela e sobre Constantia. E as despesas, ela pensou, ao entrar no tílburi. Quando tivesse de lhe mostrar as contas. O que ele diria em seguida?

Ela o ouviu, totalmente enfurecido: "E espera que eu pague por essa excursão que inventaram?"

– Ah – Josephine suspirou alto. –, Con, não devíamos ter feito isso!

E Constantia, amarelada como uma lima em toda aquela escuridão, disse com um sussurro amedrontado:

– Feito o quê, Jug?

– Deixar que enterrassem papai assim – disse Josephine sucumbindo e chorando no seu novo lenço de luto, que tinha um cheiro estranho.

– Então o que mais poderíamos ter feito? – perguntou Constantia, admirada. – Não podíamos tê-lo mantido daquele jeito, Jug. Não era possível mantê-lo insepulto. De modo algum, não num apartamento desse tamanho.

– Não sei – disse desesperadamente. – Tudo é tão terrível. Acho que devíamos ter tentado, ao menos uma vez. Para ter certeza absoluta. Uma coisa é certa – e as lágrimas brotaram outra vez –, papai nunca nos perdoará por isso; nunca!

VI

Ele jamais as perdoaria. Foi o que sentiram, mais do que nunca, dois dias depois, quando entraram no quarto do pai para cuidar de suas coisas. Elas tinham discutido isso com muita calma. Estava até mesmo na lista de afazeres de Josephine, *examinar as coisas de papai e decidir o que fazer com elas*. Mas aquilo era um problema muito diferente, dito após o café da manhã:

– Bem, está pronta, Con?

– Sim, Jug, quando você estiver.

– Então acho que é melhor encerrarmos logo isso.

Estava escuro na sala. Por anos havia sido uma regra não perturbar o pai de manhã, não importava o que acontecesse. E agora elas iam abrir a porta sem mesmo bater... Os olhos de Constantia arregalaram-se com essa ideia; os joelhos de Josephine bambearam.

– Você... você vai na frente – ela arfou, empurrando Constantia.

Mas Constantia disse, como sempre fazia nessas ocasiões:

– Não, Jug, isso não é justo. Você é a mais velha.

Josephine estava a ponto de dizer o que em outras vezes ela não diria por nada no mundo, o que ela manteve como a última carta na manga: "Mas você é mais alta", quando notaram que a porta para a cozinha estava aberta, e lá estava Kate...

– Está emperrada – disse Josephine, agarrando a maçaneta da porta do quarto do pai e fazendo o possível para girá-la. Como se algo pudesse deter Kate!

Não havia jeito. Aquela garota era... Então entraram e a porta se fechou atrás delas, mas... mas elas não estavam no quarto do pai. Era como se inesperadamente tivessem atravessado a parede por engano e tivessem chegado a outro apartamento. A porta estava mesmo ali atrás delas? Estavam muito aterrorizadas para verificar. Josephine sabia que se estivesse, estaria muito bem-fechada; Constantia sentiu que, como as portas nos sonhos, não teria maçaneta alguma. Era o frio que tornava tudo tão terrível. Ou a brancura – qual dos dois? Tudo estava coberto. As persianas estavam abaixadas, havia uma toalha pendurada sobre o espelho, um lençol escondia a cama; um grande leque feito de papel cobria a lareira. Timidamente, Constantia colocou a mão para fora; como se esperasse um floco de neve cair. Josephine sentiu um estranho formigamento no nariz, como se estivesse congelando. Então um tílburi passou sobre os paralelepípedos lá embaixo, e o silêncio pareceu se partir em pedacinhos.

– Acho melhor levantar uma persiana – disse Josephine com bravura.

– Sim, pode ser uma boa ideia – sussurrou Constantia.

Elas apenas tocaram na persiana, que subiu com o cordão enrolando-se no trilho, a pequena borla do cordão batendo como se tentasse se libertar. Aquilo foi demais para Constantia.

– Você não acha... não acha que devemos deixar isso para outro dia? – sussurrou ela.

– Por quê? – reagiu Josephine, sentindo-se bem melhor agora, já que teve certeza de que Constantia estava apavorada.

– Isso precisa ser feito. Mas eu gostaria que parasse de cochichar, Con.

– Eu não percebi que estava cochichando – cochichou Constantia.

– E por que continua com os olhos vidrados na cama? – disse Josephine, elevando a voz quase em desafio. – Não há *nada* na cama.

– Ah, Jug, não fale assim! – disse Connie, abatida. – De qualquer modo, não tão alto.

Josephine sentiu que tinha exagerado. Virou-se de repente em direção à cômoda, esticou a mão para encostar no móvel e puxou-a depressa.

– Connie! – disse, ofegante, virando-se de repente e se encostando na cômoda.

– Ah, Jug... o que foi?

Josephine só conseguia manter os olhos arregalados. Ela teve uma sensação extraordinária de que havia escapado de algo simplesmente horrível. Mas como poderia explicar a Constantia que o pai estava dentro da cômoda? Ele estava na gaveta de cima, com seus lenços e suas gravatas, ou na seguinte, com suas camisas e seus pijamas, ou na mais baixa de todas, com seus ternos. Lá estava ele, espiando, escondido... logo atrás da maçaneta da porta... pronto para surgir de repente.

Ela olhou para Constantia com uma expressão cômica e antiquada, a mesma que fazia no passado, quando ia começar a chorar.

– Não posso abrir – ela quase choramingou.

– Não, não abra, Jug – sussurrou Constantia severamente. – É melhor não abrir. Não vamos abrir nada. Ao menos, por um bom tempo.

– Mas... mas isso soa como uma fraqueza – disse Josephine, nervosa.

– Mas por que não ser fraca ao menos uma vez, Jug? – argumentou Constantia, ao sussurrar com firmeza: – Se isso é fraqueza. – E seu olhar lívido passou da escrivaninha trancada... tão segura... ao enorme armário envernizado, e ela começou a respirar de um modo estranho e ofegante. – Por que não podemos ser fracos uma vez na vida, Jug? É bastante perdoável. Sejamos fracas, seja fraca, Jug. É muito mais fácil ser fraca do que ser forte.

E então ela teve uma daquelas atitudes firmes que tivera umas duas vezes na vida; foi até o guarda-roupa, virou a chave e retirou-a da fechadura. Retirou-a da fechadura e entregou-a a Josephine, mostrando, com um sorriso estranho, que se arriscara deliberadamente sabendo que o pai podia estar ali entre os sobretudos.

Se o enorme guarda-roupa tivesse se inclinado para a frente, ou desabado sobre Constantia, Josephine não ficaria surpresa. Em vez disso, ela teria pensado que essa seria de fato a única possibilidade. Mas nada aconteceu. O quarto apenas estava mais silencioso do que nunca, e camadas mais fortes de ar frio passavam pelos ombros e joelhos de Josephine. Ela começou a tremer.

– Venha, Jug – disse Constantia, ainda com aquele horrível sorriso empedernido, e a irmã a seguiu como fizera aquela última vez, quando Constantia empurrara Benny dentro do lago redondo.

VII

Mas a tensão se apoderou delas quando voltaram à sala de jantar. Elas se sentaram, muito abaladas, e se entreolharam.

– Acho que não posso cuidar de nada – disse Josephine – enquanto não tomar algo. Podemos pedir duas xícaras de água quente a Kate?

– Não vejo por que não – disse Constantia com cuidado. Estava agindo normalmente de novo. – Não vou tocar a campainha. Vou até a porta da cozinha e pedir.

– Faça isso – disse Josephine ao afundar numa poltrona. – Diga que são apenas duas xícaras, Con, nada mais... numa bandeja.

– Ela nem precisa colocar o bule, precisa? – disse Constantia, como se Kate pudesse reclamar se precisasse colocar o bule também.

– Ah, não, certamente não! O bule não é necessário. Ela pode servir a água direto da chaleira – gritou Josephine, sentindo que seria bom poupar trabalho.

Os lábios frios das irmãs tremeram nas bordas das xícaras esverdeadas. Josephine curvou as pequenas mãos avermelhadas em volta da xícara; Constantia se sentou e soprou o vapor ondulante, fazendo-o flutuar de um lado para outro.

– E por falar em Benny – disse Josephine.

E, embora Benny não tivesse sido mencionado, Constantia imediatamente reagiu como se tivesse.

– É claro que ele espera que mandemos algo do pai. Mas é tão difícil saber o que mandar para o Ceilão.

– Você quer dizer que as encomendas podem sofrer estragos na viagem – murmurou Constantia.

– Não, extravios – disse Constantia categoricamente. – Sabemos que lá não há correio, somente entregadores.

Ambas pararam para ver um homem negro de ceroulas de linho branco correndo pelos campos como um louco, com um grande pacote embrulhado em papel pardo nas mãos. O negro de Josephine era pequeno; ele corria reluzindo como uma formiga. Mas havia algo no cego e incansável sujeito alto e magro de Constantia que o fazia parecer, julgava ela, uma pessoa de fato desagradável... Benny estava na varanda, todo vestido de branco, usando um capacete de cortiça. Sua mão direita ia para cima e para baixo, como seu pai fazia quando estava impaciente. E atrás dele, nem um pouco interessada, estava Hilda, a cunhada que não conheciam. Balançava-se em uma cadeira de cana-da-índia e folheava as folhas da *Tatler*.

– Acho que o relógio dele seria o presente mais adequado – disse Josephine.

Constantia levantou os olhos; parecia surpresa.

– Ah, você confiaria um relógio de ouro a um nativo?

– Mas é claro que eu o dissimularia – disse Josephine. – Ninguém saberia que era um relógio.

Ela gostava da ideia de precisar fazer um pacote em um formato tão diferente que ninguém poderia imaginar o que continha. Por um momento ela até mesmo pensou em esconder o relógio em uma caixa estreita de corpete que guardara por muito tempo, esperando que servisse para algo. Era feita de um papelão rijo tão bonito. Entretanto, não, isso não seria apropriado a esta ocasião. Tinha uma inscrição: *Mulheres Médio 28 Barbatanas Extrafortes*. Seria uma surpresa quase excessiva para Benny: abrir aquilo e encontrar o relógio do pai.

– É claro que não enviaríamos o relógio fazendo tique-taque – disse Constantia, que ainda pensava no gosto dos nativos por joias. – Ao menos – acrescentou – seria muito estranho se depois de tanto tempo fizesse.

VIII

Josephine não respondeu. Ela havia se perdido em alguma de suas tangentes. Subitamente, havia pensado em Cyril. Não seria de praxe o único neto ficar com o relógio? E Cyril também era tão agradecido, e um relógio de ouro significava tanto para um rapaz. Benny, muito provavelmente, devia ter deixado o hábito de usar relógios: naqueles climas quentes os homens usam coletes tão raramente. Enquanto Cyril, em Londres, usava-os do início ao fim do ano. E seria tão bom para ela e para Constantia se soubessem que o relógio estava ali, quando ele viesse para o chá. "Notei que está usando o relógio de seu avô, Cyril." De algum modo, isso traria satisfação.

Um garoto adorável! Aquele seu bilhetinho fora tão doce, tão simpático! Claro que elas compreenderam, mas mesmo assim era um infortúnio.

– Teria sido tão importante contar com a presença dele – disse Josephine.

– E ele também se divertiria tanto – disse Constantia, sem pensar no que dizia.

Entretanto, assim que ele voltasse, viria para o chá com suas tias. Receber Cyril para o chá era um dos raros prazeres delas.

– Veja, Cyril, não deve fazer cerimônia com os nossos bolos. Sua tia Con e eu compramos no Buszard's hoje de manhã. Sabemos o que é o apetite de um homem. Então, não se envergonhe em fazer uma boa refeição. Josephine cortava sem pena o delicioso bolo escuro que lembrava suas luvas de inverno ou a sola e os saltos dos únicos sapatos respeitáveis de Constantia. Mas em matéria de apetite Cyril não era nada viril.

– Tia Josephine, simplesmente não posso. Acabei de almoçar.

– Ah, Cyril, isso não pode ser verdade! São mais de quatro horas – reclamou Josephine.

Constantia apontava a faca na direção do rocambole de chocolate.

– Mesmo assim – disse Cyril. – Precisei encontrar um homem na Victoria Station, e ele me deixou esperando até... só tive tempo para almoçar e vir para cá. E ele... – Cyril colocou a mão na testa – nem apareceu.

Foi uma decepção, ainda maior hoje do que nas outras vezes. Mas não se poderia esperar que ele soubesse disso.

– Mas vai provar um merengue, não vai, Cyril? – disse tia Josephine. – Esses merengues foram comprados especialmente para você. Seu querido pai gostava tanto. Temos certeza de que também gostará.

– Eu *vou*, tia Josephine – falou Cyril zelosamente. – Você se importa se eu pegar metade para começar?

– De maneira alguma, querido; mas não podemos lhe deixar apenas com isso.

– Seu pai ainda gosta muito de merengues? – perguntou tia Con gentilmente. Ao sair de sua concha, ela estremeceu um pouco.

– Bem, não saberia dizer, tia Con – respondeu Cyril com moderação. As duas se entreolharam.

– Não sabe dizer? – Josephine quase vociferou. – Não sabe algo assim a respeito do próprio pai, Cyril?

– É verdade – disse tia Con timidamente.

Cyril tentou não dar muita importância.

– Ah, bem – disse ele. – Já faz tanto tempo que... – ele hesitou, parou. A expressão no rosto delas foi muito intensa para ele.

– *Mesmo* assim – disse Josephine.

E tia Con observava.

Cyril pousou a xícara de chá.

– Um momento – disse em voz alta. – Aguarde um pouco, tia Josephine. Deixe eu me lembrar.

Ele levantou os olhos. Tudo começou a ficar claro. Cyril bateu nos joelhos.

– Claro – disse ele –, eram merengues. Como pude ter esquecido? Sim, tia Josephine, tem toda a razão. Papai adora merengues.

Elas ficaram radiantes. Tia Josephine ruborizou de prazer; tia Con deu um suspiro muito, muito profundo.

– E agora, Cyril, precisa ver papai – disse Josephine. – Ele sabia que você viria hoje.

– Certo – disse Cyril, com bastante firmeza e cordialidade. Levantou-se da cadeira; de repente olhou o relógio.

– Tia Con, não acha que seu relógio está um pouco atrasado? Preciso encontrar um senhor em... em Paddington logo depois das cinco. Receio que não poderei ficar por muito tempo com vovô.

– Ah, ele não espera que você se demore *muito*! – disse tia Josephine.

Constantia ainda olhava o relógio. Não conseguia concluir se estava adiantado ou atrasado. Era isso ou aquilo, estava quase certa a respeito disso. Em qualquer caso, era.

Cyril ainda aguardava.

– Não vem conosco, tia Con?

– Claro – disse Josephine. – Vamos todos. Venha, Con.

IX

Eles bateram à porta, e Cyril entrou, após as tias, no quarto do avô, abafado, com um odor adocicado.

— Entrem — disse o avô Pinner. — Não fiquem parados aí. O que é? O que andaram fazendo?

Ele estava sentado diante da lareira acesa, e segurava a bengala. Tinha uma manta grossa sobre os joelhos. E no colo um lenço de seda amarelo-claro.

— É Cyril, papai — disse Josephine timidamente. Pegou a mão de Cyril e o levou até ele.

— Boa tarde, vovô — disse Cyril, tentando soltar a mão.

O avô Pinner fuzilou Cyril com os olhos, daquele modo que o caracterizava. Onde estava tia Con? Ela estava de pé, ao lado de tia Josephine; os longos braços à frente; com as mãos unidas. Não tirava os olhos do avô.

— Bem — disse o avô Pinner, começando a bater a bengala no chão. — O que tem a me dizer?

O que ele teria, o que teria ele a lhe contar? Cyril se viu sorrindo como um perfeito imbecil. O quarto também era sufocante.

Mas tia Josephine veio socorrê-lo. Falou alto, alegremente:

— Cyril diz que o pai ainda adora merengues, querido pai.

— Eh? — falou o avô Pinner, curvando a mão que parecia um merengue arroxeado sobre uma das orelhas.

Josephine repetiu:

— Cyril está dizendo que o pai ainda adora merengues.

— Não consigo ouvir — comentou o velho coronel Pinner. E ele fez um gesto com a bengala para Josephine se afastar, e apontou a bengala para Cyril. — Conte o que ela está tentando me falar — pediu.

(Meu Deus!)

— Será que devo? — perguntou Cyril, ruborizado e encarando tia Josephine.

— Deve, querido — ela sorriu —, isso lhe dará tanto prazer!

— Vamos, fale logo! — gritou o coronel Pinner impaciente, começando a bater a bengala de novo.

E Cyril inclinou-se para a frente e falou bem alto:

– Papai ainda adora merengues.

Ao ouvir isso o vovô Pinner se sobressaltou como se tivesse sido alvejado com um tiro.

– Não grite! – berrou. – O que há com esse rapaz? *Merengues!* Que negócio é esse de merengues?

– Ah, tia Josephine, precisamos continuar? – suspirou Cyril, desesperado.

– Está tudo bem, querido – disse tia Josephine, como se ele e ela tivessem ido juntos ao dentista. – Em um minuto ele vai entender. – E então sussurrou para Cyril: – Ele está ficando um pouco surdo, sabe? – Então ela se inclinou e berrou para o avô Pinner: – Cyril só queria lhe dizer, querido pai, que o pai *dele* ainda adora merengues.

Desta vez o coronel Pinner ouviu, não apenas ouviu mas preocupou-se, e olhava Cyril de cima a baixo.

– Isso é estraaanho! – disse o velho Pinner. – Que estraaanho ter vindo até aqui para me dizer isso!

E Cyril sentiu que era mesmo.

– Sim, vou mandar o relógio para Cyril – disse Josephine.

– Isso seria muito gentil – disse Constantia. – Lembro que na última vez que ele esteve aqui houve algum pequeno problema com o horário.

X

Elas foram interrompidas por Kate, que irrompeu pela porta da maneira habitual, como se tivesse descoberto uma passagem secreta na parede.

– Frito ou cozido? – perguntou a voz audaciosa.

Frito ou cozido? Josephine e Constantia estavam bastante confusas no momento. Elas mal podiam absorver o sentido daquilo.

– Frito ou cozido o quê, Kate? – perguntou Josephine, ao tentar começar a se concentrar.

Kate fungou ruidosamente.

– Peixe.

– Bem, por que não falou isso imediatamente? – Josephine a repreendeu com delicadeza. – Como poderia esperar que entendêssemos, Kate? Sabe que há muitas coisas boas nesse mundo que podem ser fritas ou cozidas. – E depois de tal exibição de coragem ela se voltou, muito animada, para Constantia: – O que você prefere, Con?

– Acho que seria bom frito – respondeu Constantia. – Por outro lado, é claro que peixe cozido é muito bom. Acho que gosto de ambos... a menos que você... nesse caso...

– Vou fazer o peixe frito – disse Kate, e se retirou, deixou a porta da sala aberta e bateu com força a porta da cozinha.

Josephine olhou para Constantia espantada; ergueu as sobrancelhas descoradas até que enrugassem próximas da linha do cabelo claro. Levantou-se. E falou em um tom muito superior e impositivo:

– Constantia, você se importa de ir comigo à sala de visitas? Tenho algo muito importante a discutir com você.

Era sempre na sala de estar que se abrigavam quando queriam falar a respeito de Kate.

Josephine fechou a porta com um gesto significativo.

– Constantia, sente-se – pediu ela ainda com pompa, como se estivesse recebendo uma visita de Constantia pela primeira vez. E Con olhou em volta distraidamente em busca de uma cadeira, como se de fato se sentisse uma estranha.

– Agora a questão é – disse Josephine, se inclinando para a frente – se vamos continuar com ela ou não.

– Essa é a questão – concordou Constantia.

– E desta vez – falou Josephine firmemente – nós precisamos chegar a uma decisão final.

Por um momento, pareceu que Constantia começaria a dizer tudo de novo, como em todas as outras vezes, mas ela se recompôs e disse:

– Sim, Jug.

– Entende, Con – explicou Josephine –, agora tudo está tão diferente. – Constantia levantou os olhos rapidamente. – Quero dizer – prosseguiu Josephine –, não dependemos tanto de Kate como antes. – E ficou levemente ruborizada. – Ela não precisa mais cozinhar para o papai.

– É a pura verdade – concordou Constantia. – Papai, com certeza, não vai querer que cozinhem para ele ou façam seja lá o que for...

Josephine a interrompeu bruscamente:

– Não está com sono, está, Con?

– Com sono, Jug? – Constantia estava com os olhos arregalados.

– Bem, concentre-se mais – disse Josephine rispidamente, e retornou ao assunto. – A questão é: se nós – e ela mal respirava, espiava a porta – despedíssemos Kate – ela elevou o tom de voz de novo –, poderíamos fazer nossa comida.

– Por que não? – gritou Constantia. Ela não conseguia deixar de sorrir. A ideia era tão empolgante. Ela uniu as mãos. – E vamos viver do quê, Jug?

– Ah, de ovos, das mais variadas maneiras! – disse Jug, altiva novamente. – Além disso, podemos comprar comida pronta.

– Mas eu sempre ouvi dizer – disse Constantia – que são muito caras.

— Não se compradas com moderação – disse Josephine. Mas ela se desviou desse fascinante atalho e arrastou Constantia consigo.

— De qualquer modo, o que precisamos decidir agora é se realmente confiamos em Kate ou não.

Constantia se recostou. Sua risadinha monótona escapou dos lábios.

— Não é curioso, Jug – disse ela –, que exatamente a respeito desse assunto eu nunca tenha conseguido chegar a uma conclusão?

XI

Ela nunca chegara. A maior dificuldade estava em provar algo. Como alguém consegue provar, como alguém pode? Suponha que Kate tenha ficado diante dela e deliberadamente tenha exibido um semblante desagradável. Ela não poderia estar sentindo alguma dor? Em todo caso, não seria impossível perguntar se era para ela que Kate fazia a careta? Se Kate respondesse "Não" – e é claro que ela diria "Não" –, mas que situação! Muito constrangedora! Então Constantia suspeitou de novo, tinha quase certeza de que Kate mexia em suas gavetas quando ela e Josephine saíam, não para roubar mas para espionar. Ela voltara e várias vezes tinha encontrado seu crucifixo de ametista nos locais mais improváveis: debaixo dos laços de renda ou em cima da gola de renda. Mais de uma vez ela deixou uma armadilha para Kate. Arrumou as coisas de um modo especial e chamou Josephine para testemunhar.

— Está vendo, Jug?

– Muito bem, Con.
– Então agora poderemos saber.
Mas, ah, Deus, quando ela foi checar, estava longe de obter uma prova, como sempre! Se algo foi tirado do lugar, poderia muito bem ter sido quando ela fechava a gaveta; um solavanco poderia facilmente levar a isso.
– Venha cá, Jug, e decida. Eu realmente não consigo. É muito difícil.
Mas depois de uma pausa, e do olhar demorado e penetrante, Josephine suspiraria.
– Agora você me deixou em dúvida, Con, tenho certeza de que eu mesma não consigo dizer.

– BEM, NÃO podemos adiar isso de novo – disse Josephine. – Se adiarmos dessa vez...

XII

Mas naquele momento, lá embaixo na rua, um realejo começou a tocar. Josephine e Constantia levantaram-se juntas.
– Corra, Con – disse Josephine. – Venha rápido. Há seis *pences* no...
Então elas recordaram. Isso não importava. Nunca mais precisariam interromper o homem do realejo. Nunca mais ela e Constantia receberiam ordens de mandar aquele macaco ir fazer barulho em outro lugar. Nunca mais ouviriam aqueles berros, quando o pai achava que não se apressavam o suficiente para reclamar. O homem do realejo poderia tocar ali o dia inteiro que a bengala não bateria no chão.

> *Nunca mais a bengala baterá,*
> *Nunca mais a bengala baterá,*

tocava o realejo.

Em que Constantia pensava? Tinha um sorriso tão estranho; parecia diferente. Não podia começar a chorar.

– Jug, Jug – chamou Constantia suavemente, apertando as mãos. – Sabe que dia é hoje? É sábado. Faz uma semana hoje, uma semana se passou.

> *Uma semana que papai morreu,*
> *Uma semana que papai morreu,*

o realejo berrava. E Josephine também se esqueceu de ser prática e sensata; ela deu um sorriso vago e estranho. Ali no tapete indiano pousou um quadrado de luz do sol, vermelho-claro; ele ia, vinha e ia e vinha: e permaneceu mais intenso, até brilhar quase num tom dourado.

Uma fonte perfeita de notas borbulhantes jorrava do realejo, notas harmoniosas e claras dispersas com naturalidade.

Constantia ergueu as mãos grandes e frias como se fosse apanhá-las, e logo as deixou cair. Caminhou até o console da lareira e parou diante de seu Buda preferido. E a imagem de pedra com uma pátina dourada, cujo sorriso sempre lhe transmitia uma sensação estranha, quase uma dor, ainda assim uma dor prazerosa, hoje parecia mais que sorrir. Ele sabia de algo: guardava um segredo.

– Sei de uma coisa que você não sabe – disse o Buda...

Ah, mas o que poderia ser? E ainda assim ela sempre sentira que havia... algo.

Os raios de sol atravessavam as janelas, abriam caminho fazendo a luz brilhar sobre a mobília e as fotografias. Josephine observava. Quando a luz atingiu a fotografia da mãe, a ampliação sobre o piano, Constantia se deteve como se estivesse intrigada por encontrar tão poucas lembranças da mãe, com exceção dos brincos em formato de torrezinhas hindus e do boá de plumas negras. "Por que as fotografias de pessoas mortas desbotam tanto?", Josephine se perguntava. Assim que a pessoa morria, sua fotografia morria também. Mas claro que essa de sua mãe era muito antiga. Tinha trinta e quatro anos. Josephine se recordava de ficar de pé numa cadeira e apontar o boá de plumas a Constantia e lhe dizer que tinha sido uma cobra que havia matado a mãe no Ceilão... Tudo seria diferente se a mãe não tivesse morrido? Ela não via por quê. Tia Florence viera morar com elas até que terminassem os estudos, e se mudaram três vezes, tiravam férias todo ano e... e é claro que houve mudanças de criadas.

Uns pardaizinhos, que pareciam pardais novinhos, chilreavam no peitoril da janela. *Liip-liip-liip.* Mas Josephine sentiu que não eram pardais. Aqueles ruídos estranhos e chorosos estavam dentro dela. *Liip-liip-liip.* Ah, que choro era aquele, tão frágil e desamparado?

Se a mãe tivesse vivido, elas teriam se casado? Mas não havia ninguém para se casar com elas. Houve os amigos anglo-indianos do pai antes que o coronel brigasse com eles. Mas, depois disso, Constantia e ela jamais encontraram um homem solteiro que não fosse clérigo. Como se encontrava um homem solteiro? Ou, quando os encontravam, como poderiam deixar de ser meros estranhos e se conhecer o suficiente? Ouviam falar das pessoas tendo aventuras, sendo cortejadas, e assim por diante. Mas ninguém nunca cortejou Constantia e ela. Ah, sim, houve um ano em Eastbourne em que um homem misterioso na pensão onde se hospedavam deixou um bilhete debaixo da jarra de água quente, na soleira da porta do quaro delas! Mas quando Connie achou o bilhete, o vapor tinha deixado as letras muito apagadas; não conseguiram saber para qual delas fora enviado. E ele partiu no dia seguinte. Apenas isso. O restante fora cuidar do pai, e ao mesmo tempo se distanciar dele. Mas e agora? E agora? O sol furtivo tocou Josephine suavemente. Ela ergueu o rosto. Foi atraída à janela pelos raios suaves...

Enquanto o realejo tocava, Constantia ficou diante do Buda, imaginando, mas não do modo habitual, não de maneira vaga. Desta vez sentia algo como saudade... Ela relembrava as outras vezes em que estivera aqui, quando havia lua cheia, saía da cama de camisola rastejando e deitava no chão com os braços abertos, como se fosse crucificada. Por quê? A lua cheia, enorme e clara, a levava a fazer aquilo. Os horríveis vultos que dançavam no painel entalhado a olhavam com malícia, ela não se importava. Também lembrava como, sempre que estavam na praia e chegava tão perto do mar quanto podia, cantava algo, algo que inventara, enquanto olhava a água agitada. Houvera esta outra vida, sair correndo, trazer sacolas para casa, pedir autorização, discutir com Jug e levar outras questões para serem aprovadas, e arrumar as bandejas do pai e tentar não aborrecê-lo. Mas tudo isso parecia ter acontecido em uma espécie de túnel. Somente quando saía do túnel ao luar ou à beira-mar ou em um temporal ela se sentia ela mesma. O que isso significava? Aonde isso tudo levava? Agora? Agora?

Ela se afastou do Buda com um de seus gestos vagos. Foi até Josephine. Queria dizer algo a ela, algo tremendamente importante, sobre – sobre o futuro e o que...

– Você não acha que talvez... – começou ela.

Mas Josephine a interrompeu.

– Estava pensando se agora... – murmurou ela.

Elas pararam; esperando uma a outra.

– Con, prossiga – disse Josephine.

– Não, não, Jug; falo depois – disse Constantia.

– Não, fale o que ia falar. Você começa – disse Josephine.

– Eu... eu prefiro ouvir o que você tem a dizer primeiro – disse Constantia.

– Que absurdo, Con.

– Sem dúvida, Jug.

– Connie!

– Ah, *Jug*!

Uma pausa. Em seguida Constantia falou baixinho:

– Não posso dizer o que ia dizer, Jug, porque esqueci o que era... o que eu ia dizer.

Josephine ficou em silêncio por um momento. Fitou a nuvem enorme onde esteve o sol. Então retrucou de modo abrupto:

– Eu também esqueci.

6

A mosca

1922

— Você está muito confortável aqui – disse o velho Sr. Woodifield num tom esganiçado, e ele espreitou da grande poltrona de couro verde na escrivaninha de seu amigo, o chefe, como um bebê observa atentamente do berço. A conversa estava encerrada; era hora de ir embora. Mas ele não queria ir. Desde que se aposentara, desde o seu... derrame, a esposa e as filhas o mantinham enclausurado em casa, todos os dias, exceto terça-feira. Às terças ele se arrumava e tinha permissão para passar o dia no centro da cidade. Embora a mulher e as filhas não pudessem imaginar o que fazia por lá. Elas achavam que ele era um incômodo para os amigos... Bem, talvez sim. De todo modo, nos apegamos aos nossos últimos prazeres como as árvores se apegam às suas últimas folhas. Portanto, ali estava sentado o velho Woodifield, fumando um charuto e olhando quase com ganância para o chefe, que girava em sua cadeira de escritório, vigoroso, corado, cinco anos mais velho que ele, e ainda se fortalecendo, firme no comando. Fazia bem olhar para ele.

Com admiração e melancolia, a voz idosa acrescentou:

– Estou confortável aqui no meu mundo!

– Sim, é bastante confortável – concordou o chefe, e virou o *Financial Times* no ar com uma espátula de cortar papel.

Na verdade, ele tinha orgulho de sua sala; gostava que fosse admirada, especialmente pelo velho Woodifield. Isso lhe dava uma sensação concreta e intensa de estar fincado ali, claramente visível àquele corpo velho e frágil que usava cachecol.

– Fiz algumas mudanças recentemente – explicou, como explicara nas últimas... quantas...? semanas. – Tapete novo. – E apontou para o reluzente tapete vermelho estampado com grandes círculos brancos. – Mobília nova. – E inclinou a cabeça na direção de uma enorme estante e da mesa com pernas retorcidas. – Aquecimento elétrico! – Acenou quase exultante na direção de quatro salsichas peroladas e transparentes brilhando suavemente em uma espécie de panela de cobre inclinada.

Mas ele não chamou a atenção de Woodifield para a fotografia sobre a mesa de um garoto sério de uniforme em um desses parques de fotógrafos com nuvens de fotógrafos atrás dele. Não era novidade. Já estava lá por mais de seis anos.

– Tinha algo que queria lhe contar – disse o velho Woodifield, e os seus olhos se turvaram com a lembrança. – O que era mesmo? Tinha isso na cabeça quando me levantei hoje de manhã – falou. As mãos dele começaram a tremer, e marcas avermelhadas apareceram acima da barba.

"Coitado do velho companheiro, ele está nas últimas", pensou o chefe. E amavelmente piscou para o velho, e disse, brincalhão:

– Tenho aqui uma gotinha de algo que lhe fará bem antes de voltar ao frio de novo. É coisa boa. Não faria mal a uma criança. – Ele pegou uma chave da corrente do relógio, destrancou um armário debaixo da escrivaninha e tirou uma garrafa escura, pequena e bojuda. – Este é o remédio – falou. – E o homem com quem consegui isso me disse de modo estritamente confidencial que veio das adegas do Castelo de Windsor.

O velho Woodifield ficou boquiaberto ao ver aquilo. Não estaria mais surpreso se o chefe tivesse tirado um coelho da cartola.

– É um uísque, não é? – perguntou, depois de um débil assovio.

O chefe virou a garrafa e afetuosamente lhe mostrou o rótulo. Era uísque.

– Sabe – disse ele, ao perscrutar o chefe com curiosidade –, não me deixam tocar nisso lá em casa.

E parecia que ia chorar.

– Ah, é aí que nós sabemos um pouco mais do que as mulheres – disse o chefe, ao pegar os dois copos em cima da mesa com a garrafa de água e enchê-los com uma dose generosa. – Beba em um gole só. Isso lhe fará bem. E não misture com água. É um sacrilégio adulterar algo assim. Ah!

Ele virou o copo rapidamente, tirou o lenço do bolso, enxugou o bigode com pressa e deu uma olhada para o velho Woodifield.

O velho engoliu a bebida em silêncio, e então disse, com a voz fraca:

– Tem sabor de nozes!

Mas aquilo o aqueceu; se arrastou até seu velho cérebro gelado – ele se lembrou.

– Era isso – disse, levantando-se da cadeira. – Acho que gostaria de saber. As meninas estavam na Bélgica na semana passada visitando a sepultura do pobre Reggie, e por acaso passaram pela do seu filho. Parece que ficam bem próximas.

O velho Woodifield fez uma pausa, mas o chefe não deu resposta alguma. Woodifield percebeu somente um tremor nas pálpebras.

– As meninas ficaram muito satisfeitas com a conservação do local – continuou com sua voz esganiçada. – Muito bem-tratado. Melhor do que se fosse aqui. Ainda não esteve lá, não é?

– Não, não! – Por muitas razões o chefe não havia estado lá.

– É muito extenso – disse Woodifield com a voz trêmula –, e é arrumado como um jardim. As flores crescem em todas as sepulturas. Aleias bonitas e largas. – O tom de voz deixava claro o quanto ele apreciava uma aleia bonita e larga.

Veio outra pausa. Então o velho ficou notavelmente animado.

– Sabe que o hotel fez as meninas pagarem por um pote de geleia? Dez francos! Achei um roubo. Era um potinho, Gertrude contou, não era maior que meia-coroa. E ela nem tinha pegado mais que uma colherada quando lhe cobraram dez francos. Gertrude ficou com o potinho para dar uma lição. Foi muito correto; isso é negociar com os nossos sentimentos. Eles acham que estamos dispostos a pagar seja lá o que for porque estamos lá de passagem. É assim que funciona. – E então ele se virou em direção à porta.

– Muito bem, muito bem! – gritou o chefe, embora não tivesse a menor ideia do que estaria muito bem.

Ele deu a volta em sua escrivaninha, arrastou os pés até a porta e viu o velho companheiro lá fora. Woodifield foi embora.

O chefe ficou olhando o vazio por um longo tempo, enquanto o mensageiro do escritório de cabelos grisalhos o encarava, ia e vinha de seu cubículo, como um cachorro que espera ser levado para um passeio.

– Não vou atender ninguém por meia hora, Macey – disse o chefe. – Entendeu? Ninguém.

– Está bem, senhor.

A porta se fechou, os passos firmes e pesados atravessaram o tapete radiante outra vez, o corpo rechonchudo caiu com um baque na cadeira de rodinhas e, se inclinando para a frente, o chefe cobriu o rosto com as mãos. Ele queria, ele pretendia, ele providenciara tudo para chorar...

Tinha sido um choque terrível ouvir de repente aquele comentário sobre a sepultura do garoto. Foi como se o chão se abrisse e ele tivesse visto o garoto que jazia ali, com as meninas Woodifield olhando. Por isso era estranho. Embora seis anos tivessem se passado, o chefe jamais pensou no garoto a não ser deitado, de uniforme, inalterado, sem mácula, adormecido para sempre.

– Meu filho – gemeu o chefe. Mas as lágrimas ainda não vinham.

No passado, nos primeiros meses e mesmo anos depois da morte do garoto, ele devia apenas dizer essas palavras para ser tomado por tal luto que nada menos que um surto de choro violento poderia aliviá-lo. O tempo, ele declarava então, ele contava a todos, pode não fazer diferença. Outros homens talvez pudessem se recuperar, poderiam superar a perda, mas não ele. Como seria possível? O garoto era seu único filho. Desde o nascimento dele o chefe trabalhara na construção da firma para ele: não tinha sentido algum se não fosse para o garoto. A vida passou a não ter outro sentido. Por que diabo ele tinha trabalhado, se sacrificado todos esses anos sem ter diante de si a promessa do garoto assumindo o seu lugar e continuando tudo o que ele construíra?

E aquela promessa estivera tão perto de ser cumprida. Antes da guerra, o garoto passara um ano no escritório aprendendo a engrenagem. Toda manhã eles começavam juntos; voltavam no mesmo trem. E quantas congratulações ele recebia como pai daquele garoto! Era de se esperar; apresentara um desempenho admirável. Também era popular com os empregados; cada um deles, até o velho Macey, não deixava de admirar o garoto. E não era nem um pouco mimado... Não, ele se comportava de modo simples, com as palavras certas para todos, com aquela aparência de menino e seu hábito de dizer: "Simplesmente excelente!"

Mas tudo foi concluído e encerrado como se nunca tivesse acontecido. Chegou o dia em que Macey lhe entregou o telegrama que fez o mundo desabar na sua cabeça: "É com profundo pesar que informamos..." E ele saíra do escritório arrasado, com a vida em ruínas.

Seis anos atrás, seis anos... Como o tempo passa rápido! Podia ter acontecido ontem. O chefe tirou as mãos do rosto: estava intrigado. Algo estava errado com ele. Não estava sentindo aquilo que gostaria de sentir. Decidiu levantar e dar uma olhada na fotografia do garoto. Mas não era sua fotografia favorita, a expressão não era natural. Era fria, até mesmo severa. O garoto jamais fora assim.

Naquele momento o chefe percebeu que uma mosca caíra no tinteiro largo, e tentava desesperadamente escalar para fora. Socorro! Socorro! Diziam aquelas pernas na batalha. Mas a borda do tinteiro estava molhada e escorregadia; a mosca caiu de novo e começou a nadar. O chefe pegou uma caneta, tirou a mosca da tinta e a sacudiu em cima de um mata-borrão. Por uma fração de segundo a mosca ficou parada no pedaço escuro que escorria ao seu redor. As patas dianteiras tremularam, pararam, e empurraram o pequenino corpo encharcado para cima, iniciando a imensa tarefa de retirar a tinta das asas. Por cima e por baixo, por cima e por baixo, lá ia uma perna ao longo da asa como a pedra de afiar acima e abaixo de uma foice. Então houve uma pausa, enquanto a mosca, que parecia ficar na ponta dos pés, tentava alongar uma asa e depois a outra. Afinal conseguiu, e, ao se sentar, começou a limpar a face como um gato minúsculo. Agora era possível imaginar aquelas perninhas frontais esfregadas uma contra a outra de maneira leve e alegre. O perigo terrível havia passado; escapara; estava pronta para a vida outra vez.

Mas então o chefe teve uma ideia. Mergulhou a caneta de volta à tinta, inclinou o pulso largo no mata-borrão, e enquanto a mosca tentava colocar as asas para baixo veio uma mancha pesada e enorme. Certeira! A pequena pedinte parecia totalmente intimidada, assustada, e com medo de se mover por conta do que aconteceria em seguida. Mas então, como se sentisse dor, se ergueu para a frente. As pernas dianteiras ondularam, paralisaram, e mais devagar desta vez, a tarefa foi retomada do início.

"É um diabozinho corajoso", pensou o chefe, e sentiu uma genuína admiração pela coragem da mosca. Essa era a maneira de enfrentar as coisas; essa era a disposição ideal. Nunca diga morrer; era somente uma questão de... Mas outra vez a mosca terminara sua tarefa laboriosa, e o chefe acabara de encher a caneta, de sacudi-la levemente e marcar o corpo recém-limpo com mais uma gota escura. Que tal desta vez? Veio um doloroso momento de suspense. Mas veja! As pernas dianteiras estavam se agitando de novo; o chefe sentiu uma torrente de alívio. Ele se inclinou sobre a mosca e lhe disse com ternura:

– Sua pequena e levada p...

E na verdade tinha uma excelente noção de que a respiração em cima dela auxiliava o processo de secagem. Ainda assim, havia certa timidez e fraqueza em seu empenho agora, e o chefe decidiu que aquela deveria ser a última vez, quando mergulhou a caneta bem no fundo do tinteiro.

E foi. A última mancha caiu no mata-borrão molhado, e a mosca emporcalhada nem se mexeu. As pernas de trás estavam presas ao corpo; as pernas da frente nem podiam ser vistas.

– Vamos lá – disse o chefe. – Atenção! – E mexeu na mosca com a caneta... em vão. Nada aconteceu ou tinha chance de acontecer. A mosca estava morta.

O chefe levantou o cadáver na ponta da espátula de cortar papel e arremessou-o na cesta de lixo. Mas uma sensação opressiva de mesquinharia se apoderou dele, o que o fez sentir medo. Ele foi em frente e tocou a campainha para chamar Macey.

– Traga papel mata-borrão novo – disse severamente. – E depressa com isso!

E enquanto o velho funcionário se afastava, ele voltou ao que pensava antes. O que era? Era... Ele pegou o lenço e passou por dentro do colarinho. Não lembraria por toda a vida.

7

Picles de pepino

1917

E então, após seis anos, ela o viu outra vez. Estava sentado em uma dessas mesas de bambu decoradas com um vaso japonês de narcisos de papel. Havia uma fruteira alta diante dele, e, com muito cuidado, de um jeito que ela reconheceu imediatamente como o seu jeito "especial", ele descascava uma laranja.

Ele deve ter sentido aquele choque do reconhecimento quando levantou o olhar e encontrou os olhos dela. Inacreditável! Ele não a reconheceu! Ela sorriu; ele franziu o cenho. Ela veio na direção dele. Ele fechou os olhos um instante, mas ao abri-los sua face se iluminou como se tivesse acendido um fósforo num quarto escuro. Ele abaixou a laranja e empurrou a cadeira para trás, e ela tirou a mãozinha morna do agasalho de mãos e estendeu-a na direção dele.

– Vera! – exclamou ele. – Que estranho. Por um momento, realmente não a reconheci. Não vai se sentar? Já almoçou? Gostaria de tomar um café?

Ela hesitou, mas é claro que queria aceitar.

– Sim, gostaria de tomar um pouco de café – disse. E sentou-se do lado oposto.

– Você mudou. Mudou muito – disse ele, encarando-a com aquele olhar impetuoso e iluminado. – Está tão bem. Nunca a vi com uma aparência tão boa.

– Mesmo? – Ela levantou o véu do chapéu e desabotoou a gola alta de pele. – Não me sinto muito bem. Não suporto esse clima, você sabe.

– Ah, não. Você odeia o frio...

– Detesto – Ela tremeu. – E o pior é que quanto mais velhos ficamos...

Ele a interrompeu.

– Com licença. – E bateu na mesa para chamar a garçonete. – Por favor, traga um pouco de café e creme. – E voltando-se para ela: – Tem certeza de que não quer comer nada? Uma fruta, talvez. As frutas daqui são muito boas.

– Não, obrigada. Nada.

– Então está decidido – disse. E, sorrindo apenas com um pouco mais de intensidade, pegou a laranja outra vez. – Você estava dizendo "quanto mais velhos ficamos..."

– Mais frio sentimos. – Ela riu. Estava lembrando dessa brincadeira dele – a brincadeira de interrompê-la – e como esse tipo de coisa a deixava exasperada seis anos atrás. Ela costumava sentir que de repente, no meio de sua fala, ele colocava as mãos sobre os lábios dela, se afastava e prestava atenção em outra coisa, então tirava a mão, e com o mesmo sorriso largo, voltava-se para ela novamente... "Agora estamos prontos. Está decidido."

– Mais frio sentimos! – Ele ecoou as palavras dela, rindo também. – Ha, ha. Você ainda diz as mesmas coisas. E há algo mais a seu respeito que não mudou nada... Sua linda voz... seu jeito bonito de falar.

Agora ele estava muito sério; inclinou-se na direção dela, que sentiu o aroma quente e picante de casca de laranja.

– Você só precisa dizer uma palavra e eu reconheceria sua voz entre todas as outras vozes. Não sei o que é... sempre imaginei... isso torna a sua voz uma lembrança assombrada. Lembra-se daquela primeira tarde que passamos juntos no Kew Gardens?* Você estava tão surpresa por eu não saber o nome de flor alguma. Continuo tão ignorante com tudo o que me disse. Mas sempre que está um clima bom e quente, e vejo cores fortes... é tão estranho... ouço a sua voz dizendo "Gerânio, cravos e verbena". E sinto que essas três palavras são a minha lembrança de algo esquecido, uma linguagem celestial... Você se lembra daquela tarde?

– Ah, sim, muito bem.

Ela suspirou de modo profundo e suave, como se os narcisos de papel entre eles fossem muito delicados para suportar.

No entanto, o que permaneceu em sua mente daquela tarde especial foi uma cena absurda na mesa de chá. Muita gente tomando chá em um pavilhão chinês e comportando-se como loucos por causa de vespas – espantando-as com os braços, afastando-as com os chapéus de palha, todos exageradamente aborrecidos e enfurecidos. Como os bebedores de chá se divertiam, rindo em silêncio. E como ela sofreu.

Mas agora, enquanto ele falava, aquela lembrança se apagou. A dele era a mais exata. Sim, fora uma tarde maravilhosa, repleta de gerânio e cravo e verbena e... sol morno. Os pensamentos dela passavam sobre as duas últimas palavras, detendo-se nelas como se as cantasse.

Com a mesma ternura, outra lembrança despontou. Ela se viu sentada em um gramado. Ele estava deitado ao lado dela e de repente, depois de um longo silêncio, rolou e colocou a cabeça em seu colo.

– Meu desejo – disse ele, em uma voz baixa e inquieta. – Meu desejo é que eu tivesse tomado veneno e estivesse a ponto de morrer... aqui, agora!

---

*Jardim Botânico em Londres. *(N. da T.)*

Naquele momento, uma garotinha de vestido branco, segurando uma flor de lótus que pingava, esquivou-se de um arbusto na direção deles, encarou-os e voltou. Mas ele não viu. Ela se inclinou sobre ele.

– Ah, por que você diz isso? Eu não poderia dizer isso.

Mas ele deu uma espécie de gemido baixo, e, tomando a mão dela, levou-a até a bochecha.

– Porque sei que vou lhe amar muito – bem mais que muito. E vou sofrer terrivelmente, Vera, porque você nunca, nunca me amará.

Com certeza, ele estava com uma aparência muito melhor do que antes. Ele perdera toda aquela falta de clareza sonhadora e toda a indecisão. Agora tinha o ar de um homem que encontrara seu lugar na vida e o preenchera com confiança e segurança, o que era, para dizer o mínimo, impressionante. Ele devia ter ganhado dinheiro também. Suas roupas eram admiráveis, e naquele momento ele puxou uma cigarreira russa do bolso.

– Você não vai fumar?

– Sim, vou. – Ela fitou os cigarros. – Parecem muito bons.

– Acho que são. São feitos por um homem baixinho na St. James Street. Eu não fumo muito. Não sou como você... mas, quando fumo, os cigarros devem ser deliciosos, cigarros bem novos. Fumar não é um hábito para mim, é um luxo, como perfume. Você ainda gosta muito de perfumes? Ah, quando eu estava na Rússia...

Ela o interrompeu:

– Você esteve mesmo na Rússia?

– Ah, sim. Fiquei lá mais de um ano. Você esqueceu como costumávamos falar sobre ir à Rússia?

– Não, não esqueci.

Ele fez um estranho esboço de sorriso e se apoiou de volta na cadeira.

– Não é curioso? Fiz todas aquelas viagens que planejamos. Sim, estive em todos os lugares dos quais falávamos e permaneci por um tempo suficiente para... como você costumava dizer, interagir. De fato, passei os últimos três anos viajando o tempo todo. Espanha, Córsega, Sibéria, Rússia, Egito. O único país que falta é a China, e pretendo ir lá também, quando a guerra acabar.

À medida que ele falava, tão alegremente, batendo a ponta do cigarro contra o cinzeiro, ela sentiu o estranho monstro adormecido se mexer, espreguiçar, bocejar, aguçar os ouvidos e de repente se pôr de pé, e fixar o ansioso e faminto olhar sobre aqueles lugares distantes. Mas tudo o que ela dizia sorrindo era:

– Como invejo você.

Ele aceitou aquilo.

– Foi realmente maravilhoso... especialmente a Rússia. A Rússia era tudo o que tínhamos imaginado, e muito, muito mais. Até passei uns dias num barco, no rio Volga. Lembra-se da "Canção do barqueiro"* que você costumava tocar?

– Sim – disse ela. A canção começou a tocar em sua mente enquanto ela falava.

– Você ainda a toca?

– Não, não tenho piano – disse ela.

Ele ficou muito surpreso com isso.

– O que aconteceu com seu lindo piano?

– Foi vendido. Faz tempo.

– Mas você gostava tanto de música! – Ele estava admirado.

– Não tenho tempo para isso agora – disse ela.

Ele prosseguiu com aquilo.

---

*A canção tradicional *Volga Boat Song*, popular no início do século XX. *(N. da T.)*

– O fluxo da vida no rio – continua ele – é algo muito especial. Depois de um dia ou dois, não se pode perceber que nem conhecia outro. E não é necessário conhecer a língua – a vida em um barco cria um laço entre as pessoas que é mais do que suficiente. Você come com elas, passa o dia com elas e, à noite, tem toda aquela cantoria interminável.

Ela sentiu um arrepio ao ouvir a "Canção do barqueiro" surgir de novo, alta e trágica, e imaginar o barco escurecido com árvores melancólicas em cada margem...

– Sim, eu teria gostado disso – disse ela, alisando o agasalho de mãos.

– Você gostaria de quase tudo a respeito da vida russa – afirmou ele, com entusiasmo. – E os camponeses são esplêndidos. São pessoas maravilhosas... sim, é isso. Mesmo o homem que conduz carruagens tinha... tinha uma participação verdadeira no que estava acontecendo. Eu me lembro de nossa festa noturna, quando fui, com amigos meus e a mulher de um deles, a um piquenique no mar Negro. Levamos champanhe e uma ceia, bebemos e comemos no gramado. E, enquanto comíamos, o cocheiro apareceu. "Provem um picles de pepino em salmoura de aneto", ofereceu ele. Queria dividir conosco. Aquilo me pareceu tão correto, tão... sabe o que quero dizer?

E, naquele momento, ela parecia estar sentada na grama ao lado do misterioso mar Negro, negro como veludo, e, ondulando contra as margens silenciosamente, ondas de veludo. Ela viu a carruagem tombada para um lado da estrada, e o grupinho na grama, os rostos e as mãos deles brancos ao luar. Ela viu o vestido desbotado da mulher estendida e a sua sombrinha fechada, jogada na grama como se fosse uma enorme agulha de crochê perolada. O cocheiro sentava-se distante deles, com sua ceia em uma toalha sobre os joelhos.

– Prove um picles de pepino – disse ele e, embora ela não tivesse certeza do que era um picles de pepino, viu o pote de vidro esverdeado com uma pimenta vermelha como um bico de papagaio brilhando. Ela sugou as bochechas; o picles de pepino era horrivelmente amargo...

– Sim, sei perfeitamente o que quer dizer – disse ela.

Fizeram uma pausa e entreolharam-se. No passado, quando se olhavam dessa maneira, sentiam uma compreensão mútua, tão irrestrita que até suas almas partilhavam, e, como faziam antes, puseram os braços em torno um do outro e afundaram no mesmo mar, contentes por se afogarem, como amantes de luto. Mas agora o surpreendente era o fato de ser ele quem se detinha. Ele disse:

– Que ouvinte extraordinária você é. Quando me olha com esse olhar imoderado, sinto que poderia lhe contar aquilo que jamais confiaria a outra pessoa.

Havia apenas uma sugestão de brincadeira na voz dele ou seria a imaginação dela? Não podia ter certeza.

– Antes de conhecer você, nunca havia falado de mim para alguém. Lembro tão bem daquela noite em que lhe trouxe a arvorezinha de Natal e contei tudo sobre a minha infância. E como me sentia mal a ponto de fugir e ficar debaixo de uma carroça no quintal durante dois dias, sem ser descoberto. E você ouvia, e seus olhos brilhavam, e eu sentia que você havia até mesmo montado a arvorezinha de Natal, como num conto de fadas.

Mas daquela tarde ela recordara um potinho de caviar. Custara 7,6 *pences*. Enquanto ela comia, ele assistia, deliciado e em estado de choque.

– Não, na verdade, isso é *comer* dinheiro. Não se pode cobrar 7 *shillings* em um potinho desse tamanho. Pense no lucro que devem ter...

E ele começou a fazer cálculos extremamente complicados... Mas, agora, adeus ao caviar. A árvore de Natal estava na mesa, e o garotinho deitava-se debaixo da carroça com a cabeça apoiada na cabeça do cachorro do quintal.

– O cachorro chamava-se Bosun – gritou ela, encantada. Mas ele não entendeu.

– Que cachorro? Você tinha um cachorro? Não me lembro de cachorro algum.

– Não, não. Eu me refiro ao cachorro do quintal quando você era menino – disse ela.

Ele riu e abriu a cigarreira.

– Tinha cachorro? Sabe que esqueci disso? Parece que faz tempo. Não posso acreditar que só tem seis anos. Depois que a reconheci hoje, precisei dar um enorme salto. Tive que dar um passeio pela minha vida inteira para chegar àquele tempo. Eu era tão criança naquela época. – Ele tamborilou os dedos na mesa. – Sempre pensei que devo ter aborrecido você. E agora compreendo perfeitamente por que escreveu para mim daquela maneira. Embora na época aquela carta quase tenha acabado com a minha vida. Eu a encontrei outro dia, e não pude evitar o riso enquanto lia. Era tão inteligente: um verdadeiro retrato meu. – Ele olhou para cima. – Você não vai?

Ela abotoou a gola de novo e abaixou o véu.

– Sim, creio que devo ir – disse ela, e tentou sorrir. Agora sabia que ele estava zombando.

– Ah, não, por favor. Fique só mais um pouco. – Ele pegou uma das luvas que estavam sobre a mesa e agarrou-a como se fosse ela. – Tenho tão poucas pessoas com quem falar que me tornei um tipo de bárbaro – disse ele. – Eu falei algo que a magoou?

– Nem um pouco. – mentiu ela.

Mas enquanto ela o observava passar as luvas entre os dedos, suavemente, suavemente, sua raiva passou, e, além disso, no momento em que ele mais parecia como aquele de seis anos antes...

– O que eu realmente queria – disse ele docemente – era ser uma espécie de tapete, me tornar uma espécie de tapete no qual você pudesse andar para que não fosse machucada por pedras pontiagudas e pela lama que tanto detesta. Nada mais positivo que isso, nada mais egoísta. Afinal, eu desejava me tornar um tapete mágico para levá-la àquelas terras que você queria conhecer.

Enquanto ele falava, ela levantou a cabeça como se bebesse algo; a estranha criatura escondida nela começou a roncar...

– Senti que você era mais solitária do que qualquer pessoa no mundo – prosseguiu ele –, e talvez fosse a única pessoa realmente intensa, vivaz. Nascida à frente de seu tempo – murmurou ele enquanto alisava a luva –, "predestinada".

Ah, Deus! O que ela fez?! Como ousara jogar fora sua felicidade dessa maneira. Esse foi o único homem que a compreendera. Era muito tarde? Poderia ser muito tarde? *Ela* era aquela luva que ele segurava em seus dedos...

– E o fato de não ter amigos e nunca fazer amizades. Como compreendi aquilo, porque eu também não tinha amigos. Continua assim?

– Sim – suspirou ela. – Exatamente isso. Estou sozinha, como sempre.

– Eu também. – Ele riu suavemente. – Da mesma forma.

Repentinamente ele lhe devolveu a luva com um gesto rápido e arrastou a cadeira no chão.

– Mas o que parecia tão misterioso então ficou perfeitamente óbvio para mim. E para você também, é claro... Simplesmente éramos tão egoístas, tão autocentrados, tão ensimesmados que não tínhamos um lugar em nossos corações para mais alguém. Sabe? – disse ele, ingênuo e sincero, e assustadoramente como a outra face daquele velho "eu" de novo. – Comecei a estudar um "sistema mental" quando estava na Rússia, e descobri que nós não éramos esquisitos de jeito algum. Isso é uma forma bem conhecida de...

Ela havia ido embora. Ele ficou sentado ali, atordoado, atônito além das palavras... E então pediu a conta à garçonete.

– Mas nem tocamos no creme – disse ele. – Por favor, não me cobre isso.

8

A jovem governanta

1915

Ah, meu Deus, como ela gostaria que não fosse noite. Teria preferido viajar durante o dia. Mas, na agência de governantas, a senhora dissera: "Se pegar um navio noturno e, em seguida, viajar no vagão das mulheres no trem, estará mais segura do que se dormir em um hotel estrangeiro. Não saia do vagão; não perambule pelos corredores e quando for ao *toilette* não se esqueça de trancar a porta. O trem chega a Munique às oito horas, e Frau Arnholdt diz que o Hotel Grunewald fica a apenas um minuto de distância. Um carregador de bagagem pode levá-la até lá. Ela chegará às seis horas da mesma tarde, então você terá um dia tranquilo para descansar e treinar seu alemão. E quando quiser comer algo, eu a aconselharia a ir até a padaria mais próxima e pedir pão doce e café. Você nunca esteve fora do país, não é?" "Não." "Bem, sempre digo às minhas meninas que primeiro é melhor desconfiar das pessoas do que confiar, e é mais seguro suspeitar das pessoas com más intenções do que das boas... Parece muito cruel, mas devemos ser mulheres do mundo, não é?"

Havia sido agradável no compartimento das mulheres. A comissária foi muito simpática, trocou seu dinheiro e lhe cobriu os pés. Ela se deitou em um dos divãs ornados com raminhos cor-de-rosa e observou as outras passageiras, simpáticas e à vontade, prendendo os chapéus ao encosto, tirando botas e saias, abrindo malas e arrumando misteriosos pacotes de papel que farfalhavam, embrulhando as cabeças com véus antes de se deitarem. *Tuu, tuu, tuu* soava a engrenagem do barco a vapor com firmeza. A comissária puxou um anteparo verde sobre a luz e sentou-se perto do forno, com a saia dobrada acima dos joelhos, e uma longa peça de tricô no colo. Havia um buquê de flores em uma garrafa de água sobre uma prateleira acima de sua cabeça. "Eu adoro viajar", pensou a jovem governanta. Ela sorriu e cedeu ao balanço acolhedor.

Mas quando o barco parou e ela subiu para o deck com a maleta em uma das mãos, o tapete e a sombrinha na outra, um vento frio e estranho soprou por baixo de seu chapéu. Ela olhou para os mastros e vergas do navio negro contra um céu esverdeado e brilhante, e depois baixou os olhos para o atracadouro, onde estranhos corpos agasalhados passavam, esperando; movimentou-se adiante com a multidão sonolenta, e todos sabiam aonde ir e o que esperar, exceto ela, que sentiu medo. Só um pouco – o suficiente – ah, para desejar que fosse dia e que uma daquelas mulheres que lhe sorriram diante do espelho, quando ambas faziam penteados no compartimento feminino, agora estivesse por perto.

– Passagens, por favor. Mostrem suas passagens, passagens à mão.

Ela foi para o corredor equilibrando-se nos saltos com cuidado. Então um homem com um boné de couro preto veio à frente e tocou-lhe no braço.

– Para onde vai, senhorita?

Ele fava inglês – devia ser um guarda ou um chefe da estação, com um boné como aquele. Ela mal respondeu quando ele lançou-se sobre a mala.

– Por aqui – gritou ele em uma voz determinada e rude, abrindo caminho entre as pessoas com os cotovelos.

"Mas eu não quero um carregador. Que homem horrível! Não quero um carregador. Eu mesma carrego isso."

Precisou correr para acompanhá-lo, e a raiva, mais forte que ela mesma, irrompeu e fez com que agarrasse a mala da mão do desgraçado. Ele não deu a mínima atenção, mas seguiu pela longa plataforma e atravessou a linha férrea. "É um ladrão." Ela estava certa de que ele era um ladrão quando pisou nos trilhos prateados e sentiu o carvão partir debaixo dos sapatos. No outro lado – ah, graças a Deus! – havia um trem onde estava escrito "Munique". O homem parou nos vagões bem-iluminados.

– Segunda classe? – perguntou a voz insolente.

– Sim, no vagão das mulheres.

Estava quase sem fôlego. Abriu a carteirinha para procurar algum trocado, o suficiente para dar ao homem horrível, enquanto ele jogava sua mala no bagageiro de um vagão vazio com o aviso *Dames Seules*,* colado à janela. Ela entrou no trem e lhe entregou 20 *centimes*.

– O que é isso? – gritou o homem, olhando furiosamente para o dinheiro e depois para ela, colocando-o na altura do nariz, cheirando-o como se jamais tivesse visto aquilo na vida, muito menos segurado tal soma.

– Um franco. Certamente a senhorita sabe o que é? Um franco. Essa é a minha tarifa.

Um franco! Ele pensava que ela iria lhe dar um franco só porque era uma mulher e viajava sozinha à noite? Nunca, nunca! Apertou a carteira na mão e simplesmente não olhou para ele – encarou a vista de Saint-Malo na parede oposta e simplesmente não o ouviu.

---
*Damas desacompanhadas. *(N. da T.)*

– Não, não. Quatro *sous*. Você se enganou. Aqui, pegue. É um franco que eu quero.

Ele pulou no degrau do trem e jogou o dinheiro no colo dela. Tremendo de medo, ela se encolheu comprimida, bem comprimida, estendeu a mão gelada e pegou o dinheiro... escondendo-o na mão.

– Isso é tudo o que você terá – disse.

Por um minuto ou dois sentiu o olhar cortante perfurando-a completamente, enquanto ele balançava a cabeça devagar e empurrava os lábios para baixo.

– Muito bem. *Trrrès bien.*

Ele deu de ombros e desapareceu na escuridão. Ah, que alívio! Que situação simplesmente horrível! Enquanto se levantava tateando para saber se a mala ainda estava ali, teve uma visão de si no espelho, muito branca, com olhos grandes e redondos. Desamarrou o lenço "de viagem" da cabeça e desabotoou a capa verde.

– Mas agora tudo terminou – disse ao rosto do espelho, sentindo que, de alguma forma, ele estava mais apavorado que ela mesma.

As pessoas começaram a se reunir na plataforma. Paravam em pequenos grupos, conversando; uma estranha luz que vinha das lâmpadas da estação dava aos rostos um tom quase verde. Um menininho de vermelho trombou com o enorme vagão de chá e apoiou-se nele, assoviando e lustrando as botas com uma toalhinha. Uma mulher com um avental preto de alpaca empurrava um carrinho de mão com travesseiros para alugar. Parecia sonhadora e distraída – como uma mulher empurrando um carrinho de bebê, para cima e para baixo, com um bebê adormecido lá dentro. Espirais de fumaça vindas de algum lugar flutuavam e dependuravam-se abaixo do teto como pencas de brumas. "Como isso tudo é estranho", pensou a jovem governanta, "e ainda por cima no meio da noite." Ela olhava de seu canto, em segurança, agora sem medo, mas orgulhosa por não ter dado aquele franco.

"Eu posso cuidar de mim, é claro que posso. O melhor é não..." De repente o som de pisadas fortes e vozes de homens, interrompidas por fragmentos de risadas altas, veio do corredor. Vinham na direção dela. A jovem governanta correu para um canto quando quatro rapazes de chapéus de críquete passaram, encarando-a do outro lado da porta e da janela. Um deles gargalhou com a piada, apontou o aviso *Dames Seules* e os quatro se abaixaram para ver melhor a garotinha no canto. Ah, eles estavam no vagão ao lado. Ela os ouviu caminhando com passadas pesadas, então um silêncio, seguido pela aparição de um sujeito alto e magro, com um bigodinho preto, que escancarou a porta.

– Se *mademoiselle* quiser entrar conosco – disse, em francês.

Ela viu os outros se amontoando atrás dele, olhando por debaixo do braço e por cima do ombro, e sentou-se bem ereta e imóvel.

– Se *mademoiselle* nos der a honra – ironizou o homem alto.

Um deles não conseguia mais ficar quieto; a risada dele terminou com um grunhido alto.

– *Mademoiselle*, é sério – persistiu o jovem, sorrindo e inclinando a cabeça. Ele tirou o chapéu com um floreio, e ela se viu sozinha novamente.

– *En voiture. En voi-ture!* – Alguém corria para cima e para baixo do lado de fora do trem.

"Eu não queria que fosse noite. Queria que tivesse outra mulher no vagão. Estou com medo dos homens da cabine ao lado." A jovem governanta olhou para fora e viu o carregador voltando outra vez – o mesmo homem que havia carregado sua mala com os braços ocupados com bagagens. Mas – mas o que ele *estava fazendo*? O homem colocou a unha do indicador debaixo do aviso *Dames Seules* e o rasgou de alto a baixo, e então ficou de pé, do lado de fora, piscando os olhos para ela enquanto um velho enrolado em uma capa xadrez subia no degrau mais alto.

– Mas esse é um vagão para mulheres.

– Ah, não, *mademoiselle*, você cometeu um erro. Não, não, eu lhe asseguro. Obrigado, *monsieur*.

– *En voi-ture!*

Um assovio estridente. O carregador desceu triunfante e o trem começou a andar. Por um momento, lágrimas densas lhe encheram os olhos, e através delas ela viu o velho desenrolar do pescoço um cachecol e desabotoar as abas do boné Jaeger. Ele parecia muito velho. Noventa anos ao menos. Tinha um bigode branco e olhos azuis pequeninos atrás de grandes óculos com armação dourada. Um rosto bonito – a maneira com que ele se inclinava para a frente e falava em francês era encantadora:

– *Mademoiselle*, eu a incomodo? Preferiria que eu tirasse tudo isso do bagageiro e encontrasse outro vagão?

O quê? Aquele velho teria que tirar todas aquelas bagagens pesadas só porque ela...

– Não, está tudo bem. O senhor não me perturba de jeito nenhum.

– Ah, agradeço muito.

Ele sentou-se do lado oposto, desabotoou a capa do casacão e a tirou dos ombros.

O trem parecia contente por ter deixado a estação. Com uma longa corrida alcançou a escuridão. Ela esfregou uma parte da vidraça com a luva, mas não pôde ver nada – somente uma árvore surgia como um ventilador negro ou um ponto de encontro de luzes, ou a linha de uma colina, solene e enorme. No vagão próximo à porta os jovens começaram a cantar *"Un, deux, trois"*. Cantavam a mesma música em altos brados sem parar.

"Eu jamais ousaria dormir se estivesse sozinha", pensou ela. "Não poderia descansar os pés ou mesmo tirar o chapéu."

A cantoria lhe deu um tremorzinho esquisito no estômago e, abraçando-se para contê-lo, com os braços cruzados debaixo da capa, ela sentiu-se realmente feliz em estar com o velho no vagão. Fitou-o através dos longos cílios, com cuidado para que ele não estivesse olhando. Sentava-se extremamente ereto, o peitoral para a frente, o queixo caído, joelhos unidos, lendo um jornal alemão. Por isso falava um francês tão engraçado. Ele era alemão. Alguma patente no exército, ela supôs – um coronel ou general –, em outro tempo, não agora; era muito velho para isso. Parecia bem-arrumado para um homem velho. Usava um alfinete de pérola na gravata preta e um anel, com uma pedra vermelho-escura, no dedo mindinho; a ponta de um lenço branco de seda aparecia no bolso dele. De alguma forma, era muito agradável ao olhar. A maioria dos homens velhos era repugnante. Ela não suportava as tremedeiras, quando tossiam desagradavelmente ou algo assim. Mas não ter barba, isso fazia toda a diferença nele – e as bochechas eram tão rosadas e o bigode tão branco. Ele olhava de cima a baixo o jornal alemão e então se inclinou para a frente com a mesma adorável cortesia:

– Fala alemão, *mademoiselle*?

– *Ja, ein wenig, mehr als Französisch** – disse a pequena governanta, ruborizada com um rosa profundo que se espalhava pelas bochechas e fazia seus olhos parecerem quase escuros.

– Ah, muito bem! – cumprimentou o velho, inclinando a cabeça. – Então talvez queira dar uma olhada nos jornais ilustrados.

---

*Sim, um pouco, mais que francês. *(N. da T.)*

Ele afastou um elástico de um pequeno rolo de jornais e os estendeu para ela.

– Muito obrigada.

Ela gostava muito de olhar fotografias, mas primeiro tiraria o chapéu e as luvas. Levantou-se, retirou a peça de palha marrom, colocou-a habilmente ao lado da mala, descalçou as luvas marrons de criança, enrolou-as e colocou-as no alto do chapéu por segurança, então sentou-se outra vez, agora mais confortavelmente, com os pés cruzados e os jornais no colo. Do canto, o velho espiava amavelmente a mãozinha nua virando as páginas, observava os lábios dela movendo-se enquanto pronunciava as longas palavras, fixava o olhar no cabelo suavemente iluminado abaixo da lâmpada. Ai! Como é trágico para uma jovem governanta ter um cabelo que faz alguém se recordar de tangerinas e margaridas, de abricós, de gatos malhados e champanhe! Talvez isso fosse o que o velho pensava ao olhar e olhar, e nem mesmo as roupas feias e escuras podiam mascarar a sua beleza suave.

Talvez o rubor que tomava as bochechas e os lábios dele fosse um fluxo de raiva por alguém tão jovem e delicada precisar viajar sozinha e desprotegida durante a noite. Quem sabe ele não murmurava à sua maneira germânica sentimental: *"Ja, es ist eine Tragödie!** Aos olhos de Deus eu seria o avô da menina!"

– Muito obrigada. Eram muito interessantes. – Ela deu um belo sorriso ao devolver os jornais.

– Mas você fala alemão muitíssimo bem – disse o velho. – Já esteve na Alemanha antes, não é?

– Ah, não, esta é a primeira vez. – Então, ela fez uma pausa. – Esta é a primeira vez que faço uma viagem ao exterior.

– É mesmo? Estou surpreso. Você me deu a impressão, se é que posso dizer, de que está acostumada a viajar.

---

*Sim, é uma tragédia. *(N. da T.)*

– Bem, já viajei bastante na Inglaterra, e para a Escócia, uma vez.

– Estive na Inglaterra uma vez, mas não consegui aprender inglês – ele levantou uma das mãos e inclinou a cabeça, rindo. – Não, era muito difícil para mim... "*Rau-du-iu-do*. Please *uích is de uei to Leicestaire Squaare*." – Ela também riu.

– Os estrangeiros sempre dizem...

Conversaram um pouco sobre o assunto.

– Mas você gostará de Munique – disse o velho. – Munique é uma cidade maravilhosa. Museus, quadros, galerias, prédios e lojas excelentes, concertos, teatros, restaurantes – todos estão em Munique. Eu já viajei por toda a Europa, muitas, muitas vezes, mas é para Munique que sempre volto. Você vai se divertir lá.

– Não vou *ficar* em Munique – disse a jovem governanta, e acrescentou com timidez: – Serei tutora na família de um médico em Augsburg.

– Ah, então é isso.

Augsburg ele conhecia. Augsburg – bem – não era bonita. Uma genuína cidade industrial. Mas se a Alemanha era uma novidade para ela, ele esperava que a jovem encontrasse algo interessante também por lá.

– Tenho certeza de que vou.

– Mas é uma pena não ver Munique antes de ir. Deve tirar umas feriazinhas antes de seguir – ele sorriu –, e faça um estoque de boas lembranças.

– Creio que não vou poder fazer *isso* – disse a jovem governanta, balançando a cabeça, subitamente séria e solene. – E também, quando alguém está só...

Ele entendeu. E assentiu, sério. Depois disso ficaram em silêncio. O trem prosseguia expondo a dianteira escura e flamejante às colinas e vales. Estava quente no vagão. Ela parecia inclinar-se contra o movimento no escuro e ser carregada para longe, longe. Ouviram barulhos breves; passos no corredor, portas abrindo e gritos... murmúrio de vozes... assovios... Então a janela foi pontilhada com longas agulhas de chuva... Mas não importava... era lá fora... e tinha o seu guarda-chuva. Ela fez um muxoxo, suspirou, abriu e fechou as mãos uma vez e adormeceu rapidamente.

– *Pardon! Pardon!*
Acordou com um sobressalto quando a porta do vagão bateu. O que aconteceu? Alguém entrara e saíra outra vez. O velho sentado no seu canto, mais empertigado que nunca, com as mãos no bolso do casaco, franzia o cenho.

"Rá! Rá! Rá!", era o som que se ouvia da porta ao lado.

Ainda meio sonolenta, ela colocou as mãos no cabelo para se assegurar de que não era um sonho.

– Infame! – murmurou o velho mais para si do que para ela. – Gente vulgar, ordinária! Perturbaram a agradável *Fräulein* entrando desajeitados dessa maneira.

Não, não de fato. Ela já ia acordar, e puxou o relógio de prata para ver as horas. Quatro e meia. Uma luz fria encheu os painéis da janela. Agora, quando ela esfregou um pedaço, pôde ver partes de campos claros, fileiras de casas brancas como cogumelos, uma estrada "que parecia uma pintura" com álamos em cada lado, a torrente de um rio. Como era bonito! Como era bonito e diferente! Mesmo aquelas nuvens cor-de-rosa no céu pareciam estrangeiras. Fazia frio, mas ela fingia que fazia ainda mais frio e esfregava as mãos uma na outra, e tremia puxando a gola do casaco, porque estava muito feliz.

O trem começou a diminuir a velocidade. O motor apitou com um zunido longo a agudo. Estavam chegando a uma cidade. Casas mais altas, rosadas e amarelas, deslizavam meio adormecidas por trás de suas pálpebras esverdeadas, e guardadas por álamos que tremiam na atmosfera azul como se andassem na ponta dos pés, escutando. Em uma casa, uma mulher abriu as persianas, jogou um colchão vermelho e branco no peitoril da janela e ficou de pé fitando o trem. Uma mulher pálida com cabelos negros e xale de lã branca. Outras mulheres apareceram nas portas e janelas das casas adormecidas. Um rebanho de ovelhas surgiu. O pastor vestia uma camisa azul e tamancos de madeira pontiagudos. Veja! Veja essas flores – e na estação de trem também! Rosas clássicas como as de buquês de damas de honra, gerânios brancos, uns rosados lustrosos que jamais seriam vistos fora de uma estufa. Cada vez mais devagar. Um homem molhava a plataforma com uma lata d'água. "A-a-a-ah!" Uma pessoa chegou correndo, balançando os braços. Uma mulher grande e gorda bamboleava pelas portas de vidro da estação com uma bandeja de morangos. Ah, ela estava com sede! Ela estava com muita sede! "A-a-a-ah!" A mesma pessoa voltou correndo outra vez. O trem parou.

Sorrindo para ela, o velho colocou o casaco por cima do corpo e levantou-se. Ele murmurou algo que ela não entendeu bem, mas ela sorriu de volta enquanto ele deixava o vagão. Depois que ele saiu, a jovem governanta se olhou no espelho outra vez, ajeitando-se com o cuidado de uma garota que é adulta o suficiente para viajar sozinha e não conta com ninguém para protegê-la. Sedenta e sedenta! O ar tinha gosto de água. Ela deixou a janela e a mulher gorda com os morangos passou como se fosse de propósito; ergueu a bandeja na direção dela.

– *Nein, danke** – disse a jovem governanta, olhando as grandes frutas vermelhas em suas folhas lustrosas. – *Wie viel?*** – perguntou, enquanto a mulher gorda se afastava.

– Dois marcos e cinquenta, *Fräulein*.

---

*Não, obrigada. *(N. da T.)*
**Quanto é? *(N. da T.)*

– Meu bom Deus!

Ela saiu da janela e sentou num canto, muito controlada por um momento. Meia-coroa! "H-o-o-o-o-o-e-e-e!", guinchou o trem, preparando-se para partir outra vez. Ela esperava que o velho não ficasse para trás. Ah, era dia – tudo estaria perfeito se ela não estivesse com tanta sede. Onde *estava* o velho senhor? Ah, ali estava ele. Ela exibiu as covinhas do rosto como se fosse um velho amigo enquanto ele fechava a porta e, virando-se, tirou da capa uma cesta de morangos.

– Se *Fräulein* me honrar aceitando esses...

– O quê? Para mim?

Mas ela se afastou e levantou as mãos como se ele estivesse para colocar um gatinho selvagem em seu colo.

– Com certeza são para você – disse o velho. – Faz vinte anos que fui corajoso o suficiente para comer morangos.

– Ah, muito obrigada. *Danke bestens* – balbuciou ela. – *Sie sind so sehr schön!**

– Prove e veja – disse o velho, parecendo satisfeito e simpático.

– Não vai provar nem mesmo um?

– Não, não, não.

A mão dela flutuou no ar de um modo tímido e charmoso. Os morangos eram tão grandes e suculentos que precisou dar duas mordidas – o suco correu por seus dedos –, e foi enquanto os mastigava que pensou no velho como um avô pela primeira vez. Que avô perfeito ele seria! Como se tivesse saído de um livro!

O sol apareceu, nuvens rosadas no céu, as nuvens de morango foram devoradas pelo azul.

– Estão bons? – perguntou o velho. – Serão tão bons quanto parecem?

---

*Muito obrigada. Estão tão bonitos! *(N. da T.)*

Quando terminou de comer os morangos, ela sentiu como se conhecesse o velho havia anos. Ela lhe contou sobre Frau Arnholdt e como tinha conseguido o lugar. Ele conhecia o Hotel Grunewald? Frau Arnholdt não chegaria até o anoitecer. Ele ouviu, ouviu até que soubesse tanto quanto ela sobre o assunto, até que ele disse, sem olhá-la, mas alisando as palmas unidas de suas luvas marrons de camurça:

– Me pergunto se você me deixaria lhe mostrar um pouco de Munique hoje. Não muito, mas talvez somente uma galeria de arte e o Englischer Garten.* Parece uma pena que precise passar o dia no hotel, é também um pouco desconfortável... em um lugar estranho. *Nicht wahr?*** Você estaria de volta aqui no início da tarde ou quando quiser, é claro, e daria um grande prazer a um velho.

Não muito depois de ter dito "Sim" – porque no momento em que tinha dito isso ele ficou agradecido e começou a falar de suas viagens na Turquia e essência de rosas – ela começou a pensar se teria cometido um erro. Afinal, ela não o conhecia. Mas ele era tão velho e fora tão gentil – sem mencionar os morangos... E ela não poderia explicar a razão por que diria "Não", e, de certa forma, era seu último dia, seu último dia para realmente aproveitar. "Eu estava errada? Estava?" Um pouco da luz do sol chegou às suas mãos, deixando-as mornas e trêmulas.

– Se eu puder acompanhá-la até o hotel – sugeriu ele – e lhe chamar por volta de dez horas...

Tirou um cartão do bolso e lhe entregou. "Herr Regierungsrat..." Ele tinha um título! Bem, era *provável* que fosse correto! Então, depois disso, a jovem governanta se deixou levar pela empolgação de estar em um país estrangeiro, atenta a propagandas e avisos estrangeiros, sendo informada sobre

---
*Parque Público de Munique. *(N. da T.)*
**Não concorda? *(N. da T.)*

os locais a que iriam – com toda a sua atenção e seu entretenimento aos cuidados de um simpático avô –, até chegarem a Munique e à estação Hauptbahnhof.

– Carregador! Carregador!

Ele encontrou um carregador para ela, despachou a própria bagagem com algumas palavras, orientou-a, em meio à inacreditável multidão, para sair da estação e ir até o hotel. Explicou ao gerente quem ela era, como se tudo aquilo estivesse para acontecer, e então, por um momento, a mãozinha dela perdeu-se nas grandes luvas de camurça marrom.

– Virei buscá-la às dez horas.

Ele foi embora.

– Por aqui, *Fräulein* – disse um empregado que rondava as costas do gerente, todo olhos e ouvidos para o estranho casal. Ela o seguiu subindo dois lances de escadas até um quarto escuro. Colocou no chão a mala e suspendeu uma persiana barulhenta e empoeirada. "Ugh! Que quarto feio e frio – que mobília enorme! Imagine passar o dia aqui!"

– Esse é o quarto que Frau Arnholdt pediu? – perguntou a jovem governanta.

O empregado tinha um modo curioso de olhar fixamente como se houvesse algo *engraçado* a respeito dela. Ele uniu os lábios como fosse assoviar, e então mudou de ideia.

– *Gewiss** – disse ele.

Bem, por que ele não vai embora? Por que ele me encara tanto?

– *Gehen Sie*** – disse a jovem governanta, com a clareza fria dos ingleses. Os pequenos olhos dele, como groselhas escuras, quase saltaram das bochechas moles.

---

*Certamente. (*N. da T.*)
**Vá. (*N. da T.*)

– *Gehen Sie sofort** – repetiu ela, num tom gelado.
Ele parou no batente da porta.
– E o cavalheiro – disse ele –, devo trazer o cavalheiro ao quarto quando ele chegar?

SOBRE AS RUAS brancas, grandes nuvens brancas debruadas com um tom prateado – e luz do sol por toda a parte. Cocheiros gordos, bem gordos, guiando táxis gordos; mulheres engraçadas, com chapeuzinhos redondos, limpando as linhas de bonde; pessoas rindo e empurrando umas às outras; árvores dos dois lados da rua e fontes imensas para onde quer que se olhasse; um barulho de risadas das calçadas ou do meio da rua ou das janelas abertas. E ao lado dela, mais bem-vestido que nunca, segurando um guarda-chuva com uma das mãos e luvas amarelas, em vez das marrons, estava seu avô, que havia lhe convidado para passar o dia. Ela queria correr, queria se dependurar nos braços dele, queria chorar a cada minuto. "Ah, estou tão imensamente feliz!" Ele a guiou pelas ruas, ficou parado enquanto ela "olhava" e seus olhos bondosos brilhavam para ela:
– Somente o que você desejar – disse o velho.
Ela comeu duas salsichas brancas e dois pãezinhos às onze horas da manhã e tomou um pouco de cerveja, que ele disse não ser de alto teor alcoólico, não era como a cerveja inglesa, que fora do copo era inocente como um vaso de flores. Então pegaram um táxi e ela deve ter visto milhares e milhares de maravilhosas pinturas clássicas em um quarto de hora!
– Precisarei me lembrar delas quando estiver sozinha.
... Mas quando saíram da galeria estava chovendo. O avô abriu o guarda-chuva e colocou-o sobre a jovem governanta. Estavam a caminho de um restaurante, para almoçar. Ela

---
*Vá imediatamente. *(N. da T.)*

andava muito próxima dele, de maneira que ele também se abrigasse.

— Se apoiar em meu braço, vai ficar mais fácil, *Fräulein*. E, além disso, é o costume na Alemanha.

Então, ela pegou no braço dele e andou ao seu lado enquanto ele apontava as estátuas famosas, tão interessado que quase se esqueceu de recolher o guarda-chuva mesmo quando a chuva estiara. Depois do almoço, foram até um café para ouvir uma banda cigana, mas ela não gostou nem um pouco daquilo. Ugh! Aqueles homens horríveis estavam ali com cabeças que pareciam ovos e cortes nos rostos, então ela virou a cadeira e protegeu as bochechas em brasa nas mãos e preferiu admirar o velho amigo... Dali seguiram para o Englischer Garten.

— Gostaria de saber que horas são — perguntou a jovem governanta. — Meu relógio parou. Esqueci de dar corda nele ontem à noite no trem. Vimos tantas coisas que imagino que deva ser bem tarde.

— Tarde! Ele parou na frente dela, rindo e balançando a cabeça de um modo que ela começou a identificar. — Tarde! Ainda nem tomamos um sorvete!

— Ah, mas eu me diverti — disse ela, num tom de voz mais alto que o normal, aflita —, mais do que eu possa expressar. Tem sido maravilhoso! Só que Frau Arnholdt estará no hotel às seis e eu devo estar lá às cinco.

— Então estará. Depois do sorvete vou colocá-la em um táxi e poderá ir confortavelmente.

Ela estava feliz outra vez. O sorvete de chocolate derreteu... derreteu em pequenas lambidas por um longo tempo. As sombras das árvores dançavam nas toalhas das mesas, e de maneira segura ela se sentava com as costas viradas para o relógio ornamental que apontava vinte e cinco minutos para as sete.

— De fato este foi o dia mais feliz da minha vida. Nunca imaginei um dia assim.

Apesar do sorvete, seu coraçãozinho agradecido brilhava de amor pelo vovô de contos de fada.

Então, caminharam para fora do parque por uma longa alameda. O dia estava quase no fim.

– Está vendo aqueles prédios grandes do outro lado? – disse o velho. – O terceiro andar é onde moro. Eu e uma velha empregada que cuida de mim.

Ela estava muito interessada.

– Agora, antes de eu colocá-la em um táxi, você viria ao meu pequeno "lar" e deixaria eu lhe dar um frasco da essência de rosas que mencionei no trem? Como uma lembrança?

Ela adoraria.

– Nunca vi o apartamento de um homem solteiro na minha vida – riu a jovem governanta.

O vestíbulo estava bem escuro.

– Ah, suponho que a velha empregada tenha saído para comprar uma galinha para mim. Um momento.

Ele abriu a porta e ficou parado do lado de fora, abrindo caminho para que ela, um pouco tímida, mas curiosa, entrasse em uma sala estranha. Ela não sabia o que dizer. O lugar não era bonito. De certa maneira, era muito feio – embora fosse organizado, e confortável para um homem velho, ela concluiu.

– Bem, o que você acha?

Ele se ajoelhou e tirou do armário uma bandeja com duas taças rosadas e uma garrafa comprida cor-de-rosa.

– Há dois quartos adiante – disse ele, alegre – e uma cozinha. É suficiente, não é?

– Ah, é o bastante.

– E sempre que estiver em Munique e considerar passar um dia ou dois – porque sempre há um ninhozinho, uma asa de frango, uma salada, e um velho encantado em ser seu anfitrião muitas vezes mais, querida pequena *Fräulein*!

Ele tirou a rolha da garrafa e serviu um pouco de vinho nos dois copos rosados. A mão dele tremeu e o vinho espirrou na bandeja. Fazia silêncio na sala.

– Creio que agora preciso ir – disse ela.

– Mas vai tomar uma tacinha de vinho, só uma, antes de ir? – perguntou o velho.

– Não, não vou. Nunca tomo vinho. Eu-eu tinha prometido jamais provar vinho ou algo assim.

E embora ele suplicasse e embora ela se sentisse terrivelmente mal-educada, especialmente quando ele parecia sentimental a respeito daquilo, ela estava muito determinada quanto a sua decisão.

– Não, de verdade, por favor.

– Bem, você apenas sentaria no sofá por cinco minutos e me permitiria brindar e beber à sua saúde?

A jovem governanta se sentou na beirada do sofá de veludo vermelho; ele se sentou ao lado dela e brindou e bebeu de uma só vez.

– Você realmente ficou feliz hoje? – perguntou o velho, virando-se, tão perto que ela sentiu o joelho dele roçar no seu. Antes que pudesse responder, ele tomou suas mãos. – E você vai me dar um beijinho antes de ir? – perguntou ele, puxando-a para ainda mais perto.

Foi um sonho! Não era verdade! Não era o mesmo velho, de jeito algum! Ah, que horror! A jovem governanta o encarou aterrorizada.

– Não, não, não! – balbuciou ela, livrando-se das mãos dele.

– Um beijinho. Um beijo. O que é isso? Só um beijo, queridinha *Fräulein*. Um beijo.

Ele projetava o rosto com um largo sorriso; e os olhinhos azuis brilhavam tanto por trás dos óculos!

– Nunca, nunca. Como ousa?

Ela se levantou bruscamente, mas ele foi bem rápido e a segurou contra a parede, pressionou o joelho que tremia e o seu corpo de idoso contra o dela, e embora ela balançasse a cabeça de um lado para o outro, desesperada, ele a beijou na boca. Na boca! Onde nem uma alma que não tivesse uma relação próxima jamais a beijara...

Ela correu, correu rua abaixo até encontrar uma avenida larga com linhas de bonde e um policial de pé no meio do caminho como um boneco de relógio.

– Quero pegar um bonde para Hauptbahnhof – soluçou a jovem governanta.

– *Fräulein*?

Ela torcia as mãos diante dele.

– Hauptbahnhof. Sim, há um agora. – E, enquanto ele a observava muito surpreso, a mocinha com o chapéu de lado, chorando sem um lenço, pulou no bonde – sem ver as sobrancelhas do condutor, sem ouvir a *hochwohlgebildete Dame** falando com a amiga escandalizada. Ela se balançava, chorava alto e dizia "Ah, ah!" pressionando as mãos na boca.

– Ela esteve no dentista – guinchou com voz aguda uma velha gorda, muito estúpida para sentir pena.

– *Na, sagen Sie 'mal*,** que dor de dente! A menina não tem mais nenhum na boca.

Enquanto isso, o bonde balançava barulhento por um mundo cheio de velhos com joelhos que tremiam.

Quando a jovem governanta chegou ao lobby do Hotel Grunewald, o mesmo garçom que fora ao quarto dela de manhã estava de pé diante de uma mesa, polindo uma bandeja de copos. A visão da jovem governanta pareceu tomá-lo de inex-

---
*Senhora bem-educada. *(N. da T.)*
**Bem, realmente. *(N. da T.)*

plicável e visível contentamento. Estava pronto para a pergunta dela; sua resposta foi ensaiada e suave.

– Sim, *Fräulein*, a senhora esteve aqui. Eu informei que a senhorita havia chegado e saído logo em seguida com um cavalheiro. Ela me perguntou quando a senhorita retornaria, mas é claro que eu não poderia dizer. E ela foi ao gerente.

Ele pegou um copo da mesa, levantou-o na altura da luz, olhou para o vidro com um dos olhos fechado, e começou a poli-lo com a ponta do avental.

– Como, *Fräulein*? Ah, não, *Fräulein*. O gerente não pode lhe dizer nada, nada.

Ele balançou a cabeça e sorriu diante do vidro brilhante.

– Onde está a senhora agora? – perguntou a jovem governanta, tremendo com tanta violência que precisou levantar o lenço até a boca.

– Como posso saber? – disse o garçom, e, enquanto passava por ela a fim de lançar uma nova remessa nos ombros, seu coração batia tão rápido contra as costelas que ele quase riu alto.

"É isso! É isso!", pensou ele. "Isso vai lhe mostrar."

E, enquanto equilibrava a caixa da nova remessa nos ombros – uupa! –, como se ele fosse um gigante, e a caixa, uma pluma, remoía outra vez as palavras da jovem governanta: *"Gehen Sie. Gehen Sie Sofort."*

"Eu vou! Eu vou!", gritou para si mesmo.

9

A casa de bonecas

1922

Quando a velha e querida Sra. Hay voltou à cidade, após a estada com os Burnells, ela mandou para as crianças uma casa de bonecas. Era tão grande que o carroceiro e Pat a carregaram para o quintal, e lá ficou, em cima de dois caixotes de madeira, ao lado da porta da despensa. Nenhum estrago poderia ocorrer: era verão. E talvez o cheiro de tinta pudesse ter desaparecido quando fosse levada para dentro. Porque, sem dúvida, o cheiro de tinta que vinha daquela casa de bonecas – ("Tanta gentileza da velha Sra. Hay, é claro; muita gentileza e generosidade!"), mas, na opinião de tia Beryl, o cheiro de tinta era suficiente para deixar alguém seriamente doente. Mesmo com o embrulho. E quando desembalaram...

Lá estava a casa de bonecas, de um verde-espinafre, escuro, brilhante, contrastado com amarelo-claro. As duas chaminezinhas, coladas no telhado, eram pintadas em vermelho e branco, e a porta brilhava com verniz amarelo, parecia um pedacinho de caramelo. Quatro janelas, janelas de verdade, divididas em facetas envidraçadas emolduradas por uma larga faixa de verde. Havia também um pequeno pórtico, pintado de amarelo, com grandes caroços de tinta coagulada pendurados na beirada.

Mas era perfeita, uma perfeita casinha! Quem se importaria com o cheiro? Era parte da alegria, parte da novidade.

– Alguém abra logo isso!

O gancho lateral estava emperrado. Pat usou o canivete como alavanca, e toda a parte dianteira da casa oscilou para trás, e... pronto, todos fitavam ao mesmo tempo a sala de visitas e a de jantar, a cozinha e os dois quartos. Essa é a maneira de abrir uma casa! Por que todas as casas não são abertas assim? É bem mais empolgante do que observar por uma fresta da porta um vestíbulo acanhado com uma chapeleira e dois guarda-chuvas! É assim... não é? O que você deseja saber a respeito de uma casa quando põe a mão na maçaneta? Talvez seja assim que Deus abre as casas no meio da noite, quando dá um passeio tranquilo com um anjo...

– O-oh! – As crianças da família Burnell exclamaram como se estivessem desesperadas.

Era tão maravilhosa; era demais para elas. Nunca tinham visto nada assim em suas vidas. Todos os quartos revestidos com papel de parede. Havia quadros nas paredes, pintados no papel, com molduras douradas perfeitas. Todos os pisos, exceto a cozinha, eram revestidos com tapete vermelho; cadeiras vermelhas aveludadas na sala de visitas, verdes na sala de jantar; mesas, camas com roupa de cama de verdade, um berço, um fogão, um aparador com pratinhos e uma jarra grande. Mas o que Kezia mais gostou foi o lustre. Ficava no meio da mesa da sala de jantar, um requintado lampiãozinho âmbar, com um globo. Estava até cheio, pronto para ser aceso, embora, é claro, não se pudesse acendê-lo. Mas dentro havia algo que parecia óleo, e aquilo se movia quando alguém o balançava.

Os bonecos do pai e da mãe eram muito rijos, emperrados, sem dúvida muito grandes para uma casa de bonecas. Não pareciam pertencer àquilo. Mas o lampião era perfeito. Parecia sorrir para Kezia e dizer "Eu moro aqui". O lampião era de verdade.

Na manhã seguinte, as filhas dos Burnells mal podiam caminhar rápido o suficiente para ir à escola. Estavam ansiosas para contar a todos, para descrever, para... bem... se gabar a respeito da casa de bonecas delas antes que o sinal de entrada tocasse.

– Eu que vou contar – disse Isabel –, porque sou a mais velha. E vocês duas podem continuar depois. Mas eu conto primeiro.

Não havia nada a retrucar. Isabel era mandona, mas estava sempre certa, e Lottie e Kezia sabiam muito bem dos poderes adquiridos por ser mais velho. Elas passaram pelos espessos ranúnculos na beira da estrada e não disseram nada.

– E eu vou escolher que vem ver primeiro. Mamãe disse que eu posso.

Enquanto a casa de bonecas estivesse no quintal, fora combinado que elas poderiam convidar as meninas da escola, duas de cada vez, para vir e olhar. Mas não ficariam para o chá, é claro, nem flanariam pela casa. Apenas ficariam de pé no quintal, quietas, enquanto Isabel mostrava os encantos da casa, e Lottie e Kezia olhariam, satisfeitas...

Andando o mais depressa possível, ao chegarem à cerca do parquinho dos meninos o sinal de entrada começou a soar. Elas só tiveram tempo de tirar os chapéus e entrar na fila antes que a chamada começasse. Não importava. Isabel tentou disfarçar com um ar de mistério e importância e cochichava, escondendo a boca com a mão para as garotas próximas:

– Preciso contar uma coisa para vocês na hora do recreio.

Chegou a hora do recreio e Isabel foi cercada. As garotas da turma dela quase brigaram para colocar os braços ao seu redor, perambular com ela, sorrir e bajular, se tornar a melhor amiga. Ela fez um certo sucesso debaixo dos pinheiros altos ao lado do parquinho. As meninas se acotovelavam, rindo e se empurrando. E as duas únicas fora da roda eram as duas que sempre estavam fora, as pequenas Kelveys. Elas sabiam que era melhor não se aproximar das Burnells.

O fato é que a escola em que as filhas dos Burnells estudavam não era, de modo algum, o tipo de lugar que seus pais escolheriam se pudessem. Mas não tinham escolha. Era a única escola num raio de quilômetros. E o resultado era que todas as crianças da região, as filhinhas do juiz, as filhas do médico, os filhos do dono do armazém, do leiteiro, eram obrigadas a se misturar. Sem falar no número igual de garotinhos grosseiros, toscos. Mas um limite devia ser traçado em algum ponto. Esse ponto eram as Kelveys. Muitas das crianças, incluindo as Burnells, não tinham permissão de falar com elas. Elas passavam pelas Kelveys com a cabeça erguida, e como ditavam o padrão em questões de comportamento, as Kelveys eram evitadas por todos. Mesmo as professoras tinham um tom de voz particular com elas, e um sorriso especial para as outras crianças quando Lil Kelvey vinha à sua mesa com um ramo de flores terrivelmente comuns.

Eram filhas de uma lavadeirazinha, ativa e trabalhadora, que ia de casa em casa durante o dia. Um horror. E onde estava o Sr. Kelvey? Ninguém sabia ao certo. Mas todos diziam que estava na prisão. Então elas eram filhas de uma lavadeira e de um presidiário. Muito boa companhia para as filhas dos outros! E era óbvio para todos. Era difícil entender por que a Sra. Kelvey fazia questão de deixar isso tão evidente. A verdade era que elas estavam sempre vestidas com "restos" dados pelas pessoas para as quais a mãe trabalhava. Lil, por exemplo, era uma criança robusta, vistosa, sardenta, ia à escola com um vestido de sarja verde feito de uma toalha de mesa dos Burnells, com mangas vermelhas aveludadas das cortinas dos Logans. O chapéu, inclinado no alto da testa, era o chapéu de uma mulher adulta, e antes pertencera à Srta. Lecky, gerente do correio. Era virado para cima na parte de trás e adornado com uma pena escarlate. Ela parecia um garotinho! Era impossível não rir. E a irmãzinha dela, nossa Else, usava um vestido branco longo, mais parecia uma camisola, e um par de botas de menino. Mas, fosse lá o que vestisse, nossa Else pareceria estranha. Era uma menina magricela, com cabelo curto e olhos enormes e solenes: uma corujinha branca. Ninguém jamais a viu sorrir; ela quase não falava. Apoiada em Lil, sobrevivia agarrada à barra da saia da irmã. Aonde Lil ia nossa Else ia atrás. No parquinho, no caminho de ida ou volta da escola, lá estava Lil andando na frente e nossa Else seguindo-a atrás. Somente quando queria algo, ou quando estava sem fôlego, nossa Else fazia um movimento brusco, lhe dava um puxão, e Lil parava e se virava. As Kelveys nunca deixavam de se entender.

Agora elas estavam por perto: não era possível impedi-las de escutar. Quando as menininhas se viraram e sorriram com desdém, Lil, como sempre, assumiu um ar bobo, com um sorriso envergonhado, mas nossa Else apenas olhava.

E a voz de Isabel, cheia de orgulho, continuava a ser ouvida. O carpete produziu muita sensação, e também as camas com colchas e lençóis de verdade, e o fogão com a portinha do forno.

Quando ela terminou, Kezia comentou:

– Você esqueceu a lamparina, Isabel.

– Ah, sim – disse Isabel –, e há um lampiãozinho, todo em vidro amarelo com um globo branco, que fica sobre a mesa da sala de jantar. Até parece de verdade.

– O lampião é o melhor de tudo – gritou Kezia.

Ela achava que Isabel não estava dando a devida importância ao lampiãozinho. Mas ninguém prestava atenção. Isabel ia selecionar as duas que iriam voltar com elas naquela tarde e ver a casinha de bonecas. Ela escolheu Emmie Cole e Lena Logan. Mas quando as outras souberam que todas teriam a sua vez, foram ainda mais gentis com Isabel. Colocavam o braço em volta da cintura de Isabel e passeavam com ela, uma de cada vez. Tinham algo a lhe sussurrar, um segredo: "Isabel é *minha* amiga."

Somente as pequenas Kelveys se afastaram, esquecidas; sem nada mais ouvir.

OS DIAS PASSARAM, e quanto mais crianças viam a casa de bonecas, mais a fama daquilo se espalhava. Tornou-se o único assunto, a mania do momento. A única pergunta que se faziam era: "Já viu a casa de bonecas das Burnells? Ah, não é linda?!" "Você já viu? Ah, eu vi!"

Até mesmo a hora das refeições era dedicada ao assunto. As garotinhas se sentavam debaixo dos pinheiros comendo seus grandes sanduíches de carneiro e suas grossas fatias de bolo de farinha integral com manteiga. Como sempre, as Kelveys se sentavam o mais perto que podiam, nossa Else, segurando em Lil, ouvia também, enquanto mastigavam seus sanduíches de geleia sobre um jornal molhado pelas grandes gotas vermelhas...

– Mãe – perguntou Kezia –, posso convidar as Kelveys só uma vez?

– Claro que não, Kezia.

– Mas por que não?

– Vá embora, Kezia; você sabe muito bem por que não.

Finalmente todas tinham visto a casinha, com exceção delas. Naquele dia o assunto murchou. Era hora do lanche. As meninas estavam juntas debaixo dos pinheiros, e de repente, quando viram as Kelveys comendo sobre os jornais, sempre sozinhas, sempre escutando, quiseram ser malvadas com elas. Emmie Cole começou o cochicho.

– Lil Kelvey vai ser uma empregada doméstica quando crescer.

– Ha, ha, que horror! – disse Isabel Burnell, e deu um olhar de cumplicidade para Emmie.

Emmie engoliu em seco de um modo muito significativo e meneou a cabeça para Isabel como tinha visto sua mãe fazer nessas ocasiões.

– É verdade... é verdade... é verdade – disse.

Então os olhinhos de Lena Logan fuzilaram:

– Devo perguntar a ela? – sibilou Lena.

– Aposto que não – disse Jessie May.

– Ah, não estou com medo – disse Lena. Subitamente ela deu um gritinho e rebolou diante das outras meninas. – Vejam! Vejam só! Vejam agora! – continuou Lena. E deslizando, chegando perto gradativamente, pé ante pé, cochichando com a mão na frente do rosto, Lena se aproximou das Kelveys.

Lil levantou o olhar de seu lanche. Ela embrulhou o resto imediatamente. Nossa Else parou de mastigar. O que aconteceria agora?

– É verdade que você vai ser empregada doméstica quando crescer, Lil Kelvey? – perguntou Lena com um tom de voz agudo.

Silêncio mortal. Mas, em vez de responder, Lil apenas lhe devolveu um sorriso tolo e envergonhado. Não se importava nem um pouco com a pergunta. Que trapaça para Lena! As meninas davam risos nervosos.

Lena não podia suportar aquilo. Ela colocou a mão nos quadris e reagiu gritando, arrogante:

– É, e o pai de vocês está na prisão! – sibilou maldosamente.

Foi algo tão incrível ter dito aquilo que as garotinhas correram juntas, muito, muito animadas, com uma alegria selvagem. Alguém achou uma longa corda, e elas começaram a pular. E jamais pularam tão alto, entrando e saindo da corda depressa, ou fizeram algo tão audacioso como naquela manhã.

À tarde, Pat veio buscar as Burnells com a charrete, e foram para casa. Tinham visitas. Isabel e Lottie, que gostavam de visitas, subiram para trocar os aventais. Mas Kezia escapuliu para os fundos. Ninguém estava por lá; ela começou a se balançar nos grandes portões brancos do quintal. Logo depois viu dois pontinhos brancos. Ficaram maiores, vinham na sua direção. Pôde então ver que um estava na frente e o outro logo atrás. Pôde então perceber que eram as Kelveys. Kezia parou de se balançar. Escorregou pelo portão como se fosse fugir. Então hesitou. As Kelveys se aproximavam e ao lado delas andavam suas sombras, muito compridas, se estendendo ao longo da estrada com as cabeças nos ranúnculos. Kezia voltou a subir no portão, e então mudou de ideia: se balançou pelo lado de fora.

– Olá – disse às Kelveys que passavam.

Elas ficaram tão atônitas que pararam. Lil lhe deu aquele seu sorriso tolo. Nossa Else tinha um olhar fixo.

– Se quiserem, vocês podem entrar e ver a nossa casa de bonecas – disse Kezia, arrastando o dedão do pé no chão. Lil ficou ruborizada e logo balançou a cabeça.

– Por que não? – perguntou Kezia.

Lil ofegou, então disse:

– Sua mãe falou para nossa mãe que você não podia falar com a gente.

– Ah, bem – disse Kezia. Ela não sabia o que dizer. – Não importa. Vocês podem entrar e ver nossa casa de bonecas, mesmo assim. Venham. Ninguém está olhando.

Mas Lil balançou a cabeça ainda com mais força.

– Você não quer? – perguntou Kezia.

Repentinamente houve um movimento brusco, um puxão na saia de Lil. Ela se virou. Nossa Else implorava, arregalando os olhos; ela franzia o cenho; queria ir. Por um instante Lil olhou para Else com muitas dúvidas. Mas então nossa Else puxou sua saia outra vez. Lil deu um passo. Kezia foi na frente. Como dois gatos vira-latas, elas seguiram pelo quintal onde a casa de bonecas estava.

– Aí está – disse Kezia.

Houve uma pausa. Lil respirava alto, quase bufava; nossa Else estava silenciosa como uma pedra.

– Vou abrir para vocês – disse Kezia com gentileza. Ela destravou o gancho e as meninas puderam ver como era por dentro.

– Tem a sala de visitas e a sala de jantar, e aqui é a...

– Kezia!

Ah, que susto tomaram!

– Kezia!

Era a voz de tia Beryl. Elas se viraram. Na porta dos fundos, tia Beryl as encarava como se não acreditasse no que via.

– Como ousa convidar as irmãs Kelveys para entrar no quintal? – disse a voz fria e furiosa da tia. – Sabem que não é permitido falar com elas. Vão embora, crianças, vão embora de uma vez. E não voltem mais. – E então ela as enxotou como se fossem galinhas. – Saiam imediatamente! – gritou tia Beryl, fria e orgulhosa.

Não precisou falar duas vezes. Ardendo de vergonha, tremendo juntas, Lil aconchegou a irmã como a mãe fazia. Nossa Else estava atordoada, sabe-se lá como conseguiram atravessar o grande quintal e passar se esgueirando pelo portão.

– Garotinha levada, desobediente! – tia Beryl falou com amargura para Kezia, e bateu a porta da casa de bonecas.

A tarde tinha sido horrível. Ela recebera uma carta de Willie Brent, uma carta aterrorizante, ameaçadora, dizendo que se não o encontrasse àquela noite no Pulman's Bush ele viria à porta da frente perguntar o motivo! Mas agora que tinha assustado aquelas ratinhas das Kelveys e dado a Kezia uma boa bronca, seu coração estava mais leve. A pressão desgastante passou. Ela voltou para casa cantarolando.

Quando sumiram de vista das Burnells, as Kelveys se sentaram para descansar em uma grande manilha vermelha à beira da estrada. As bochechas de Lil ainda ardiam; ela tirou o chapéu com a pena e colocou-o no colo. Olhavam sonhadoras os campos de feno próximos aos estábulos, o riacho, o cercado do curral onde as vacas dos Logans aguardavam a ordenha. Em que elas pensavam?

Nesse momento nossa Else se aproximou da irmã. Mas agora ela já esquecera a mulher irritada. Esticou um dedo e alisou a pena de Lil; deu aquele seu sorriso raro.

– Eu vi a lamparinazinha – disse com suavidade.

Então, voltaram a ficar em silêncio.

10

Prelúdio

I

1917

Não havia um centímetro de espaço para Lottie e Kezia no veículo. Cambalearam quando Pat as equilibrou no alto da bagagem; o colo da avó estava ocupado e Linda Burnell não poderia segurar o peso de uma criança por distância alguma. Isabel, muito superior, estava empoleirada ao lado do novo ajudante, no assento do condutor. Valises, malas e caixas estavam empilhadas no chão.

– Essas são prioridades incondicionais, e não posso perdê-las de vista nem por um instante – disse Linda Burnell, com a voz trêmula de cansaço e agitação.

Lottie e Kezia estavam de pé numa parte gasta do gramado, logo atrás do portão, prontas para o embate, em seus casacos de botões dourados com âncoras e pequenas boinas redondas enfeitadas com fitas em nós de marinheiro. De mãos dadas, as duas fitavam com solenes olhos arredondados, primeiro, as prioridades incondicionais e, depois, a mãe.

– Devemos simplesmente deixá-las. Isso mesmo. Nós simplesmente teremos de deixá-las – disse Linda Burnell. Uma risadinha estranha escapou de seus lábios; ela se encostou nas almofadas de estofamento de couro com botões e fechou os olhos, os lábios tremendo com as risadas. Felizmente, naquele momento, a Sra. Samuel Josephs, que assistia a cena por trás das persianas da sala de visitas, caminhou mexendo os quadris até a entrada do jardim.

– Por que não deixa as crianças passarem a tarde comigo, Sra. Burnell? Elas podem ir na carreta da mudança à noitinha. E essas coisas no caminho precisam ir, não é?

– Sim, tudo o que está aqui fora deve ir – disse Linda Burnell, e com a mão alva apontou as mesas e cadeiras viradas no gramado da frente. Pareciam tão absurdas! Ou deviam estar viradas ao contrário ou Lotti e Kezia deviam ficar de cabeça para baixo também. E ela ansiava dizer: "Crianças, fiquem de cabeça para baixo e aguardem o carregador." Ela achava que seria deliciosamente engraçado que não pudesse escutar a Sra. Samuel Josephs.

O corpo gordo e ruidoso apoiou-se no portão, e o rosto grande e gelatinoso sorriu.

– Não se preocupe, Sra. Burnell. Lottie e Kezia podem tomar chá com meus filhos no quarto das crianças, e as levo à carreta depois.

A avó ponderou.

– Sim, esse realmente é o melhor plano. Sra. Samuel Josephs, estamos muito gratas. Agradeçam a Sra. Samuel Josephs, crianças.

Dois gorjeios domesticados:

– Muito obrigada, Sra. Samuel Josephs.

– Sejam boas menininhas, e cheguem mais perto. – Elas obedeceram. – Não esqueçam de dizer à Sra. Samuel Josephs quando quiserem...

– Não, vovó.

– Não se preocupe, Sra. Burnell.

No último instante, Kezia largou a mão de Lottie e correu para a carreta.

– Quero me despedir da vovó outra vez.

Mas ela estava muito atrasada. A carreta seguiu estrada acima, Isabel inchada de orgulho, com o nariz empinado, e Linda Burnell prostrada, enquanto a avó remexia nas ninharias que lhe interessaram e que havia colocado na bolsa de rede de seda preta, nos últimos momentos, para ter algo para dar à filha. O carro seguia depressa colina acima e além, à luz do sol e de uma fina nuvem de poeira. Kezia mordeu o lábio, mas Lottie, ao encontrar seu lenço rapidamente, improvisou um choro.

– Mamãe! Vovó!

A Sra. Samuel Josephs envolveu-a como um enorme e confortável abafador de chá de seda preta.

– Está tudo bem, querida. Seja uma menina corajosa. Venha brincar no quarto das crianças!

Ela colocou o braço ao redor da chorosa Lottie e a levou embora. Kezia foi atrás, fazendo careta para o bolso do vestido da Sra. Samuel Josephs, desarrumado como sempre, com duas longas fitas de espartilho de renda cor-de-rosa penduradas para fora...

O choro de Lottie arrefeceu enquanto ela subia as escadas, mas a visão dela, da porta do quarto das crianças, com os olhos inchados e o nariz escorrendo, deu grande satisfação à S.J., que se sentava em dois bancos diante de uma longa mesa coberta com toalha americana e servida com imensos pratos de pão e dois bules de chá marrons que fumegavam suavemente.

– Olá! Você esteve chorando!

– Ah! Seus olhos estão fundos.

– O nariz dela não está estranho?

– Está cheia de manchas vermelhas.

Lottie fazia sucesso. Ela sentia isso, e ficou cheia de si, sorrindo timidamente.

– Vá e sente com Zaidee, gracinha – disse a Sra. Samuel Josephs. – E, Kezia, você senta na ponta, perto de Moses.

Moses sorriu ironicamente e lhe deu um beliscão quando ela se sentou; mas Kezia fingiu não notar. Ela realmente odiava os garotos.

– Qual vai querer? – perguntou Stanley, debruçando-se na mesa e sorrindo-lhe com polidez. – Quer começar com qual, morangos com creme ou pão com gordura?*

– Morangos com creme, por favor – disse ela.

– Ha! Ha! Ha! Ha! – Todos riam e batiam na mesa com as colheres de chá. Essa não foi uma boa tirada? Não foi? Ele não enganou a menina? O bom e velho Stan!

– Ah! Ela pensou que fosse de verdade.

Até a Sra. Samuel Josephs, que servia leite e água, não conseguiu conter o riso.

– Você não pode provocar as meninas no último dia – sibilou ela.

Mas Kezia mordeu o último pedaço de pão com gordura, e então colocou-o no alto do prato. Com a mordida, formou-se uma espécie de portão bonitinho. Baah! Ela nem ligava! Uma lágrima escorreu por sua bochecha, mas ela não estava chorando. Não podia ter chorado diante daqueles horríveis Samuel Josephs. Sentava-se com a cabeça inclinada, e quando uma lágrima escorreu devagar, ela capturou-a movimentando a língua com rapidez, antes que algum deles notasse.

Bread and dripping é a gordura reaproveitada das carnes assadas para passar no pão; popularizou-se entre as famílias pobres atingidas pelo desemprego no período entreguerras. *(N. da T.)*

II

Depois do chá, Kezia perambulou de volta à própria casa. Subiu os degraus devagar e foi pela área de serviço até a cozinha. Não sobrou nada ali a não ser um bolo de sabão amarelo gordurento em um canto do peitoril da janela da cozinha e um pedaço de flanela manchada com uma sacola azul no outro. A lareira estava entupida de lixo. Ela vasculhou, mas não conseguiu encontrar nada, a não ser uma touca com um coração pintado que pertencera à copeira. Até isso ela deixou para lá, e trilhou a passagem estreita até a sala de visitas. As venezianas estavam abaixadas, mas não fechadas. Longos raios de sol brilhavam como feixes luminosos, a sombra oscilante de um arbusto dançava sobre as linhas douradas. Agora estava parada, agora recomeçava a flutuar, e agora chegou quase tão longe quanto os pés dela. Zoom! Zoom! Uma varejeira azul bateu contra o teto; as faixas do carpete tinham pedacinhos grudados de uma penugem vermelha.

A janela da sala de jantar tinha um quadrado de vidro colorido em cada canto. Um era azul, o outro, amarelo. Kezia ajoelhou-se para dar mais uma olhada no canteiro azul com copos de leite azulados brotando no portão, e depois observou um canteiro amarelo com copos de leite amarelos e uma cerca amarela. Enquanto ela olhava, uma pequena Lottie chinesa saiu para o canteiro e começou a limpar mesas e cadeiras com a ponta do avental. Era realmente Lottie? Kezia não teve certeza até olhar através da janela comum.

Lá em cima, no quarto de seus pais, ela achou uma caixinha de comprimidos, preta e brilhante por fora e vermelha por dentro, com um chumaço de algodão.

– Eu poderia guardar um ovo de passarinho aqui dentro – decidiu ela.

No quarto da criada havia um botão enterrado em uma fenda no chão, e em outra fenda havia algumas contas e uma agulha longa. Sabia que não havia nada no quarto de sua avó; assistira-a fazer as malas. Foi até a janela e inclinou-se ali, colocando as mãos contra a vidraça.

Kezia gostava de ficar assim diante da janela. Ela gostava da sensação de ter o vidro frio e brilhante contra as palmas aquecidas e gostava de ver as pontas esbranquiçadas dos dedos quando os pressionava contra a vidraça. Enquanto estava ali de pé, o dia se apagou e veio a escuridão. Com a escuridão engatinhando arrastava-se o vento bufando e uivando. As janelas da casa vazia tremeram e um rangido veio das paredes e dos pisos, uma peça solta de ferro no telhado bateu de um modo lúgubre. De repente, Kezia ficou paralisada, com os olhos arregalados e os joelhos unidos. Estava apavorada. Queria chamar Lottie e continuar chamando enquanto corria para o andar de baixo e para fora da casa. Mas AQUILO estava bem atrás dela, esperando na porta, no alto das escadas, ao pé das escadas, escondido no corredor, pronto para surgir na porta dos fundos. Mas Lottie também estava na porta dos fundos.

– Kezia! – chamou ela com alegria. – O homem do depósito está aqui. Tudo está na carreta de três cavalos, Kezia. A Sra. Samuel Josephs nos deu um xale enorme para nos enrolarmos, e disse para abotoarmos o casaco. Ela não vai sair por causa da asma.

Lottie era muito influente.

– Vamos lá, crianças – gritou o homem da mudança.

Ele enganchou os enormes dedos nos braços delas e as colocou para cima. Lottie arrumou o xale "da maneira mais bonita" e o homem da mudança enrolou os pés delas em um pedaço de um cobertor velho.

– Levantem. Facilita.

Elas podiam ser um casal de jovens pôneis. O encarregado da mudança verificou as cordas que suportavam a carga, destravou o freio da roda e, assoviando, subiu ao lado delas.

– Fique perto de mim – disse Lottie –, porque senão vai puxar o xale do meu lado, Kezia.

Mas Kezia mantinha-se bem próxima do homem. Ele se elevava ao seu lado, enorme como um gigante e com um odor de nozes e de caixas de madeira novas.

III

Era a primeira vez que Lottie e Kezia ficavam fora de casa até tão tarde. Tudo parecia diferente – as casas de madeira pintada bem menores do que eram à luz do dia, os jardins maiores e mais selvagens. Estrelas brilhantes salpicadas pelo céu e a lua pendurada sobre o porto borrifavam as ondas de dourado. Elas podiam ver o farol brilhando na ilha Quarantine, e as luzes verdes nas pilhas informes de carvão.

– Aí vem o Picton – disse o homem da mudança, ao apontar para um pequeno barco a vapor todo enfeitado com astrágalos brilhantes.

Mas quando eles chegaram ao topo da colina e começaram a descer para o outro lado, o porto desapareceu, e, embora ainda se encontrassem na cidade, elas estavam bastante perdidas. Outras carroças passavam, ruidosas. Todos conheciam o homem da mudança.

– Noite, Fred.

– Noite, O – gritou ele.

Kezia gostava muito de escutá-lo. Sempre que uma carroça aparecia a distância, ela olhava para cima e aguardava a voz dele. O homem da mudança era um velho amigo, morava sozinho, num chalé que tinha uma estufa contra a parede construída por ele. A estufa era rodeada e coberta por uma linda videira. Ele pegou a cesta marrom dela, forrada com três folhas largas, procurou por um canivete em seu cinto, alcançou-o e cortou um grande cacho azulado, colocando-o nas folhas com tanto carinho que Kezia assistiu com a respiração suspensa. Era um homem bastante corpulento, usava calças de veludo marrom, e tinha uma longa barba castanha. Mas nunca vestiu um colarinho, nem mesmo aos domingos. O dorso do pescoço queimado tinha uma tonalidade vermelho-clara.

– Onde estamos agora? – uma das crianças perguntava a cada minuto.

– Essa é a Hawk Street ou a Charlotte Crescent.

– Claro que é. – Lottie aguçou os ouvidos ao último nome; sempre achou que Charlotte Crescent pertencia a ela de um modo especial. Poucas pessoas tinham o mesmo nome que uma rua.

– Veja, Kezia, ali está a Charlotte Crescent. Não parece diferente?

Agora tudo o que era familiar fora deixado para trás. Agora o carretão chacoalhava em um lugar desconhecido, por novas estradas ladeadas por barrancos, subindo colinas, descendo colinas até vales repletos de arbustos, atravessando rios largos e rasos. Mais e mais longe. A cabeça de Lottie pesava; ela desfaleceu, escorregou parte do corpo sobre o colo de Kezia e deitou-se ali. Mas Kezia não podia manter os olhos abertos o bastante. O vento soprava e ela tremia; mas as bochechas e as orelhas ardiam.

– As estrelas sempre se mexem com o vento? – perguntou.

– Não percebemos – disse o homem.

– Temos um tio e uma tia morando perto da nossa casa nova – disse Kezia. – Eles têm dois filhos, o mais velho se chama Pip, e o nome do caçula é Rags. Ele tem um cabrito. Precisa ser alimentado com um bule de chá esmaltado e uma luva no alto do bico. Ele vai mostrar. Qual a diferença entre um cabrito e um carneiro?

– Bem, um cabrito tem chifres e corre atrás de você.

– Odeio animais como cães e papagaios. Sempre sonho que os bichos me atacam, até camelos, e quando eles chegam, as cabeças incham e ficam enormes – ponderou Kezia.

O homem da mudança não disse nada. Kezia o examinou, apertando os olhos. Então colocou o dedo para fora e alisou a manga dele; parecia peluda.

– Estamos perto? – perguntou.

– Não estamos muito longe – respondeu ele. – Está ficando cansada?

– Bem, não estou nem um pouco com sono – disse Kezia. – Mas meus olhos reviram de um jeito engraçado.

Ela deu um longo suspiro a fim de impedir que os olhos revirassem, fechou-os... quando os abriu de novo, passavam retinindo ao atravessar um jardim, como se fossem chicotadas com acrobacias em uma ilha repleta de verde, e atrás da ilha, mas ainda fora do alcance da vista, estava a casa. Era comprida e baixa, tinha uma varanda com pilastras e um balcão ao redor. O suave volume branco da casa alongava-se sobre o jardim verde como um animal adormecido. E, agora, uma e outra janela se iluminavam. Alguém andava pelos quartos vazios carregando uma lamparina. A luz de uma lareira bruxuleava de uma janela do andar de baixo. Uma estranha e bonita animação parecia vir da casa, estremecendo em ondas.

– Onde estamos? – disse Lottie ao se sentar. O capuz de seu casaco estava todo virado para um lado, e em uma das bochechas a marca dos botões de âncora que pressionara contra o rosto enquanto dormia. O homem da mudança a suspendeu com ternura, ajeitou o capuz e alisou as roupas amassadas da menina. Ela ficou de pé, piscando os olhos no degrau mais baixo da varanda do térreo e olhando para Kezia, que parecia ter vindo voando até seus pés.

– Ah! – gritou Kezia estendendo os braços. A avó saiu da sala escura carregando uma pequena lamparina. Estava sorrindo.

– Encontrou o caminho no escuro?
– Perfeitamente.

Mas Lottie cambaleava no degrau baixo da varanda como um passarinho caído do ninho. Se ficasse ereta por um momento, adormeceria; caso encostasse em qualquer coisa, seus olhos se fechariam. Ela não conseguia dar mais um passo.

– Kezia – disse a avó. – Posso confiar em você para levar a lamparina?
– Sim, vovó.

A velha se inclinou e deu o objeto iluminado e suspirante nas mãos da menina e então levantou Lottie, tonta de sono.

– Por aqui.

Atravessaram uma sala quadrada repleta de pacotes e centenas de papagaios (os pássaros estavam apenas no papel de parede) até uma passagem estreita na qual os papagaios insistiam em passar voando por Kezia e pela lamparina.

– Fique quietinha – avisou a avó, ao colocar Lottie no chão e abrir a porta da sala de jantar. – Sua mãezinha está com muita dor de cabeça.

Linda Burnell estava deitada em uma poltrona de junco, com os pés num genuflexório e uma manta axadrezada sobre os joelhos, diante de uma lareira crepitante. Burnell e Beryl comiam um prato de costeletas fritas e tomavam chá de um bule de porcelana marrom, sentados na mesa no meio da sala.

Isabel inclinava-se por trás da cadeira de Linda. Tinha um pente nas mãos e, absorta, penteava os cachos da testa da mãe. Além da poça de luz da lamparina e da lareira, a sala alongava-se nua e escura até as janelas baixas.

– Essas são as crianças? – perguntou. Mas Linda não se importava de verdade; nem mesmo abriu os olhos para ver.

– Ponha a lamparina aqui, Kezia – disse tia Beryll. – Ou teremos um incêndio na casa antes de terminarmos de desempacotar as caixas. Mais chá, Stanley?

– Bem, se você me servir cinco oitavos de uma xícara – disse Burnell, debruçando-se sobre a mesa. – Coma outra costeleta, Beryl. Carne de primeira, não é? Nem muito magra, nem muito gordurosa. – Ele voltou-se para a esposa. – Linda querida, tem certeza de que não vai mudar de ideia?

– Pensar nisso já é o bastante. – Ela ergueu uma das sobrancelhas a seu modo peculiar. A avó trouxe pão e leite para as crianças, que se sentaram à mesa, ruborizadas e sonolentas, por trás da fumaça ondulante.

– Comi carne no jantar – disse Isabel, ainda se penteando com suavidade. – Comi uma costeleta inteira no jantar, com osso e tudo e molho Worcester. Não foi, pai?

– Ah, não fique se gabando, Isabel – disse tia Beryl.

Isabel parecia perplexa.

– Não estava me gabando, estava, mamãe? Nunca me gabo. Pensei que eles gostariam de saber. Eu só queria contar.

– Muito bem, já chega – disse Burnell. Ele empurrou o prato, pegou um palito do bolso e começou a palitar os dentes fortes e brancos.

– Você precisa vigiar para Fred comer algo na cozinha antes de ir, faz isso, mãe?

– Sim, Stanley. – A velha virou-se para ir embora.

– Espere só um minutinho. Acho que ninguém sabe onde meus chinelos foram colocados. Creio que não poderei encontrá-los por um mês ou dois, não é?

– Sim – Linda respondeu. – No alto da bolsa de viagem de lona, onde está escrito "prioridades".

– Bem, pode pegá-lo para mim, mãe?

– Sim, Stanley.

Burnell se levantou, espreguiçou-se e, ao ir em direção à lareira, virou-se de costas e levantou as pontas de trás do casaco.

– Estamos em apuros. Não é, Beryl?

Com os cotovelos na mesa, Beryl tomava chá e sorriu para ele. Ela usava um avental cor-de-rosa desconhecido, as mangas da blusa enroladas até os ombros mostravam os belos braços sardentos, e deixara o cabelo cair pelas costas em um longo rabo de cavalo.

– Em quanto tempo acha que ficará tudo arrumado; umas duas semanas, hein? – provocou ele.

– Deus queira que não – disse Beryl alegremente. – O pior já passou. A empregada e eu simplesmente mourejamos o dia inteiro, e desde que mamãe chegou, ela também tem trabalhado como uma mula. Não sentamos nem por um minuto. Tivemos um dia daqueles.

Stanley iniciou uma reprovação.

– Bem, suponho que você não espere que eu saia do escritório e pregue carpetes, não é?

– Certamente não – sorriu Beryl. Ela largou a xícara e saiu da sala de jantar.

– Que diabo ela espera? – perguntou Stanley. – Sentar-se a abanar-se com uma folha de palmeira enquanto tenho uma equipe de profissionais para fazer o serviço? Por Deus, se ela não pode fazer algo de vez em quando sem vociferar sobre isso em troca de...

E ele começou a se sentir abatido à medida que as costeletas começaram a lutar com o chá em seu estômago sensível. Mas Linda levantou a mão e empurrou-o para o lado da *chaise longue*.

– Esse é um momento infeliz para você, rapaz – disse.

As bochechas de Linda eram muito brancas, mas ela sorriu e curvou os dedos na enorme mão vermelha que segurou. Burnell ficou em silêncio. Começou a assoviar de repente.

– Puro como um lírio, alegre e livre – um bom sinal.
– Acha que vai gostar? – perguntou ele.
– Eu não quero lhe contar, mãe, mas acho que deveria – disse Isabel. – Kezia está tomando o chá da xícara da tia Beryl.

IV

A avó as levou para dormir. Ela foi à frente com uma vela; os degraus rangiam na medida em que os pés subiam. Lottie deitou no quarto arrumado para elas; Kezia ficou encolhida na cama macia da avó.

– Não vai ter nenhum lençol, minha avó?
– Não, não esta noite.
– Está pinicando – disse Kezia. – Mas é como os índios. – Ela puxou a avó para perto de si e beijou-a no queixo. – Venha para a cama logo para ser minha índia corajosa.
– Que tola você é – disse a velha, envolvendo-a com os braços como ela gostava.
– Não vai deixar uma vela para mim?
– Não. Shhhh. Vá dormir.
– Bem, posso deixar a porta aberta?

Ela se enroscou como se formasse um círculo com o corpo, mas não dormia. O som de passos vinha da casa inteira. A própria casa rangia e estalava. Vozes altas vinham do andar de baixo. Ela ouviu a risada alta de tia Beryl, o trombetear de Burnell assoando o nariz bem alto. Lá fora, centenas de gatos negros com olhos amarelos sentavam-se no chão observando-a – mas ela não tinha medo. Lottie dizia para Isabel:

– Vou fazer minhas orações na cama esta noite.

– Não, você não vai, Lottie – Isabel estava muito firme. – Deus só dá licença para fazer as orações na cama se estiver com febre.

Então Lottie gritou:

"Jesus bondoso e meigo,
Olhe por uma criancinha.
Tenha piedade de mim, pobre Lizzie
Permita que eu chegue a ti."

E então deitaram de costas uma para a outra, os traseirinhos quase se encostando, e adormeceram.

BERYL FAIRFIELD TIROU a roupa de pé em uma poça de luar. Estava cansada, mas fingia estar mais cansada do que realmente estava: deixava as roupas caírem, empurrando o cabelo pesado e morno com um gesto lânguido.

– Ah, como estou cansada; muito cansada.

Por um momento, fechou os olhos, mas seus lábios sorriram. A respiração subia e descia em seu peito como duas asas batendo. A janela estava escancarada; estava quente, e em algum lugar lá fora, no jardim, um rapaz moreno e magro, com olhar zombeteiro, andava na ponta dos pés entre os arbustos, juntando flores em um grande buquê, e escorregou para baixo de sua janela e levantou-o para ela. Ela se viu curvando-se para baixo. Ele enfiou a cabeça entre as flores claras e lustrosas, sorrindo maliciosamente.

– Não, não – disse Beryl. Ela afastou-se da janela e passou a camisola sobre a cabeça.

"Como Stanley às vezes é temerariamente imoderado", ela pensou ao abotoar-se. E então, enquanto se deitava, veio o velho pensamento, o cruel pensamento: ah, se ao menos ela tivesse o próprio dinheiro.

Um rapaz, tremendamente rico, chegara da Inglaterra faz pouco tempo. Ele a conhecera muito por acaso... O novo governador não é casado... Há um baile na sede do governo... Quem é aquela criatura requintada em cetim *eau de nil*?* Beryl Fairfield...

– ALGO QUE me dá prazer – disse Stanley, virado para o lado de fora da cama e esfregando os ombros e as costas antes de virar-se para dentro – é que eu cheguei aqui muito sem classe, Linda. Falei sobre isso com o pequeno Wally Nell hoje e ele simplesmente disse que não entendia por que tinham aceitado a minha soma. Pode-se notar que a terra por aqui tende a ficar cada vez mais valiosa... Daqui a uns dez anos... é claro que nós deveremos cortar despesas com a maior exatidão possível. Não está com sono; está?
 – Não, querido, ouvi cada palavra – disse Linda.
 Ele pulou na cama, inclinou-se sobre ela e soprou a vela.
 – Boa noite, senhor negociador – disse ela, e segurou a cabeça dele pelas orelhas e lhe deu um beijo rápido. A voz fraca e distante dela parecia vir de um poço profundo.
 – Boa noite, querida. Ele deslizou o braço para baixo do pescoço dela e aproximou-a de si.
 – Sim, aperte-me – disse a voz fraca do poço profundo.

PAT, O FAZ-TUDO, esparramava-se em seu quartinho atrás da cozinha. Seu casaco e as calças listradas estavam pendurados no gancho da porta como um enforcado. Na beirada do cobertor apontavam os dedos curvados, e ao seu lado, no chão, havia uma gaiola de cana-da-índia vazia. Ele parecia um desenho de histórias em quadrinhos.
 – Honk, honk – vinha da copeira. Tinha adenoides.

---

*Literalmente: água do Nilo, verde-pálido. *(N. da T.)*

A última a ir para a cama foi a avó.
– O quê?! Ainda não está dormindo?
– Não. Estou esperando por você – disse Kezia.

A velha soluçou e se deitou ao seu lado. Kezia jogou a cabeça debaixo do braço da avó e deu um gritinho agudo e curto. Mas a velha senhora apenas apertou-a um pouco, soluçou outra vez, tirou a dentadura e colocou-a em um copo d'água no chão, ao seu lado.

No jardim, algumas corujinhas penduradas nos galhos de um olmo chinês chamaram:

– *Mori pore, mori pore.*

E bem longe na floresta soava uma conversa dissonante:

– *Ra-ra-ra... Ra-ra-ra.*

V

O amanhecer veio frio e impetuoso, com nuvens vermelhas em um céu levemente esverdeado, gotas de água em cada folha e na grama. Uma brisa soprava sobre o jardim, gotejando orvalho e pétalas que caíam, perdidas, um arbusto solitário tremulava na sombra sobre os padoques. No céu, pequeninas estrelas flutuavam por um instante e então desapareciam – dissolvidas como bolhas. E ouvia-se claramente no silêncio da manhã o barulho do riacho correndo sobre pedras amarronzadas, entrando e saindo do fundo arenoso, escondendo-se debaixo de moitas de arbustos de frutas silvestres vermelhas, derramando-se em um pântano de brotos e flores aquáticas amarelas.

E, então, ao primeiro raio de sol, os passarinhos apareceram. Aves grandes e impertinentes, os estorninhos e os minás assoviavam nos gramados; os passarinhos, pintassilgos, estorninhos metálicos e cucos voavam de galho em galho. Um belo pica-peixe pousado na cerca do padoque, orgulhoso da própria beleza e riqueza, e um tuí cantavam as três notas deles e riam e cantavam outra vez.

– Como os passarinhos são barulhentos – disse Linda em seu sonho. Ela estava andando com o pai por um padoque verde salpicado por margaridas. Repentinamente, ele se abaixou, afastou uma porção de capim e lhe mostrou uma bolinha de penugem aos seus pés.

– Ah, papai, que gracinha.

Uniu as mãos em concha e pegou o pequeno passarinho e acariciou a cabeça com o dedo levemente. Era bem manso. Mas aconteceu algo engraçado. À medida que ela a acariciava, a ave começou a inchar, agitava-se e adquiria o formato de um saco, cada vez ficava maior, e seus olhos redondos pareciam sorrir para ela de um modo familiar. Agora os braços dela quase não eram amplos o suficiente para segurá-lo, e ela deixou-o cair no avental. Ele se tornara um bebê com uma enorme cabeça pelada e um bico que abria e fechava. Seu pai apareceu com uma risada alta e estrondosa, ela acordou e viu Burnell em pé diante das janelas levantando a veneziana até o alto.

– Olá – disse ele. – Acordei você, não foi? O tempo está bom esta manhã.

Ele estava muito satisfeito. Um clima como aquele colocava um ponto final no seu acordo comercial. De alguma forma, sentia que tinha comprado esse dia bonito também – conseguiria na pechincha com a casa e o terreno. Ele partiu depressa para o banho, e Linda apareceu e levantou-se em um dos cotovelos para ver a sala à luz do dia. Toda a mobília já estava no lugar. Toda a antiga parafernália – como ela chamava. Até mesmo as fotografias estavam no console da lareira, e os vidros de remédios, na prateleira acima do lavatório. Suas roupas estavam pousadas em uma cadeira – as peças de uso para sair, uma capa roxa e um chapéu com uma pluma. Ao notar isso, ela se viu saindo da casa também. E ela se viu afastando-se deles em uma carroça com dois cavalos, fugindo de todos sem nem mesmo acenar.

Stanley retornou enrolado em uma toalha, brilhando e batendo nas coxas. Ele direcionou a toalha molhada para cima do chapéu e da capa dela, e ao ficar de pé, rijo, exatamente no meio do quadrado da luz do sol, iniciou os seus exercícios. Respiração profunda, flexões e agachamentos como os de um sapo e elevação das pernas. Estava tão deliciado com o corpo firme e obediente que bateu no peito e emitiu um sonoro "Ah". Mas esse vigor extraordinário parecia deixá-lo a quilômetros de distância de Linda. Ela havia deitado na cama branca revirada e o observava como se estivesse nas nuvens.

– Ah, droga! Que lástima! – disse Stanley, ao prender a cabeça em uma camisa branca é só então perceber que algum idiota havia abotoado o colarinho. Ele aproximou-se de Linda agitando os braços.

– Você parece um peru obeso – disse ela.

– Obeso. Gosto disso – disse Stanley. – Não tenho um centímetro de gordura no corpo. Sinta isso.

– É uma pedra, é de ferro – zombou ela.

– Você ficaria surpresa – disse Stanley, como se isso fosse excessivamente interessante – com a quantidade de colegas no clube que adquiriram o físico de um gordo. Colegas jovens, sabe, homens da minha idade.

Ele começou a repartir seu cabelo ruivo e cheio, com os olhos azuis fixados e voltados ao espelho, os joelhos flexionados, porque para ele a penteadeira sempre era – com o diabo! – baixa demais.

– O pequeno Wally Bell, por exemplo. – Ele se empertigou, delineando uma enorme curva diante de si com a escova. Preciso dizer que tenho verdadeiro horror...

– Meu querido, não se preocupe, você jamais será gordo. Você é muito mais ativo.

– Sim, sim, acho que isso é verdade – disse ele, confortado pela centésima vez, e tirou um cortador perolado do bolso começando a aparar as unhas.

– Stanley, café da manhã – Beryl estava na porta. – Ah, Linda, mamãe disse que você ainda não devia ter se levantado.

Ela esticou a cabeça para dentro do quarto ao abrir a porta. Estava com um ramo de filadelfos brancos enfiado no cabelo.

– Tudo o que deixamos na varanda ontem à noite amanheceu completamente ensopado esta manhã. Mas nada estragou.
– Ela disse isso com um olhar veloz para Stanley.

– Você pediu a Pat para deixarem a carroça disponível no horário? São uns bons dez quilômetros e meio até o escritório.

"Posso imaginar como será esse horário de início no escritório de manhã cedo", pensou Linda. "Será realmente uma pressão enorme."

– Pat, Pat! – Ela ouviu a copeira chamar. Mas, evidentemente, era difícil encontrar Pat; a voz tola ecoou pelo jardim.

Linda não descansou até a porta da frente bater pela última vez, assinalando que Stanley realmente tinha saído.

Depois ela ouviu as crianças brincando no jardim. A vozinha impassível, apática, de Lottie gritou:

– Ke-zi-a, I-sa-bel.

Ela estava sempre se perdendo ou perdendo as pessoas de vista, somente para reencontrá-las depois, para sua enorme surpresa, atrás da próxima árvore ou na próxima esquina.

– Ah, aí está você afinal.

Após o café da manhã, elas foram colocadas lá fora e instruídas a não voltar para casa até serem chamadas. Isabel passeava com um carrinho de bebê carregado com bonecas empertigadas e, como uma grande deferência, foi permitido que Lottie andasse ao lado dela segurando o guarda-sol das bonecas sobre o rosto de cera de uma delas.

– Aonde está indo, Kezia? – perguntou Isabel, que gostaria de sair em busca de luz e de uma tarefa menor que Kezia pudesse desempenhar e assim ficar sob o seu controle.

– Ah, vamos embora – disse Kezia...

Então não as ouviu mais. Uma claridade forte adentrava o quarto. Odiava persianas puxadas até o alto a qualquer hora, mas pela manhã era intolerável. Ela se virou para a parede e traçou com o dedo no papel de parede uma papoula com uma folha, o caule e um botão gordo pronto a desabrochar. No silêncio, e debaixo do dedo, a papoula parecia se tornar viva. Ela podia sentir as pétalas sedosas e grudentas, o caule, peludo como pele de ganso, a folha áspera e o botão lustroso fechado. Dessa forma as coisas tinham o hábito de se tornar vivas. Não só coisas sólidas e grandes como peças de mobília, mas as cortinas e os estampados de tecidos e franjas de mantas e almofadas. Com que frequência ela tinha visto a borla da colcha se transformar em uma engraçada procissão de dançarinas com sacerdotes assistindo... Por ali estavam algumas borlas que não dançavam, mas andavam majestosamente, inclinadas à frente como se estivessem rezando ou cantando. Como era comum que os vidros de remédios se transformassem em uma fila de homenzinhos usando cartolas; e o jarro do lavatório tinha um jeito de ficar sentado na pia como um pássaro gordo em um ninho redondo.

"Sonhei com pássaros na noite passada", pensou Linda. O que aquilo significava? Ela esquecera. Mas a parte mais estranha a respeito de as coisas se tornarem vivas era o que faziam. Elas ouviam, pareciam se inchar com um conteúdo misterioso e essencial, e quando estavam cheias ela sentia que sorriam. Mas não era para ela, apenas o sorriso dissimulado e secreto; eram integrantes de uma sociedade secreta e sorriam entre si. Algumas vezes, quando ela adormecia durante o dia, ele acordava e não podia levantar um dedo, nem mesmo virar os olhos para a esquerda ou direita porque ELES estavam ali; às vezes, quando ela saía do quarto e o deixava vazio, sabia que assim que fechasse a porta ELES encheriam o local. E em certas ocasiões à noite, talvez quando ela estava lá em cima, e todos os outros estavam lá embaixo, quando mal podia escapar deles. Então não podia ter pressa, não podia sussurrar uma melodia; se ela tentasse dizer algo descuidadamente – "Cuidado com aquele dedal velho" –, ELES não se decepcionariam. Sabiam quão amedrontada ela estava; ELES viram como ela virou a cabeça quando passou pelo espelho. O que Linda sempre sentiu é que ELES queriam algo dela, e sabia que se desistisse e ficasse quieta, mais que quieta, silenciosa, imóvel, algo realmente aconteceria.

"Está muito calmo agora", pensou. Ela arregalou os olhos e ouviu o silêncio tecendo sua teia macia e infinita. Como ela respirava de maneira leve; nem precisava respirar.

Sim, tudo se tornava vivo até a mais minúscula e ínfima partícula, e ela não sentia a cama, flutuava suspensa no ar. Parecia apenas ouvir com os olhos arregalados e observadores, esperando por alguém que não chegava, assistindo a algo que não acontecia.

VI

Na cozinha, na mesa de trabalho comprida debaixo das duas janelas, a velha Sra. Fairfield estava lavando a louça do café da manhã. A janela da cozinha tinha vista para um grande trecho do gramado que levava à horta e aos canteiros de ruibarbo. Em um dos lados o gramado era cercado pela área de serviço e pela lavanderia, e acima da roupa branca ali estendida, crescia uma videira nodosa. Ontem ela percebera que algumas pequenas gavinhas enroscadas tinham chegado justamente através de fendas no teto da área de serviço, e todos os basculantes tinham um denso tufo de verde.

– Gosto muito de videiras – declarou a Sra. Fairfield. – Mas não acho que as uvas vão amadurecer. Precisam do sol australiano.

E se lembrou de quando Beryl era bebê, como pegava uvas verdes da videira na varanda dos fundos da casa deles na Tasmânia, e fora picada na perna por uma enorme formiga vermelha. Ela viu Beryl em um vestidinho xadrez com lacinhos vermelhos nos ombros gritando tão apavorada que metade da rua fora lá dentro. E como a perna da criança havia inchado!

– T-t-t-t! – A Sra. Fairfield recuperou o fôlego ao relembrar. – Pobre criança, como foi terrível.

Ela apertou bem os lábios e foi até o fogão para pegar mais água quente. A água cobriu a grande bacia cheia de sabão com bolhas rosadas e azuladas por cima da espuma. Os velhos braços da Sra. Fairfield estavam nus até os cotovelos e manchados de rosa-claro. Ela usava um vestido cinza estampado com amores-perfeitos, um avental de linho branco e uma touca no formato de uma forma de gelatina de musselina branca. Em sua garganta havia uma lua crescente de prata com cinco corujinhas sentadas, e em volta do pescoço ela usava uma gargantilha de contas pretas.

Era difícil acreditar que não estivesse naquela cozinha por anos; ela fazia parte daquilo. Afastava os seus achaques com ações precisas movimentando-se de modo cômodo e abrangente do fogão para a bancada, olhando na copa e na despensa, embora não fossem cantos desconhecidos. Quando havia terminado, tudo na cozinha se tornava parte de uma série ordenada de padrões. Ficava em pé ali no meio secando as mãos num pano de copa; um sorriso iluminava seus lábios; achava que tudo parecia muito bonito, muito satisfatório.

– Mãe! Mãe! Você está aí? – chamou Beryl.

– Sim, querida. Quer que eu vá aí?

– Não. Estou indo aí.

Beryl apareceu, muito afogueada, levando consigo dois quadros grandes.

– Mãe, o que posso fazer com essas horrendas pinturas chinesas que Chung Wah deu a Stanley quando faliu? É um absurdo dizer que são valiosas porque estavam penduradas na loja de frutas de Chung Wah meses antes. Não posso entender por que Stanley quer guardá-las, acho que ele as considera tão horrendas como nós, mas é por causa das molduras – disse ela com pesar. – Acho que ele pensa que as molduras podem servir para algo qualquer dia.

– Por que não pendura no corredor? – sugeriu a Sra. Fairfield. – Não seriam vistas ali.

– Não posso. Não há espaço. Já pendurei todas as fotografias do escritório antes e depois da construção, e as fotografias assinadas de seus colegas, e aquela horrível ampliação de Isabel deitada no tapete de camiseta regata.

O seu olhar zangado varreu a plácida cozinha.

– Sei o que vou fazer. Vou pendurá-las aqui. Direi a Stanley que elas ficaram um pouco molhadas na mudança, então as coloco aqui definitivamente.

Ela arrastou a cadeira para a frente e subiu nela, pegou o martelo e um prego grande e pendurou tudo.

– É o suficiente! Passe o quadro, mãe.

– Um momento, filha.

A mãe passava um pano na moldura entalhada em marfim.

– Ah, mãe, você não precisa limpar as molduras. Levaria anos para tirar a poeira de todos os buraquinhos.

Ela franziu o cenho do alto em direção à cabeça da mãe, mordendo os lábios com impaciência. O modo deliberado de a mãe agir era simplesmente enlouquecedor. Era a velhice, ela supôs com soberba.

Afinal, os dois quadros foram pendurados lado a lado. Ela pulou da cadeira, largando o martelo.

– Não parecem tão ruins, não é? – perguntou. – E ninguém vai vê-los, exceto Pat e a copeira. Eu estou com uma teia de aranha no rosto, mamãe? Estive remexendo dentro daquele armário debaixo das escadas e agora algo continua pinicando o meu nariz.

Mas, antes que a Sra. Fairfield tivesse tempo de olhar, Beryl havia se virado. Alguém bateu na janela: Linda estava lá, sorrindo e acenando com a cabeça. Ouviram o barulho do trinco da área de serviço e ela entrou. Não estava de chapéu; seu cabelo estava preso no alto, em anéis de cachos, e ela estava enrolada em um velho xale de caxemira.

– Estou com tanta fome – disse Linda. – Onde posso conseguir algo para comer, mãe? Esta é a primeira vez que venho à cozinha. Este cômodo diz "mãe" por toda parte: tudo aos pares.

– Vou fazer um pouco de chá – disse a Sra. Fairfield, ao estender um guardanapo limpo em um canto da mesa –, e Beryl pode tomar uma xícara com você.

– Você quer metade do meu pão de gengibre, Beryl? – Linda acenou com a faca na direção dela. – Beryl, agora que estamos aqui, você está gostando da casa?

– Ah, sim, eu gosto muito da casa, e o jardim é bonito, mas é muito longe de tudo para mim. Não posso imaginar que as pessoas venham da cidade para nos visitar naquele ônibus horrível, aos solavancos, e tenho certeza de que não há alguém para vir aqui e chegar. Claro que isso não lhe interessa porque...

– Mas há a carroça de duas rodas – disse Linda. – Pat poderá lhe levar à cidade quando quiser.

Com certeza, aquilo foi um consolo, mas havia algo na mente de Beryl, algo que ela nem mesmo colocou em palavras para si mesma.

– Ah, bem, isso não vai nos matar de maneira alguma – disse ela de modo áspero, ao pousar a xícara vazia, levantar-se e empertigar-se. – Vou pendurar as cortinas.

E partiu cantando:

"Quantos milhares de passarinhos eu vejo
Que cantam alto de cada árvore..."*

"... passarinhos eu vejo que cantam alto de cada árvore..." Mas quando passou pela sala de jantar, ela parou de cantar, seu semblante mudou, tornou-se melancólico e sombrio.

– Alguém também pode apodrecer aqui como em qualquer outro lugar – murmurou ela de modo ríspido, ao fincar os alfinetes nas cortinas de sarja vermelha.

As duas ficaram na cozinha em silêncio por um momento. Linda apoiou a bochecha nos dedos e observou a mãe. Ela achou que a Sra. Fairfield estava especialmente bonita com as costas voltadas para a janela repleta de folhagens. Havia algo reconfortante nesta visão de sua mãe que Linda sentiu que jamais poderia prescindir. Ela precisava do cheiro doce de sua carne, e o toque macio de seu rosto e braços e ombros ainda mais macios. Ela adorava o jeito com que seus cabelos eram cacheados, prateados na fronte, mais lisos no pescoço, e ainda castanho-claros debaixo da touca de musselina. As mãos de sua mãe eram exóticas, e os dois anéis que usava pareciam fundir-se com sua pele, semelhante à nata. E ela estava sempre

---

*"How many thousand birds I see/That sing aloud from every tree..." *(N. da T.)*

tão viçosa, tão agradável. A velha não podia suportar nada que não fosse de linho próximo ao seu corpo e banhava-se em água fria no inverno e no verão.

– Há algo que eu possa fazer? – perguntou Linda.

– Não, querida. Gostaria que você fosse ao jardim e desse uma olhada em seus filhos; mas sei que não fará isso.

– Claro que eu vou, mas você sabe que Isabel é muito mais adulta do que qualquer um de nós.

– Sim, mas Kezia não é – disse a Sra. Fairfield.

– Ah, Kezia foi empurrada por um touro há algumas horas – disse Linda, envolvendo-se no xale outra vez.

Mas não, Kezia vira um touro através de um buraco num nó da madeira das paliçadas que separavam a quadra de tênis do padoque. Mas ela não gostou muito do touro, então andou de volta pelo pomar até o declive gramado acima, ao longo do caminho próximo ao olmo chinês, e então pelo jardim que se espalhava de modo entrelaçado. Acreditava que jamais poderia ficar perdida nesse jardim. Por duas vezes encontrara o caminho de volta aos grandes portões de ferro pelos quais tinham passado na noite anterior, e então virara para subir o caminho que levava à casa, mas havia tantos caminhozinhos em ambos os lados. Em um deles uma massa de altas árvores escuras entrelaçadas e estranhos arbustos com folhas planas aveludadas e flores alvas e suaves que zuniam com moscas quando as balançávamos... esse era o lado amedrontador, nem parecia um jardim. Os caminhozinhos aqui eram úmidos e barrentos, com raízes de árvores atravessando-os como pegadas gigantes de uma ave.

Mas do outro lado do caminho havia uma fronteira de buxos grandes e as passagens tinham cercas de buxos, as quais levavam a uma massa cada vez mais entrançada de flores. As camélias estavam desabrochadas, brancas, vermelhas e rosadas com listras brancas e folhas reluzentes. Não se via uma folha nos ramalhetes brancos das moitas de filadelfos.

As roseiras estavam floridas: rosas para lapelas de cavalheiros, das brancas e pequeninas, mas já excessivamente repletas de insetos para serem presas abaixo do nariz de alguém, rosas cor-de-rosa de calendário com um anel de pétalas caídas ao redor das roseiras, rosas centifolia de caules grossos, onze-horas, sempre em botão, suaves belezas rosadas abrindo-se de cacho em cacho, as vermelhas tão escuras que pareciam negras depois de caídas, um tipo de bege exótico com um fino caule vermelho e folhas em um escarlate clarinho.

Ali estavam os sinos de fada e todo tipo de gerânios, e arbustos de verbena e lavandas azuladas e um canteiro de pelagônias com miolos aveludados e folhas parecidas com asas de mariposas. Havia um canteiro de resedás e outro apenas de amores-perfeitos emoldurados por margaridas e uns tipos de plantinhas crescendo em tufos que nunca vi antes.

Os lírios-tocha vermelho-fogo eram mais altos que ela; os girassóis japoneses cresciam em uma minúscula selva. Ela sentou na borda de uma das cercas de buxo. À primeira vista, pareciam um bom assento ao serem empurradas com força. Mas como eram empoeiradas por dentro! Kezia se agachou para olhar e cheirar e esfregou o nariz.

E então se viu no alto do declive gramado que levava ao pomar... Olhou para o declive um instante; então se deitou de costas, deu um grito agudo e curto e rolou uma vez atrás da outra até a grama grossa do pomar florido. Enquanto esperava que tudo parasse de girar, decidiu se levantar, ir até a casa e pedir à criada uma caixa de fósforos vazia. Ela queria fazer uma surpresa à avó... primeiro colocaria dentro de uma folha uma grande violeta repousada ali, então colocaria um pequeno cosmo branco, talvez de cada um dos lados da violeta, então borrifaria um pouco de lavanda no alto, mas que não cobrisse as outras flores.

Sempre fazia tais surpresas à avó, e sempre eram muito bem-sucedidas.

– Quer um fósforo, minha vovó?

– Sim, filha. Acho que um fósforo é justamente o que estou procurando.

A avó abriu a caixinha devagar e deparou com o quadro interno.

– Que menina bondosa! Como você me surpreendeu!

"Posso fazer uma dessas para ela, aqui, todos os dias", pensou ela, arrastando-se na grama com os sapatos escorregadios.

Mas em seu percurso de volta para casa ela chegou àquela ilha do meio do caminho, que se dividia em duas ramificações que se encontravam diante da casa. A ilha era feita de uma elevação de grama amontoada. Nada crescia no alto exceto uma planta enorme, com espessas folhas pontudas num tom verde-cinzento, e fora da parte central se elevava um caule alto e firme. Algumas das folhas da planta eram tão velhas que já não se encaracolavam no ar; algumas delas ficavam deitadas e murchas no chão.

O que poderia ser? Nunca tinha visto algo assim. Ficou de pé olhando fixamente. E então viu sua mãe chegar pelo caminho.

– Mãe, o que é isso? – perguntou Kezia.

Linda olhou a planta gorda e inchada com as folhas cruéis e o caule carnudo. Acima delas, no alto, como se estivesse paralisado no ar, mas bem segura à terra de onde crescia, poderia ter garras em vez de raízes. As folhas curvas pareciam esconder algo; o caule cego cortava o ar como se vento algum jamais pudesse balançá-la.

– Essa é uma babosa, Kezia – disse a mãe.

– E alguma vez dá flores?

– Sim, Kezia. – Linda sorriu para ela, e entreabriu os olhos.
– Uma vez a cada cem anos.

VII

Em seu caminho do escritório para casa, Burnell parou a carroça na bodega, saltou e comprou um vidro largo de ostras. Na porta ao lado, na loja do chinês, comprou um abacaxi maduro e, ao notar uma cesta de cerejas escuras frescas, disse a John para colocar também uma porção delas. Ele jogou as ostras e o abacaxi na caixa debaixo do assento dianteiro, mas manteve as cerejas na mão.

Pat, o ajudante, tirou a caixa e as enfiou outra vez no tapete marrom.

– Levante os pés, Sr. Burnell, enquanto eu dobro por baixo – disse ele.

– Certo! Certo! De primeira! – disse Stanley. – Agora pode ir direto para casa.

Pat deu um toque na égua cinza e a carroça lançou-se à frente.

"Acho que esse é um camarada de primeira", pensou Stanley, que apreciava a visão dele sentado acima, com casaco e chapéu marrons impecáveis. Ele gostava do jeito como Pat o acomodara – e se havia algo que odiava mais que tudo era o servilismo. E Pat parecia estar contente com seu trabalho, já satisfeito e feliz.

A égua cinza seguia firme; Burnell estava impaciente para sair da cidade. Ele queria estar em casa. Ah, viver no campo era esplêndido – sair do buraco que era aquela cidade logo que o escritório fechava; e essa viagem ao ar livre e morno, sabendo que sua casa própria estaria na outra ponta, com seus jardins e padoques, suas três vacas e galinhas e os patos mantidos no aviário, isso também era esplêndido.

Quando afinal deixaram a cidade e sacolejavam pela deserta estrada afora, o seu coração bateu forte de felicidade. Ele vasculhou na bolsa e começou a comer as cerejas, três ou quatro ao mesmo tempo, e arremessava pedras de um dos lados da carroça. Estavam deliciosas, tão carnudas e frias, sem sequer uma mancha ou um corte.

Veja essas duas, agora, escuras em um lado e claras no outro: perfeitas! Um par perfeito de siamesas. E enfiou-as no buraco do botão da lapela... Bem, ele não se importaria em dar ao camarada lá em cima uma porção delas – mas não, melhor não. Melhor esperar que estivesse com ele por mais tempo.

Ele começou a planejar o que faria em suas tardes de sábado e nos domingos. Não iria almoçar no clube no sábado. Não, sairia do escritório o mais rápido possível e faria com que lhe dessem umas fatias de carne fria e metade de uma alface quando chegasse em casa. E então chamaria uns colegas da cidade para jogar tênis à tarde. Não, não muitos, no máximo três. Beryl era uma boa jogadora também... Ele esticou o braço direito e o dobrou lentamente, sentindo a musculatura... Um banho, uma boa massagem, um charuto na varanda após o jantar...

No domingo pela manhã eles iriam à igreja – as crianças e todos. O que lhe recordou que devia alugar um compartimento para a família, no sol, se possível na frente, longe do movimento da porta. Na imaginação ele ouvia a si mesmo entoando: "Quando se supera a severidade da morte abre-se o reino de todos os crentes." E o cartão emoldurado em bronze no canto do compartimento – Sr. Stanley Burnell e família... No restante do dia ele aproveitaria a ociosidade com Linda... Agora estavam andando pelo jardim; ela entrelaçada em seus braços e ele explicando em detalhes o que pretendia fazer no escritório na semana seguinte. Ele a ouviu dizer: "Meu querido, acho que é mais sábio..." Falar sobre as coisas com Linda era de uma ajuda maravilhosa embora estivessem inclinados a se afastar do assunto.

O diabo que o carregue! Eles não estavam indo rápido o bastante. Pat freara outra vez. Ugh! Como aquilo era estúpido. Ele podia sentir isso na boca do estômago.

Uma espécie de pânico tomava Burnell sempre que ele se aproximava de casa. Antes mesmo de atravessar o portão, gritava para qualquer um à vista: "Está tudo bem?" Então ele não acreditava até que ouvisse Linda dizer: "Olá! Já voltou para casa?" Isso era o pior de morar no campo, levava muito tempo para voltar... Mas agora não estavam muito longe. Estavam no alto da última colina; era uma subida leve e então a descida e não mais que oitocentos metros.

Pat deu uma chicotada no dorso da égua e avisou:

– Vamos agora, vamos agora.

Faltavam alguns minutos para o sol poente. Tudo estava imóvel, banhado em uma brilhante luz metálica, e um aroma tímido de grama fresca vinha de ambos os lados do padoque. Os portões de ferro foram abertos. Eles se lançaram para dentro e acima pelo caminho e em torno da ilha, parando exatamente na metade da varanda.

– Ela o deixou satisfeito, senhor? – disse Pat, ao sair do abrigo da carroça e cumprimentar o patrão.

– Realmente, muito bem, Pat – disse Stanley.

Linda saiu da porta de vidro; sua voz tiniu no silêncio sombrio.

– Olá! Já voltou para casa?

Ao ouvi-la o coração dele bateu tão forte que não podia se furtar a se lançar degraus acima e pegá-la nos braços.

– Sim, já estou de volta. Está tudo bem?

Pat começou a guiar a carroça até o portão lateral que se abria para o quintal.

– Aqui, um minuto – disse Burnell. – Dê esses dois pacotes – pediu a Pat, e então voltou-se para Linda. – Eu lhe trouxe um vidro de ostras e um abacaxi. – Ele disse isso como se tivesse trazido toda a colheita da Terra.

Foram para a sala; Linda levou as ostras em uma das mãos e o abacaxi na outra. Burnell fechou a porta de vidro, jogou o chapéu, colocou os braços ao redor dela e puxou-a para si, beijando-a no alto da cabeça, nas orelhas, nos lábios, nos olhos.

– Ah, querido! Ah, querido – disse ela. – Espere um instante, deixe que eu largue essas bobagens. – Ela colocou o vidro de ostras e o abacaxi em uma cadeira entalhada. – O que você tem no buraco do botão na lapela? Cerejas? – Ela as tirou e pendurou-as na orelha dele.

– Não faça isso, querida. São para você.

Então ela as tirou da orelha dele.

– Não se importa se eu as guardar? Vão tirar o meu apetite para o jantar. Venha ver suas filhas. Estão tomando chá.

A lamparina estava acesa na mesa da sala das crianças. A Sra. Fairfield cortava o pão e passava a manteiga. As três garotinhas estavam sentadas à mesa usando grandes babadores com seus nomes bordados. Quando o pai entrou, enxugaram a boca, prontas para serem beijadas. As janelas estavam abertas; uma jarra de flores do campo foi posta na mesa, e a lamparina formava uma grande e suave bolha de luz projetada no teto.

– Você parece bem relaxada, mãe – disse Burnell, piscando em direção à luz. Isabel e Lottie sentavam-se em um dos lados da mesa, Kezia ao fundo, e a cabeceira estava vazia.

"É ali que o meu menino deve se sentar", pensou Stanley. Ele passou os braços ao redor do ombro de Linda. Por Deus, estava como um perfeito bobo por sentir-se feliz assim!

– Stanley, nós estamos muito bem-instaladas – disse a Sra. Fairfield, ao partir o pão de Kezia com os dedos.

– Gostam mais daqui do que da cidade, hein, crianças? – perguntou Burnell.

– Ah, sim – disseram as três garotinhas.

E Isabel acrescentou:

– Muito obrigada, querido pai.

– Vamos subir – disse Linda. – Vou trazer seus chinelos.

Mas a escada era muito estreita para que subissem de braços dados. Estava bem escuro no quarto. Ele ouviu o anel da mulher bater no console de mármore quando ela tateou à procura dos fósforos.

– Eu tenho alguns, querida. Vou acender as velas.

Mas em vez disso, ele veio por trás e de novo colocou os braços ao redor dela e puxou-lhe a cabeça ao seu ombro.

– Estou feliz para diabo – disse ele.

– Está? – Ela se virou e colocou as mãos no peito dele, olhando-o.

– Não sei o que aconteceu comigo – protestou ele.

Agora estava bem escuro lá fora e caía um sereno forte. Quando Linda fechou a janela, o sereno gélido lhe tocou a ponta dos dedos. Um cachorro latia ao longe.

– Acho que teremos luar – disse ela.

Com essas palavras, e com o sereno frio e úmido nos dedos, teve a sensação de que a lua tinha aparecido – como se estivesse estranhamente coberta por um fluxo de luz fria. Ela tremeu, afastou-se da janela e sentou-se sobre um banco otomano ao lado de Stanley.

NA SALA DE jantar, à luz trêmula da lareira, Beryl sentou-se num banquinho estofado tocando violão. Tinha tomado banho e trocado todas as roupas. Agora usava um vestido de musselina branco com bolinhas pretas e prendera no cabelo uma rosa de seda preta.

> *A natureza tinha ido descansar, amor.*
> *Veja, estamos sozinhos.*
> *Dê-me sua mão para eu apertar, amor,*
> *Suavemente, aqui dentro da minha.**

---

*"Nature had gone to her rest, love/See, we are alone./Give me your hand to press, love,/Lightly within my own." *(N. da T.)*

Ela tocou e cantou para si, já estava assistindo a si mesma tocando e cantando. A luz do fogo brilhava em seus sapatos, no corpo rubro do violão e nos seus dedos brancos...

"Se eu estivesse lá fora e olhasse para dentro pela janela e visse a mim mesma, eu ficaria muito comovida", ela pensou. E tocou o acompanhamento com mais suavidade ainda, agora sem cantar, mas ouvindo.

... A primeira vez que a vi, garotinha – ah, você não fazia ideia de que estava sozinha –, você estava sentada com seus pezinhos sobre um banco, tocando violão. Deus, nunca posso esquecer...

Beryl levantou a cabeça e começou a cantar outra vez:
Até mesmo a lua está cansada...

Mas houve uma sonora batida na porta. O rosto ruborizado da criada apareceu lá dentro.

– Por favor, Srta. Beryl, preciso me deitar.

– Certamente, Alice – disse Beryl, com uma voz gelada. Ela colocou o violão em um canto. Alice adentrou com uma pesada bandeja preta de ferro.

– Bem, eu tenho tido trabalho com aquele forno – disse ela. – Não consigo assar nada.

– É mesmo? – disse Beryl.

Mas não, ela não podia suportar aquela garota idiota. Correu para o vestíbulo escuro e começou a andar de lá para cá... Ah, ela estava indócil, indócil. Havia um espelho sobre a cornija da lareira. Ela esticou os braços ao longo de si e olhou para sua sombra pálida. Como era bonita, mas não havia ninguém para ver, ninguém.

– Por que você precisa sofrer tanto? – disse a face no espelho. – Você não foi feita para sofrer... Sorria!

Beryl sorriu, e seu sorriso era tão adorável que ela sorriu de novo – mas desta vez porque não podia evitar.

VIII

— Bom dia, Sra. Jones.
– Ah, bom dia, Sra. Smith. Estou tão contente em vê-la. Trouxe seus filhos?
– Sim, trouxe os gêmeos. Desde a última vez que a vi tive outro bebê, mas ela veio tão repentinamente que ainda não tive tempo de fazer roupa alguma para ela. Então a deixei... Como está o seu marido?
– Está muito bem, obrigada. Afinal ele teve um resfriado terrível, mas a Rainha Vitória – você sabe, ela é minha madrinha – mandou abacaxis que o curaram imediatamente. Esta é a sua nova criada?
– Sim, seu nome é Gwen. Estou com ela há dois dias. Ah, Gwen, esta é minha amiga, Sra. Smith.
– Bom dia, Sra. Smith. O jantar não vai ficar pronto em ao menos dez minutos.
– Não acho que você deve me apresentar à criada. Acho que devo apenas começar a falar com ela.
– Bem, ela é mais uma camareira do que uma criada, e se deve fazer a apresentação de camareiras. Eu sei porque a Sra. Samuel Josephs tinha uma.
– Ah, isso não importa – disse a criada, descuidada, batendo uma calda de chocolate com a metade de um pregador de roupas quebrado. O jantar muito bem-feito estava no forno, num degrau de cimento. Ela começou a colocar a toalha em uma poltrona de jardim cor-de-rosa. Diante de cada pessoa colocou dois pratos de folhas de gerânio, um garfo feito com agulha de pinheiro e um galhinho como faca. Ali estavam três botões de margaridas numa folha de louro para os ovos pochês, algumas fatias de rosbife com pétalas de fúcsia, umas almôndegas lindas feitas com terra, água e semente de dente-de-leão

e a cobertura de chocolate que ela decidira servir na concha de abalone em que a cozinhara.

– Você não precisa se preocupar com os meus filhos – disse a Sra. Smith com benevolência. – Se apenas pegar esta garrafa e enchê-la na torneira, quero dizer, na leiteria.

– Ah, está bem – disse Gwen, e ela cochichou para a Sra. Jones: – Posso ir e pedir à Alice um pouco de leite de verdade?

Mas alguém chamou da frente da casa e a festinha do almoço dissolveu-se, deixando a mesa charmosa, as almôndegas e os ovos pochê para as formigas e para uma velha lesma que colocou as antenas trêmulas sobre a ponta do banco do jardim e começou a beliscar uma folha de gerânio.

– Crianças, venham aqui para a frente. Pip e Rags chegaram.

Os meninos Trouts eram os primos que Kezia mencionara ao ajudante da mudança. Eles moravam a cerca de um quilômetro e meio em uma casa chamada Monkey Tree Cottage. Pip era alto para a idade dele, com o cabelo preto e liso e um rosto branco, mas Rags era muito baixo e tão magro que, quando estava sem roupa, suas escápulas se projetavam como duas asinhas. Eles tinham um cachorro mestiço, com olhos azul-claros e uma longa cauda virada para cima, que os seguia a toda parte; chamava-se Snooker. Passaram metade do tempo penteando e escovando Snooker e administrando-lhe doses de várias horríveis misturas preparadas por Pip, que as mantinha como fórmulas secretas em um cântaro quebrado coberto com uma velha tampa de chaleira. Até mesmo o pequeno e fiel Rags não tinha permissão de conhecer todo o segredo daquelas misturas... Pegue pó de dente carbólico e uma pitada de enxofre finamente moído, e talvez um pouco de gordura para fortalecer o pelo de Snooker... Mas isso não era tudo; Rags em particular pensava que o restante era pólvora... e nunca teve permissão para ajudar com a fórmula por causa do perigo... "E se uma gota disso voasse no seu olho, você ficaria cego por toda a vida", diria Pip, mexendo a mistura com uma colher de metal. "E sempre há a chance – veja bem, apenas a chance – de isso explodir se você bater com força suficiente... Duas colheradas disso em uma lata de querosene seriam o suficiente para matar milhares de pulgas." Mas Snooker passava todo o tempo livre mordendo e fungando, e fedia de um modo abominável.

– Isso é porque ele é um cão de briga – diria Pip. – Todos os cachorros de briga fedem.

Os garotos Trouts sempre passavam o dia com os Burnells na cidade, mas, agora que moravam nessa casa bonita com um jardim enorme, estavam inclinados a ser muito amáveis. Além disso, ambos gostavam de brincar com as garotas – Pip, porque poderia enganá-las tanto, e porque era fácil amedrontar Lottie e Rags por um motivo vergonhoso. Ele adorava bonecas. Ele gostava de observar uma boneca que estivesse jogada como adormecida, falando com sussurros e sorrindo timidamente, e que alegria era quando permitiam que segurasse uma delas...

– Dobre os braços ao redor dela. Não as mantenha duras desse jeito. Vai deixar a boneca cair – diria Isabel com firmeza.

Agora eles estavam de pé na varanda e seguravam Snooker, que queria entrar na casa mas não tinha permissão porque tia Linda detestava cachorros modestos.

– Nós viemos no ônibus com mamãe – disseram eles. – E viemos passar esta tarde com vocês. Trouxemos uma fornada do pão de gengibre da tia Linda. Nossa Minnie que fez. Cheio de nozes.

– Eu descasquei as amêndoas – disse Pip. – Só coloquei a mão em uma panela de água fervendo e as tirei de lá, dei uma espécie de beliscão e as nozes saíam das peles, algumas voavam até o teto. Não foi, Rags?

Rags meneou a cabeça.

– Quando fazem bolos lá em casa – disse Pip – sempre ficamos na cozinha, eu pego a colher e ela, o batedor de ovos. Bolo Esponja é o melhor. Porque é feito de massa espumante.

Ele correu pelos degraus da varanda abaixo até o gramado, plantou as mãos na grama, inclinou-se para a frente, mas não conseguiu ficar apoiado na cabeça.

– Esse gramado é todo esburacado – disse. – Você precisa de um lugar plano para apoiar a cabeça. Consigo andar em volta da árvore do macaco de cabeça para baixo. Não é, Rags?

– Quase – disse Rags, sem força.

– Apoie a cabeça lá na varanda. É bem plana – disse Kezia.

– Não, sabichona – disse Pip. – Você tem de fazer isso em alguma coisa macia. Porque, se perder o equilíbrio e cair, alguma coisa em seu pescoço estala e o pescoço quebra. Papai me disse.

– Ah, vamos brincar de outra coisa – disse Kezia.

– Muito bem – disse Isabel. – Vamos brincar de hospital. Eu serei a enfermeira e Pip pode ser o médico, você, Lottie e Rags podem ser os doentes.

Lottie não queria brincar daquilo, porque na última vez que Pip espremeu algo na garganta dela e ela teve que engolir, foi uma dor terrível.

– Buuu – zombou Pip. – Foi só o suco de um gomo de tangerina.

– Bem, vamos brincar de casinha. Pip pode ser o pai e vocês podem ser nossos queridos filhinhos.

– Detesto brincar de casinha – disse Kezia. – Você sempre nos faz ir à igreja de mãos dadas e voltar para casa e ir para a cama.

Subitamente Pip pegou um lenço sujo do bolso.

– Snooker! Aqui, senhor – chamou ele. Mas Snooker, como sempre, tentava se safar, com o rabo entre as pernas. Pip pulou na frente dele e o prendeu entre os joelhos.

– Mantenha a cabeça firme, Rags – disse, e ele amarrou o lenço em volta da cabeça de Snooker com um nó engraçado esticado no alto.

– Para que serve isso? – perguntou Lottie.

– Para acostumar as orelhas dele a crescerem mais perto da cabeça, viu? – disse Pip. – Todos os cães de briga têm orelhas que ficam para trás. Mas as orelhas de Snooker são um pouco macias demais.

– Eu sei – disse Kezia. – Elas sempre estão virando para dentro. Odeio isso.

Snooker deitou, fez um movimento leve com a pata para tirar o lenço, mas ao perceber que não podia, correu atrás das crianças com dificuldade, tremendo.

IX

Pat veio balançando-se; na mão segurava um machadinho de índio que brilhava ao sol.

– Venham comigo – disse ele às crianças – e eu lhes mostrarei como os reis da Irlanda cortavam a cabeça de um pato.

Eles recuaram: não acreditaram nele, e, além disso, os garotos Trouts nunca haviam visto Pat antes.

– Venham agora – insistiu ele, sorrindo e dando a mão a Kezia.

– É uma cabeça de pato de verdade? Um daqueles do padoque?

– É, sim – disse Pat.

Ela colocou sua mão na dele, que estava seca, e ele enfiou a machadinha no cinto e entregou a outra a Rags. Ele adorava crianças.

– É melhor eu segurar a cabeça de Snooker se vamos ter algum sangue por aqui – disse Pip –, porque ver sangue o deixa terrivelmente bravo.

Ele correu na frente agarrando Snooker pelo lenço.

– Você acha que devemos ir? – cochichou Isabel. – Nós não tínhamos perguntado nada. Tínhamos?

Havia um portão na cerca de estacas, nos fundos do pomar. Do outro lado, um barranco íngreme levava a uma ponte que atravessava o riacho, e na margem do outro lado ficava uma fileira de padoques. Um velho estábulo no primeiro padoque fora transformado em uma gaiola de aves. As gaiolas alongavam-se ao longo do padoque por uma distância considerável até uma área de descarregamento numa parte vazia, mas os patos eram mantidos ali perto, naquela área do riacho que passava debaixo da ponte.

Moitas altas com folhas vermelhas e flores amarelas e cachos de mirtilo penduravam-se na corrente de água. Em certos locais a corrente era larga e rasa, mas em outros caía em pequenas piscinas profundas com espuma nas bordas e bolhas em agitação. Era nessas piscinas que os gansos brancos sentiam-se em casa, nadando e mergulhando ao longo das margens capinadas.

Eles nadavam acima e abaixo, alisando com o bico os peitos ofuscantes, e os patos brancos, também com peitos ofuscantes e bicos amarelos, nadavam para cima e para baixo com eles.

– Aí está a pequena Marinha irlandesa – disse Pat –, e veja o velho almirante ali com pescoço verde e a bandeirinha na cauda.

Ele tirou um punhado de grãos do bolso e começou a andar em direção às gaiolas das aves, sem pressa, com o chapéu de palha com a copa avariada puxada sobre os olhos.

– *Lid. Lid-lid-lid-lid* – chamou.

– *Quá. Quá-quá-quá-quá* – responderam os patos em direção à terra, batendo as asas e escalando as margens com dificuldade ao segui-lo como uma longa fila de chumaços. Ele os guiava fingindo jogar os grãos, balançando-os nas mãos e chamando até que se enfileiraram ao seu redor formando um círculo branco.

As aves ouviram um alarido ao longe e também vieram correndo pelo padoque, as cabeças inclinadas para a frente, as asas abertas, virando os pés daquele modo idiota como as aves correm, balançando-se enquanto vinham.

Então Pat espalhou os grãos que os gansos vorazes começaram a devorar. Abaixou-se rapidamente, pegou dois, um debaixo de cada braço, e andou na direção das crianças. As cabeças com olhos redondos que dardejavam rapidamente, em várias direções, amedrontaram as crianças, todas, exceto Pip.

– Venham, seus tolos – gritou ele. – Eles não mordem. Não têm dente algum. Eles têm somente esses dois buraquinhos nos bicos para respirar.

– Você pode segurar um enquanto eu termino com o outro? – perguntou Pat.

Pip largou Snooker.

– Eu não vou? Eu não vou? Pode nos dar um? Não me importo que ele esperneie.

Ele quase soluçou, deliciado, quando Pat lhe entregou o chumaço branco em seus braços.

Havia um velho toco ao lado da porta da gaiola das aves. Pat pegou o pato pelas pernas e o colocou deitado no toco, e quase no mesmo instante a machadinha veio e a cabeça do pato voou abaixo do toco. O sangue esguichou para cima, sobre as penas brancas e sobre a mão dele.

Quando as crianças viram o sangue, não sentiram mais medo. Aproximaram-se dele e começaram a gritar. Até Isabel pulava em volta gritando.

– Sangue! Sangue!

Pip esqueceu tudo a respeito do seu pato. Ele simplesmente o jogou para longe e gritou:

– Eu vi. Eu vi. – E pulava em torno do bloco de madeira.

Rags, com as bochechas brancas como papel, correu até a cabecinha, esticou um dedo como se quisesse tocá-la, encolheu e outra vez esticou o dedo. Ele estava tremendo inteiro.

Até mesmo Lottie, a medrosa Lottizinha, começou a rir e apontou para o pato e gritava:

– Olha, Kezia, olha.

– Veja! – gritou Pat.

Ele colocou o corpo embaixo e o animal começou a bambolear com um longo esguicho de sangue de onde ficava a cabeça; sem fazer barulho, começou a rolar pelo declive da margem que levava ao riacho... Aquela foi a maravilhosa coroação.

– Você viu aquilo? Você viu aquilo? – gritou Pip. Ele correu entre as garotinhas puxando seus aventais.

– É como uma pequena locomotiva. É como uma locomotivazinha engraçada – esgoelou Isabel.

Mas de repente Kezia correu até Pat, arremessou os braços em volta das pernas dele e enfiou a cabeça contra os joelhos o mais forte que pôde.

– Ponha a cabeça de volta! Ponha a cabeça de volta! – gritava ela.

Quando ele se abaixou para movê-la, ela não soltava as mãos ou afastava a cabeça. Segurava nele o mais forte que podia e soluçava:

– A cabeça de volta! A cabeça de volta! – Até que a voz soou como um soluço estridente e estranho.

– Já parou. Já rolou lá embaixo. Está morto – disse Pip.

Pat puxou Kezia para seus braços. A touca de sol caíra para trás, mas ela não o deixava ver o seu rosto. Não, ela empurrava o rosto na direção do osso do ombro dele e enganchava os braços em volta do pescoço.

As crianças pararam de gritar tão subitamente quanto começaram. Ficaram de pé em volta do pato morto. Rags não estava mais com medo. Estava ajoelhando e o acariciava.

– Não acho que a cabeça ainda esteja bem morta – disse ele. – Acha que se eu der ao pato alguma coisa para beber isso pode mantê-lo vivo?

Mas Pip ficou muito zangado.

– Ah! Você é um bebê.

Ele assoviou e Snooker saiu.

Quando Isabel foi até Lottie, ela a afastou.

– Isabel, por que é que você está sempre me tocando?

– Ali, agora – disse Pat para Kezia. – Essa é a grande garotinha.

Ela levantou as mãos e tocou nas orelhas dele. Ele sentiu algo. Levantou devagar o rosto trêmulo e olhou. Pat usava pequenos brincos redondos de ouro nas orelhas. Ela nunca soube que homens usavam brincos. Estava muito surpresa.

– Eles são de tirar e botar? – perguntou, rouca.

X

Lá na casa, na cozinha acolhedora e bem-arrumada, Alice, a criada, preparava o chá da tarde. Ela estava "a caráter". Usava um vestido preto largo debaixo dos braços, um avental branco como uma grande folha de papel e um arco de renda espetado no cabelo com dois alfinetes. Os chinelos confortáveis de alcatifa foram trocados por outros, em couro preto, que a incomodavam no calo e no dedinho, algo horrível...

Fazia calor na cozinha. Uma mosca zunia, um leque de fumaça branca saía da chaleira e a tampa mantida aberta batia enquanto a água borbulhava. O tique-taque do relógio soava na atmosfera quente, devagar e deliberado como o barulho de uma velha fazendo crochê, e às vezes – sem razão nenhuma, porque não havia nem brisa – a persiana balançava para fora e para dentro, batendo na janela.

Alice estava fazendo sanduíches de agrião. Tinha uma porção informe de manteiga na mesa, uma fatia de atum e agriões em uma toalha branca.

Mas contra a manteigueira estava um livrinho sujo e gordurento, meio descosturado, com as pontas curvadas; e enquanto amassava a manteiga, ela leu:

"Sonhar com besouros pretos, perto de um carro funerário, significa má sorte. Representa a morte de alguém próximo ou querido, como pai, marido, irmão, filho ou noivo. Se os besouros andam para trás quando você os olha, isso significa morte causada por fogo ou por queda de grandes alturas como escadas, andaimes etc.

"Aranhas. Sonhar com aranhas rastejando sobre você é bom. Indica uma boa soma de dinheiro em um futuro próximo. Se uma gravidez estiver em curso na família, um parto fácil pode ser aguardado. Mas cuidado em evitar, no sexto mês, ingerir frutos do mar presenteados..."

Quantos milhares de passarinhos eu vejo.

AH, VIDA. ALI estava a Srta. Beryl. Alice derrubou a faca e escondeu o *Livro dos sonhos* debaixo da manteigueira. Mas não tivera tempo de escondê-lo direito; antes que Beryl entrasse na cozinha e se aproximasse da mesa, a primeira coisa que seus olhos alcançaram foram as pontas engorduradas. Alice viu a Srta. Beryl dando um sorrisinho, e o modo como erguia as sobrancelhas e apertava os olhos indicava que não tinha muita certeza do que aquilo poderia ser. Se a Srta. Beryl perguntasse, ela decidiu dizer: "Nada que lhe pertença, senhorita." Mas ela sabia que a Srta. Beryl não perguntaria.

Na verdade, Alice era uma criatura compassiva, mas tinha as mais incríveis respostas ao pé da letra às perguntas que sabia que jamais lhe seriam dirigidas. A composição das respostas e sua circulação repetidas vezes em sua mente lhe confortavam como se as perguntas lhes tivessem sido expressas. Na realidade, mantinham-na alerta em locais onde, como se diz, tinha medo de dormir à noite, com uma caixa de fósforos na cadeira, para o caso de ter o sono interrompido.

– Ah, Alice – disse a Srta. Beryl. – Há uma pessoa a mais para o chá, então, por favor, esquente um prato dos *scones** de ontem. E sirva o *Victoria sandwich*** assim como o bolo de café, e não se esqueça de colocar os suportes de renda debaixo dos pratos, está bem? O chá que serviu ontem estava muito feio e banal. E, Alice, não ponha outra vez aquela horrenda cobertura rosa e verde para o bule de chá. Isso é para ser usado somente pela manhã. Na verdade, acho que aquilo deve ficar na cozinha – é tão surrado e tem um cheiro. Coloque aquele japonês. Você entendeu bem, não entendeu?

A Srta. Beryl havia encerrado.

Aquela música alta de cada árvore...

ELA CANTOU AO sair da cozinha, muito satisfeita com sua maneira firme de lidar com Alice.

Ah, Alice era arredia. Ela não era do tipo de se importar em receber ordens, mas havia algo na maneira como a Srta. Beryl falava que ela não podia suportar. Ah, aquilo ela não podia. Poderíamos dizer que aquilo a fazia revirar-se por dentro, e ela quase tremia. Mas o que Alice realmente odiava na Srta. Beryl

---

*Tradicional bolinho redondo não muito doce. *(N. da T.)*
**Grande bolo em duas camadas com recheio de calda de frutas vermelhas. *(N. da T.)*

era o fato de que a fazia se sentir inferior. Falava com Alice em determinado tom de voz que soava como se ela nem estivesse ali, e nunca perdeu a paciência com ela: nunca. Mesmo quando Alice deixava algo cair ou se esquecia de algo importante, a Srta. Beryl parecia esperar que aquilo acontecesse.

– Srta. Burnell, pode fazer o favor – disse uma Alice imaginária, enquanto passava manteiga nos *scones*. – Prefiro não receber ordens da Srta. Beryl. Posso ser apenas uma criada comum, que não sabe tocar violão, mas...

Essa última parte lhe agradou tanto que ela quase recuperou o equilíbrio.

– A única solução – ela escutou quando abriu a porta da sala de jantar – é cortar as mangas completamente e, em vez disso, deixar apenas uma faixa larga de veludo preto nos ombros...

XI

O pato branco parecia jamais ter tido uma cabeça quando Alice o colocou diante de Stanley Burnell naquela noite. Foi posto em um prato azul, com uma resignação belamente apresentada: com as pernas amarradas com um pedaço de cordão e uma fileira de bolinhas de recheio em volta.

Era difícil dizer qual deles, Alice ou o pato, parecia mais bem-apresentado: ambos tinham uma cor atraente e certo brilho e estilo aparentes. Mas Alice estava rubra como fogo, e o pato, como mogno espanhol.

Burnell passou os olhos na lâmina da faca de trinchar carnes. Orgulhava-se muito desta sua habilidade e de fazer disso um serviço de primeira classe. Ele odiava ver uma mulher cortar carne; elas sempre eram muito lentas e jamais pareciam se importar depois com a aparência das fatias. Ele, sim, tinha um verdadeiro orgulho em cortar delicadas fatias de rosbife, pequenos pedaços de carneiro, com a espessura correta, e em retalhar uma galinha ou um pato com precisão...

– Este é o primeiro dos produtos caseiros? – perguntou ele, sabendo perfeitamente que era.

– Sim, o açougueiro não veio. Descobrimos que ele vem somente duas vezes por semana.

Mas não havia necessidade de se desculpar. Era uma ave esplêndida. Nem parecia carne de ave, mas um tipo de gelatina da melhor qualidade.

– Meu pai diria – disse Burnell – que essa deve ter sido uma daquelas aves criadas ao som de flauta alemã. E os acordes do harmonioso instrumento agem com bastante efeito na mente infantil... Quer mais, Beryl? Eu e você somos os únicos nesta casa que realmente apreciam comida. Caso seja necessário, estou totalmente apto a declarar perante um tribunal de justiça que adoro boa comida.

O chá foi servido na sala de visitas, e Beryl, que por algum motivo vinha sendo muito simpática com Stanley desde que ele chegara em casa, sugeriu que jogassem cartas. Eles se sentaram em uma mesinha junto a uma das janelas abertas. A Sra. Fairfield despareceu, e Linda descansava em uma cadeira de balanço, com os braços levantados acima da cabeça, oscilando para a frente e para trás.

– Você não quer luz, quer, Linda? – disse Beryl. Ela moveu a lâmpada de maneira que se sentasse sob a luz suave.

Como aqueles dois pareciam distantes, de onde Linda estava sentada se balançando. A mesa verde, as cartas lustrosas, as mãos grandes de Stanley e as pequeninas de Beryl, tudo parecia arte de um misterioso movimento. O próprio Stanley, grande e forte em seu terno escuro, estava à vontade, e Beryl lançou a cabeça para trás e fez beicinho. Usava uma fita de veludo desconhecida. De certa forma, isso a mudava – alterava o formato de seu rosto –, mas era charmoso, concluiu Linda. A sala tinha aroma de flores, havia dois jarros grandes de copos-de-leite na lareira.

– Duas de quinze, quatro de quinze e um par de seis, e uma sequência de três e nove – disse Stanley, de maneira tão ponderada que poderia ter contado ovelhas.

– Não tenho nada a não ser dois pares – disse Beryl, exagerando a aflição porque sabia como ele adorava vencer.

As sequências do jogo pareciam representar duas pessoas baixas subindo e descendo uma rua juntas, virando uma esquina, e descendo a rua outra vez. Estavam se perseguindo. Não queriam seguir muito à frente a fim de se manterem próximas para conversar – ficar perto, talvez fosse isso.

Mas não, sempre havia aquele impaciente, que pulava à frente cada vez que o outro se aproximava e se recusava a escutar. Talvez um naipe escuro tivesse medo do vermelho, ou talvez fosse cruel e não daria ao vermelho uma chance de falar...

Beryl usava um ramo de amores-perfeitos na frente do vestido, e uma vez que as pequenas sequências estavam lado a lado, ela se inclinava, os amores-perfeitos caíam e as cobriam.

– Que vergonha – disse ela, ao pegar os amores-perfeitos. – Como se tivessem oportunidade de voar um nos braços do outro.

– Adeus, minha garota – riu Stanley, e a sequência de naipe vermelho deu o fora.

A sala de visitas era longa e estreita, com portas de vidro que se abriam para a varanda. Tinha um papel de parede bege estampado com rosas douradas, e a mobília, que pertencera à velha Sra. Fairfield, era escura e simples. Um pequeno piano ficava encostado em uma das paredes, com uma seda preguead jogada na frente entalhada. Pendurada acima estava uma pintura a óleo, assinada por Beryl, com um enorme ramalhete de clemátis, que pareciam surpreendidas. Cada flor era do tamanho de um pires pequeno, trazendo ao centro um olho estupefato contornado em preto. Mas a sala ainda não estava pronta. Stanley tinha planos de ter um sofá Chesterfield* e duas cadeiras decentes. Linda preferia deixar da maneira que estava...

Duas grandes mariposas haviam entrado pela janela e voavam ao redor do lustre.

– Vão embora antes que seja tarde. Voem para fora, para fora.

Voavam ao redor e ao redor; pareciam trazer o silêncio e o luar em suas asas silenciosas...

– Eu tenho dois reis – disse Stanley. – Vale algo?

– Muito bom – disse Beryl.

Linda parou de se balançar na cadeira e se levantou. Stanley olhou naquela direção.

– Algum problema, querida?

– Não, não foi nada. Vou procurar mamãe.

Ela saiu do quarto e de pé nas escadas chamou, e a voz de sua mãe respondeu da varanda.

A lua que Lottie e Kezia tinham visto da carroça do ajudante da mudança estava cheia, e a casa, o jardim, a velha senhora e Linda, todas banhadas em uma luz ofuscante.

– Eu estava olhando a babosa – disse a Sra. Fairfield –, acho que vai florir este ano. Olhe no alto ali. São brotos ou é apenas o efeito da luz?

Enquanto estavam de pé nos degraus, a parte de grama alta onde estava a babosa se erguia como uma onda, e a planta parecia navegar como um navio com os remos levantados. O luar luminoso pendurava-se aos remos levantados como água, e naquela onda verde o orvalho brilhava.

---

*Espécie de estofado de couro com acabamento em capitonê. *(N. da T.)*

– Também sente isso? – disse Linda, que falou com a mãe com aquela voz particular que as mulheres utilizam entre si à noite, como se falassem durante o sono ou de uma caverna rasa.

– Não acha que está vindo em nossa direção?

Ela sonhava que era apanhada da água fria para o navio com os remos levantados e o mastro emergente. Agora os remos caíam, batendo rápido, rápido. Remavam para longe, acima das árvores do jardim, dos padoques e além do bosque escuro. E ela se ouviu gritar:

– Mais rápido! Mais rápido! – para os que estavam remando.

Este sonho foi muito mais real do que o fato de que deveriam voltar para a casa onde as crianças dormiam e Stanley e Beryl jogavam cartas.

– Acho que são brotos – disse ela. – Vamos lá embaixo, no jardim, mãe. Eu gosto daquela babosa. Gosto mais do que tudo por aqui. E tenho certeza de que vou lembrar dela muito depois de ter esquecido todas as outras coisas.

Ela colocou a mão no braço da mãe e desceram os degraus, contornaram a ilha até o caminho principal que levava aos portões da frente.

Olhando de baixo ela podia ver os longos chifres pontiagudos que arremataram a ponta das folhas de babosa, e com a visão deles o seu coração endureceu... Ela gostava especialmente dos longos chifres pontiagudos... Ninguém ousaria se aproximar do navio ao segui-lo.

"Nem mesmo meu cão Terra-nova", pensou ela, "de quem gosto tanto durante o dia."

Porque ela realmente gostava dele; adorava e admirava e o respeitava tremendamente. Ah, mais que ninguém no mundo. Ela o conhecia por completo. Ele era o espírito da verdade e da decência, e por causa de toda a experiência prática ele era incrivelmente simples, fácil de satisfazer e fácil de machucar...

Se ele apenas não pulasse tanto nela e não latisse tão alto, e a observasse com tanta atenção e olhos amorosos... Ele era muito forte para ela; desde criança ela sempre detestou que corresse em sua direção. Certas vezes ele era amedrontador, realmente amedrontador. Quando ela não gritou com todo o volume de sua voz: "Você está me matando." E naquelas ocasiões ela queria dizer tudo de mais grosseiro e odioso.

– Sabe que sou muito frágil. Também sabe, assim como eu, que meu coração foi afetado, e o médico lhe contou que posso morrer a qualquer momento. Eu já passei por gestações de três filhos...

Sim, sim, isso era verdade. Linda afastou a mão que tocava o braço da mãe. Com todo o seu amor, respeito e sua admiração, ela o odiava. E como era carinhoso depois de tempos como aqueles, e submisso e cuidadoso. Ele faria qualquer coisa por ela; ele esperava servi-la... Linda se ouviu dizendo com uma voz fraca:

– Stanley, você acenderia uma vela?

E ela ouvia a resposta alegre da voz dele:

– É claro que sim, querida.

E pulava da cama como se fosse pular até a lua por ela.

Nunca fora tão óbvio para ela como naquele momento. Havia todos os sentimentos dela por ele, agudos e definidos, cada um verdadeiro como o outro. E havia esse outro, esse odioso, mas real como o restante. Ela poderia ter colocado seus sentimentos em pacotinhos e entregado a Stanley. Ele esperava lhe dar este último, como uma surpresa. Ela poderia ver os olhos dele ao abrir aquele...

Ela abraçou seus braços cruzados e começou a rir silenciosamente. Como a vida era absurda – era risível, simplesmente risível. E por que essa mania dela de manter vivo sob qualquer condição? Porque isso era de fato uma mania, pensou ela, rindo e zombando.

– Por que estou me guardando para isso tão preciosamente? Devo continuar a ter filhos, e Stanley continuar a fazer dinheiro, e os filhos e os jardins ficarão maiores e maiores, com frotas inteiras de babosas neles para que eu possa escolher.

Ela estava andando com a cabeça abaixada, olhando para o nada. Agora ela olhou para cima e em torno de si. Elas estavam de pé entre os arbustos de camélias vermelhas e brancas. Eram lindas as grossas folhas escuras brilhosas com a luz e as flores redondas que se penduravam entre elas como pássaros vermelhos e brancos. Linda puxou um pedaço de verbena, amassou-o e estendeu as mãos em direção à mãe.

– Delicioso – disse a velha senhora. – Está com frio, filha? Está tremendo? Sim, suas mãos estão frias. Melhor voltarmos para casa.

– No que estava pensando? – disse Linda. – Conte.

– Não estava pensando realmente sobre algo. Ao passarmos pelo pomar imaginei como são as árvores frutíferas e se poderemos fazer muita geleia neste outono. Há arbustos esplêndidos e saudáveis de groselha na horta. Percebi hoje. Gostaria de ver aquelas prateleiras da despensa bem-estocadas com geleia feita em casa...

XII

Minha querida Nan,
Não pense que sou desnaturada só porque não escrevi antes. Não tenho tido um momento, querida, e mesmo agora me sinto tão exausta que mal posso segurar uma caneta.

Bem, o terrível contrato já foi selado. Na verdade, deixamos o turbilhão vertiginoso da cidade, não vejo como poderemos voltar, já que meu cunhado comprou não só esta casa, mas "a propriedade inteira", conforme as palavras dele.

Claro que, de certa forma, é um alívio tremendo, porque ele estava procurando se mudar para o campo desde que comecei a morar com eles – e devo dizer que a casa e o jardim são realmente muito bonitos – um milhão de vezes melhores que aquele quadradinho da cidade.

Mas enterrada, querida. Enterrada não é a palavra.

Temos vizinhos, mas são apenas fazendeiros – rapazes grandes e grosseiros que parecem ordenhar o dia inteiro, e duas horrorosas mulheres com dentes de coelho que nos trouxeram uns scones *quando estávamos fazendo a mudança, e disseram que ficariam contentes em ajudar. Mas a minha irmã, que vive a cerca de um quilômetro e meio de distância, não conhece vivalma aqui, então tenho certeza de que não conheceremos. É de se esperar que ninguém nunca venha da cidade para nos ver, porque, embora haja um ônibus, é uma horrível lata velha com laterais em couro preto, e qualquer pessoa decente preferiria morrer a andar naquilo por quase dez quilômetros.*

Assim é a vida. É um final triste para a pequenina B. Terei me tornado uma frangalhona horrível em um ano ou dois e irei visitá-la com uma capa feita de tecido impermeável e um chapéu de marinheiro amarrado com um lenço de viagem de seda chinesa branca. Bem bonita.

Stanley diz que agora estamos instalados – durante a maior parte da pior semana da minha vida ficamos realmente instalados –, no sábado ele trará uns homens do clube para jogar tênis. Na verdade, dois deles serão o grande entretenimento de hoje. Mas, minha querida, se você pudesse ver os colegas de clube de Stanley... bem gordinhos, do tipo que ficaria pavorosamente indecente de colete – sempre com os pés virados para dentro –, muito evidentes quando andam em uma quadra usando tênis brancos. E eles puxam as próprias calças a cada minuto – sabe como?, e golpeiam objetos imaginários com suas raquetes.

No verão passado, eu costumava jogar com eles no clube, e estou certa de que saberá qual é o tipo quando eu lhe contar que depois de estar com eles por umas três vezes, eles todos me chamavam de Srta. Beryl. É uma palavra maçante. Claro que mamãe simplesmente adora o lugar, mas suponho que quando eu tiver a idade dela ficarei contente de me sentar ao sol e descascar ervilhas numa pia. Mas não tenho – não – não.

O que Linda pensa a respeito de toda essa questão, como de hábito, eu não faço a menor ideia. Misteriosa como sempre...

Minha querida, você conhece aquele meu vestido de seda branco. Eu tirei as mangas por completo, coloquei tiras de veludo negro nos ombros e duas grandes papoulas vermelhas do chapeau da minha querida irmã. Tive um bom resultado, embora não saiba quando poderei usá-lo.

F.

BERYL ESCREVEU ESSA carta sentada em uma mesinha no quarto. Claro que, de certa forma, tudo era de fato verdade, mas de outra maneira era uma enorme tolice e ela não acreditava em uma só palavra daquilo. Não, não era verdade. Ela sentia tudo aquilo, mas não sentia realmente daquela maneira.

Foi o seu outro eu que escrevera aquela carta. E este não somente perturbava, mas desprezava o seu verdadeiro eu.

"Petulante e tola", disse o seu verdadeiro eu. Ainda que soubesse que ela enviaria aquilo e que sempre escrevera esse tipo de tagarelice tola para Nan Pym. Na verdade, era um exemplo bem moderado do tipo de carta que ela geralmente escrevia.

Beryl apoiou os cotovelos na mesa e leu tudo outra vez. A voz da carta parecia chegar a ela saindo da página. Já estava fraca, como uma voz que se escuta ao telefone, alta, efusiva, com algo de amargo no tom. Ah, ela agora detestava isso.

"Você sempre teve tanta animação", dissera Nan Pym. "É por isso que os homens se interessam tanto por você."

E ela acrescentara, com muito pesar, que os homens não tinham nenhum interesse em Nan, que era um tipo de garota robusta, com quadris rechonchudos e bastante corada. "Não posso compreender como pode continuar assim. Mas é a sua natureza, eu suponho."

Mas que bobagem. Que sem sentido. Não era da natureza dela de jeito algum. Por Deus, se ela já tivesse agido com o seu verdadeiro eu com Nan Pym, Nannie já teria pulado pela janela, impressionada... Minha querida, você conhece aquela minha seda branca... Beryl bateu o estojo de cartas.

Inconscientemente, ela dava uns pulinhos, enquanto a parte consciente deslizava até o espelho.

Ali estava uma garota magra de branco – saia de sarja branca, blusa de seda branca e um cinto de couro bem apertado nos quadris estreitos.

Seu rosto tinha formato de coração, largo nas sobrancelhas e com o queixo pontudo – mas não muito pontudo. Os olhos, os olhos talvez fossem sua melhor característica; eram de uma cor estranha e incomum: azul-esverdeado com pequenos pontinhos dourados.

Tinha finas sobrancelhas pretas e cílios longos, tão longos que, quando caíam nas bochechas, de fato se percebia a luz neles, algumas pessoas já haviam lhe dito.

A boca era bem grande. Bem grande? Não, não realmente. O lábio inferior era um pouco protuberante; ela tinha um jeito de encolhê-lo que alguém lhe dissera que era terrivelmente fascinante.

O nariz era a feição menos satisfatória dela. Não que fosse feio de fato. Mas não chegava a ser fino como o de Linda, nem a metade. Realmente, Linda tinha um narizinho perfeito. Já o dela espalhava-se mais – contudo, não demais... E com muita probabilidade ela exagerava a largura do nariz só porque era o dela, e era excessivamente crítica a respeito de si. Ela o pinçou com o polegar e o indicador e fez uma careta...

Cabelos fascinantes, fascinantes. E vastos. Tinham a cor de folhas recém-caídas, castanho-avermelhados com um toque alourado. Quando os prendia em uma trança comprida, ela os sentia descer pelas costas como uma longa cobra. Adorava sentir o peso deles alcançando seu dorso, e gostava de senti-los soltos cobrindo seus braços nus.

– Sim, querida, não há dúvida sobre isso, realmente você é uma coisinha linda.

Com essas palavras ela inflou o peito; deliciada, inspirou profundamente com os olhos semicerrados.

Mas mesmo que ela olhasse, o sorriso desapareceu de seus lábios e do olhar. Ah, Deus, ali estava ela, de volta, jogando o mesmo velho jogo. Falsa – falsa como sempre. Falsa como quando escrevera para Nan Pym. Falsa mesmo quando estava só.

O que aquela criatura do espelho tinha a ver com ela, e por que a olhava fixamente? Ela se virou para um dos lados da cama e enterrou o rosto nos braços.

– Ah! – gritou. – Eu sou tão infeliz; tão espantosamente infeliz. Sei que sou tola e vaidosa; estou sempre desempenhando um papel. Nunca sou meu verdadeiro eu nem por um momento.

E claramente, claramente ela viu seu falso eu correndo pelas escadas, rindo com uma risada vibrante se tivessem visitas, ficando debaixo do lampião se um homem viesse jantar, de modo que ele visse a luz nos seus cabelos, fazendo beicinho e fingindo ser uma garotinha quando lhe pediam para tocar violão. Por quê? Ela mantinha isso até por Stanley. Somente na noite passada, quando ela estava lendo o jornal, o seu falso eu ficou de pé ao seu lado, apoiou-se nos ombros dele de propósito. Ela não colocara sua mão sobre a dele, apontando algo para que ele visse como sua mão era branca ao lado da mão morena dele.

Como era desprezível! Desprezível! Seu coração estava frio com a fúria. "É maravilhoso como você mantém isso", disse ela ao seu falso eu.

Mas então era só porque ela era infeliz – tão infeliz. Se ela estivesse feliz e levando sua própria vida, sua vida falsa deixaria de ser. Ela viu a verdadeira Beryl: uma sombra... uma sombra. Ela brilhava fraca e impotente. O que estava ali dela exceto o esplendor? E, por alguns breves instantes, ela foi realmente ela. Beryl quase podia lembrar de cada um deles. Naqueles tempos ela sentira: "A vida é rica e misteriosa e boa, e eu também sou rica, misteriosa e boa. Será que sempre serei aquela Beryl para sempre? Será? Como posso ser? E já houve alguma vez um tempo em que eu não tivesse um falso eu?" Mas agora que chegara tão longe ela ouviu o som de passinhos correndo ao longo do corredor; a maçaneta da porta rangeu. Kezia entrou.

– Tia Beryl, mamãe perguntou se pode fazer o favor de descer. Papai está em casa com um homem e o almoço está pronto.

Chateação! Como ela amarrotara a saia ao ajoelhar daquele jeito idiota.

– Muito bem, Kezia.

Foi até a penteadeira e empoou o nariz.

Kezia veio também, destampou um pote de creme e o cheirou. Debaixo do braço ela carregava um gato malhado muito sujo.

Quando tia Beryl saiu do quarto, ela sentou o gato em cima da penteadeira e lhe enfiou a parte de cima do pote de creme sobre a orelha.

– Agora olhe para você – disse ela severamente.

O gato malhado estava tão dominado por aquela visão que pulou para trás, bateu e bateu no chão. E a tampa do creme voou pelo ar e rolou em círculos, como uma moeda, no chão de linóleo – e não quebrou.

Mas para Kezia havia quebrado no instante em que tinha rolado pelo ar, e ela apanhou-a, ainda em movimento, e colocou-a de volta na penteadeira.

Então ela foi embora pé ante pé, bem depressa e feliz...

11

Cenas

1919

Oito horas da manhã. A Srta. Ada Moss está deitada numa cama de ferro preta, olhando para o teto. Seu quarto, nos fundos do último andar de um prédio em Bloomsbury, cheirava a fuligem, pó de arroz e ao papel de batatas fritas que trouxera para o jantar na véspera.

"Ah, meu Deus", pensou a Srta. Moss, "Estou com frio. Gostaria de saber por que acordo com tanto frio pela manhã. Meus joelhos, meus pés e minhas costas, especialmente minhas costas, estão como uma lâmina de gelo. Antigamente, eu costumava estar sempre aquecida. Não é que eu esteja magra, mantenho a mesma aparência de antes. Não, é porque eu não faço uma boa refeição quente na hora do jantar."

Um desfile de bons jantares passou pelo teto, cada um deles acompanhado por uma garrafa de cerveja escura e forte...

"Mesmo que eu fosse me levantar agora", pensou ela, "e tomasse um café da manhã substancial e balanceado..." Um desfile de cafés da manhã substanciais e balanceados seguiu os jantares no teto, guiados por um pernil inteiro, enorme e esbranquiçado. A Srta. Moss deu de ombros e desapareceu debaixo das cobertas. Inesperadamente, chegou a senhoria.

– Há uma carta para você, Srta. Moss.

– Ah – respondeu ela, bem pouco cordial –, muito obrigada, Sra. Pine. É muito gentil de sua parte se dar o trabalho.

– Não é trabalho algum – disse a senhoria. – Pensei que talvez fosse a carta que estivesse aguardando.

– Sim – disse alegremente a Srta. Moss. – Talvez seja. – Ela tombou a cabeça para o lado e sorriu de maneira vaga diante da carta. – Eu não deveria estar surpresa.

Os olhos da senhoria arregalaram-se.

– Bem, eu, sim, Srta. Moss – disse ela. – E é assim que deve ser. E eu insisto que abra, por favor. No meu lugar, muitas fariam o mesmo e estariam em seus direitos. As coisas não podem continuar assim, Srta. Moss realmente não podem. Entra semana, sai semana, e primeiro você tem, e então não tem, depois há outra carta perdida no correio e outro agente em Brighton, mas que estará de volta na terça-feira, com certeza... Estou farta e não vou mais tolerar isso. E por que eu deveria, Srta. Moss, com os preços que sobem às alturas e meu pobre companheiro na França? Minha irmã Eliza estava me dizendo ontem: "Minnie, você tem um coração muito mole. Podia ter alugado aquele quarto várias vezes, e se as pessoas não cuidam de si mesmas em tempos como esses, ninguém cuidará. Ela pode ter uma formação de nível superior e cantar em concertos do West End, mas se a sua Lizzie diz o que é verdade e ela está lavando as próprias peças de roupa e pendurando no cabide de toalhas, é fácil ver aonde isso vai levar. Já é hora de você acabar com isso."

A Srta. Moss não deu sinal de ter escutado. Sentou-se na cama, rasgou o envelope e leu a carta:

PREZADA SENHORA,
Para que fique ciente. No momento não estou produzindo, mas arquivei sua fotografia para referência futura.
Atenciosamente,
Backwash Film Co.

Essa carta pareceu lhe trazer uma satisfação peculiar. Leu tudo duas vezes antes de responder à senhoria.

– Bem, Sra. Pine, acho que se desculpará pelo que disse. Isso é de um agente, solicitando que eu me apresente com traje de noite às dez horas da manhã do próximo sábado.

Mas a senhoria foi mais rápida que ela. Lançou-se e agarrou a carta.

– Ah, é! É mesmo! – gritou.

– Devolva a carta. Devolva a carta de uma vez, sua malvada, mulher perversa – gritou a Srta. Moss, que não podia sair da cama porque a camisola estava rasgada nas costas. – Devolva minha carta, é particular.

A senhoria foi andando para trás até sair do quarto, apertando a carta contra o corpete.

– Então chegamos a esse ponto, não é? – disse. – Bem, Srta. Moss, se eu não tiver o aluguel pago às oito da noite, veremos quem é uma mulher malvada, perversa. Basta! – Nesse ponto, meneou a cabeça misteriosamente. – E vou guardar essa carta – levantou a voz. – Será uma bela prova! – E aqui encerrou de maneira sepulcral. – *Minha senhora.*

A porta bateu e a Srta. Moss ficou de novo sozinha. Rapidamente levantou as roupas de cama e sentou-se, tremendo, furiosa, então olhou as grossas coxas brancas com grandes emaranhados de veias azul-esverdeadas.

– Uma barata! Isso é o que ela é. Ela é uma barata – disse a Srta. Moss. – Eu poderia processá-la por roubar a minha carta... Tenho certeza de que poderia – continuou, enquanto recolhia as roupas. – Ah, se eu pudesse apenas pagar aquela mulher, eu tenho certeza de que ela não esqueceria. Eu a repreenderia adequadamente.

Ela foi até a cômoda procurar um alfinete, e, ao se olhar no espelho com um sorriso ambíguo, balançou a cabeça.

– Bem, velha amiga – murmurou ela. – Você vai enfrentar isso de novo, e sem cometer erros.

Mas a pessoa no espelho fez uma cara feia para ela.

– Sua tola – ralhou a Srta. Moss. – De que adianta chorar agora? Apenas ficará com o nariz vermelho. Não, coloque umas roupas, saia e tente a sorte... é isso que precisa fazer.

Ela desenganchou a nécessaire da cabeceira da cama, revirou o que havia dentro, sacudiu e virou a parte de dentro para fora.

– Vou tomar um bom chá em uma lanchonete para me acalmar antes de ir a qualquer lugar – decidiu. – Tenho 1,3 *pences*. Sim, apenas isso.

Dez minutos depois, uma mulher corpulenta vestida de sarja azul, com um buquê de violetas artificiais no peitilho, chapéu preto coberto com amores-perfeitos roxos, botas de cano branco e uma nécessaire com algumas coisas, cantou com voz baixa de contralto:

Sweet-heart, remember when days are forlorn
*It al-ways is dar-kest before the dawn.**

Mas a pessoa na vitrine lhe fez uma careta, e a Srta. Moss foi embora. Guindastes cinzentos estavam espalhados por toda a rua, com poças de água sobre as lajotas de pedra cinzenta. Um pequeno leiteiro fazia entregas, com aquele estranho grito que lembrava a falcoaria e o ruído áspero das latas. Espirrou leite fora da Brittweiler's Swiss House, e um velho gato marrom sem rabo apareceu de repente, começando a beber o leite derramado ávida e silenciosamente. Isso deu à Srta. Moss uma desconcertante sensação de assistir... a um naufrágio, como se poderia dizer.

---

*Querida, lembre-se quando os dias estiverem tristes/Sempre é mais escuro antes do amanhecer. *(N. da T.)*

Mas quando ela chegou à lanchonete, encontrou a porta escancarada; um homem entrou carregando uma bandeja de pãezinhos, e não havia ninguém lá dentro exceto uma garçonete se penteando, e a mulher do caixa destrancando as gavetas da máquina. Ela ficou de pé no meio do assoalho, mas nenhum deles a notou.

– Meu namorado veio para casa na noite passada – disse a garçonete.

– Ah... isso é ótimo! – murmurou a caixa.

– Sim, não é mesmo? Ele me deu um brochinho lindo. Veja, nele está escrito "Dieppe".

A caixa correu para olhar e colocou o braço em volta do pescoço da garçonete.

– Ah... isso é ótimo.

– Sim, é mesmo... – disse a garçonete. – Ah-ah, ele é intenso. "Olá", disse eu. "Olá, velho moreno."

– É verdade – murmurou a caixa, retornando ao seu lugar e quase trombando com a Srta. Moss no caminho. – Você é divertida!

Então o homem com os pãezinhos retornou outra vez, desviando dela.

– Pode me servir uma xícara de chá, senhorita? – pediu ela.

Mas a garçonete continuou penteando o cabelo.

– Ah! – ela gorjeou. – Nós ainda não estamos *abertos*. – Virou-se e balançou o pente em direção ao caixa.

– *Estamos*, querida?

– Ah, não – disse a caixa.

A Srta. Moss foi embora.

– Vou para Charing Cross. Sim, é o que farei – decidiu. – Mas não vou tomar uma xícara de chá. Vou tomar um café. Um café é mais estimulante... Garotas insolentes, essas! O namorado dela voltou para casa ontem à noite; trouxe um broche em que estava escrito "Dieppe".

Ela começou a atravessar a rua...

– Cuidado, gordinha, não durma no ponto! – gritou um motorista de táxi. Ela fingiu não ouvir.

– Não, eu não vou para Charing Cross. – decidiu ela. – Vou direto para Kig & Kadgit. Eles abrem às nove. Se eu chegar cedo, o Sr. Kadgit pode ter algo para o turno da manhã... Estou muito contente que tenha chegado tão cedo, Srta. Moss. Soube agora de um produtor que quer uma mulher para tocar... Acho que você se encaixa nisso. Vou lhe dar um cartão para que vá encontrá-lo. São três libras por semana e tudo pago. Se eu fosse você daria um pulo lá o mais rápido que pudesse. Sorte ter aparecido tão cedo...

Mas não havia ninguém na Kig & Kadgit, exceto a faxineira enxugando o piso de linóleo no corredor.

– Ninguém chegou ainda, senhorita – disse a faxineira.

– Ah, o Sr. Kadgit não está? – perguntou a Srta. Moss, tentando se esquivar do balde e do esfregão. – Bem, vou esperar um pouco, se for possível.

– Não pode esperar na sala de espera, senhorita. Eu ainda não terminei. *Senhô* Kadgit nunca *tá* aqui antes das onze e meia nos sábados. *Tem vez que nem vem.*

E a mulher começou a engatinhar na direção dela.

– Puxa, que tolice a minha. Esqueci que era sábado.

– Cuidado com os pés, *por favor*, senhorita – disse a faxineira.

E a Srta. Moss estava lá fora de novo.

Uma coisa podia se dizer do Beit & Bithems: era um lugar animado. Ao entrar na sala de espera, ouvia-se um intenso rumor de conversas, estavam todos ali; conhecia-se quase todo mundo. As primeiras moças a chegar sentavam-se em cadeiras e as últimas sentavam-se no colo das primeiras, enquanto os cavalheiros se encostavam negligentemente contra a parede ou exibiam-se na frente das mulheres encantadas.

– Olá – cumprimentou a Srta. Moss, muito alegre. – Aqui estamos outra vez!

E o jovem Sr. Clayton, tocando banjo na bengala, cantou:

– Esperando por Robert E. Lee.

– O Sr. Bithem já chegou? – perguntou a Srta. Moss, ao retirar uma esponja de pó e empoar o nariz com uma tonalidade cor de malva.

– Ah, sim, querida – gritou um coro. – Ele está aqui há tempos. Estamos todos esperando há mais de uma hora.

– Puxa! – disse a Srta. Moss. – Nada a fazer, então, não é?

– Ah, alguns trabalhos na África do Sul – respondeu o jovem Sr. Clayton. – Cento e cinquenta por semana, durante duas semanas, você sabe.

– Ah! – gritou o coro. – Você *é* estranho, Sr. Clayton. E não é um *remédio*? Não é *divertido*, querida? Ah, Sr. Clayton, você realmente me faz rir. Ele não é um *comediante*?

Uma garota triste de pele morena tocou no braço da Srta. Moss.

– Perdi um ótimo trabalho ontem – disse. – Seis semanas no interior e depois no West End. O produtor disse que eu teria conseguido se fosse robusta o bastante. Ele disse que, se minha aparência fosse mais rechonchuda, o papel seria perfeito para mim.

Ela olhou para a Srta. Moss, e a rosa suja, vermelho-escura, na aba do chapéu dela parecia, de certo modo, compartilhar do mesmo ar da sua, e também estava aniquilada.

– Ah, puxa, essas foram frases duras – disse a Srta. Moss, tentando parecer indiferente. – O que aconteceu... se não se importa que eu pergunte?

Mas a garota morena e triste percebeu as intenções dela e um lampejo de rancor chegou aos seus olhos abatidos.

– Ah, não é bom para você, minha querida – disse ela. – Ele queria alguém jovem, sabe? Um tipo morena espanhola, meu estilo, porém mais corpulenta, foi isso.

A porta interna abriu e o Sr. Bithem apareceu em mangas de camisa. Ele manteve uma das mãos na porta, pronto para entrar outra vez, e levantou a outra.

– Senhoras, olhem aqui... – Então fez uma pausa, deu seu famoso sorriso antes de dizer: – *E raapazes.*

A sala de espera riu tão alto que ele precisou levantar as duas mãos.

– Não adianta ficar aqui hoje. Voltem na segunda-feira; estou esperando várias solicitações na segunda.

A Srta. Moss deu um passo desesperado à frente.

– Sr. Bithem, gostaria de saber se teve notícias de...

– Deixe-me ver – disse o Sr. Bithem devagar, o olhar concentrado; ele tinha visto a Srta. Moss apenas quatro vezes por semana pelas últimas... quantas semanas? – Bem, quem é você?

– Srta. Ada Moss.

– Ah, sim, sim; claro, minha querida. Nada ainda, minha querida. Tenho um pedido para mulheres de vinte e oito anos hoje, mas elas devem ser jovens e precisam saber dançar um pouco... sabe? E tenho outra solicitação para dezesseis anos, mas precisam ter alguma experiência em dança sobre a areia. Veja, minha querida, estou assoberbado hoje de manhã. Volte durante a semana, a partir da segunda-feira; não adianta vir antes disso.

Ele ofereceu um largo sorriso e tapinhas nas costas gordas dela.

– Corações de carvalho,* querida senhora – disse o Sr. Bithem. – Corações de carvalho!

Na North-East Film Company, a multidão subia pelas escadas. A Srta. Moss se viu perto de uma mulherzinha formosa de uns trinta anos com um chapéu de renda adornado com cerejas em volta.

---

*Referência a *Hearts of Oak*, o hino da Marinha britânica, que se refere à madeira dos navios de guerra da Armada oficial. *(N. da T.)*

– Que multidão! – disse ela. – Algo especial acontecendo?
– Querida, você não *sabia*? – respondeu a garota, arregalando os imensos olhos claros. – Houve uma chamada às nove e meia para garotas *atraentes*. Nós estamos esperando faz *horas*. Já atuou nessa companhia antes?

A Srta. Moss virou a cabeça para o lado.
– Não, acho que não.
– É uma ótima companhia para se trabalhar – disse a garota. – Uma amiga minha tem uma amiga que ganha trinta libras por dia... Já atuou em filmes?
– Bem, não sou atriz profissional – confessou a Srta. Moss. – Sou uma cantora contralto. Mas a situação tem estado tão ruim ultimamente que tenho atuado um pouco.
– É assim, não é, querida? – disse a garota.
– Tive uma educação esplêndida na Faculdade de Música – disse a Srta. Moss – e recebi uma medalha de prata para cantores. Sempre cantei em concertos do West End. Mas achei que, para variar, eu tentaria a sorte...
– Sim, é bem *assim*, não é querida? – disse a garota.

Naquele momento, uma bela datilógrafa apareceu no alto da escadaria.
– Estão esperando a chamada da North-East?
– Sim – gritaram em coro.
– Bem, acabou. Acabei de receber um telefonema.
– Ei, espera aí! E as nossas despesas? – gritou uma voz.

A datilógrafa olhou para elas, ali embaixo, e quase não pôde conter o riso.
– Ah, vocês não têm de ser *pagos*. A North-East nunca *paga* a fila de espera.

Havia apenas uma janelinha redonda na Bitter Orange Company. Sem sala de espera – ninguém por lá exceto uma garota, que veio à janela quando a Srta. Moss bateu à porta e perguntou:

– Pois não?

– Posso ver o produtor, por favor? – disse a Srta. Moss num tom de voz agradável.

A garota se inclinou no peitoril da janela, e com os olhos semifechados pareceu cochilar por um momento. A Srta. Moss sorriu para ela. A garota não só franziu o cenho, como parecia farejar algo vagamente desagradável, e fungou. Repentinamente foi embora, voltou com um papel e o empurrou para Srta. Moss.

– Preencha o formulário! – disse. E fechou a janela ruidosamente.

– Você é capaz de pilotar um avião, mergulhar, dirigir um carro, dominar um cavalo de rodeio, atirar? – leu a Srta. Moss.

Ela andou pela rua fazendo tais perguntas a si mesma. Havia um vento forte e gelado que a arrastava, batia no seu rosto, provocava; ela sabia que não podia responder àquilo. No Square Gardens encontrou uma cestinha de arame para jogar o formulário. Então se sentou em um dos bancos para empoar o nariz. Mas a pessoa no espelhinho de bolsa fez uma careta horrível para ela, e aquilo foi além da conta para a Srta. Moss; ela chorou com vontade. Isso a animou de um modo admirável.

– Bem, acabou – soluçou. – É reconfortante descansar os pés. E meu nariz logo desinchará ao ar livre... é muito bonito aqui. Veja os pardais. Piii, piii. Como eles chegam perto. Espero que alguém os alimente. Não, não tenho nada para vocês, criaturinhas insolentes...

Ela olhou para longe deles. O que era o prédio grande do lado oposto... o Café de Madri? Meu Deus, que palmada aquela criancinha levou e caiu! Pobre criancinha! Não se importe – de pé de novo... às oito horas esta noite... Café de Madri.

"Eu podia apenas ir lá, sentar e tomar um café. Só isso", pensou a Srta. Moss. "Posso ter um golpe de sorte... Um cavalheiro moreno elegante de casaco de pele chega com um amigo, e talvez sente na minha mesa. 'Não, companheiro, procurei um contralto em Londres e não pude encontrar uma pessoa. Sabe, a música é difícil; veja só.'" E então a senhorita se ouviu dizendo: "'Com licença, por acaso sou contralto, e cantei nesse papel muitas vezes... Extraordinário!' 'Venha ao meu estúdio e vamos testar a sua voz agora.' Dez libras por semana... Por que devo ficar nervosa? Não é nervosismo. Por que não devo ir ao Café Madri? Sou uma mulher respeitável... sou uma cantora contralto. E estou tremendo apenas porque não comi nada hoje... 'Uma pequena prova irrefutável, *my lady*...' Muito bem, Sra. Pine. Café de Madri. Eles têm concertos à noite... 'por que não começam?'. 'A contralto não chegou...' 'Com licença, por acaso eu sou contralto; já cantei aquela música várias vezes.'"

Estava quase escuro no café. Homens, palmas, poltronas vermelhas aveludadas, mesas de mármore branco, garçons de avental, a Srta. Moss andou no meio de tudo isso. Mal se sentara quando um cavalheiro corpulento usando um pequenino chapéu que flutuava no alto da cabeça como um iatezinho deixou-se cair pesadamente na cadeira oposta à dela.

– Boa noite! – disse ele.

– Boa noite! – respondeu a Srta. Moss, de sua maneira animada.

– Bela noite – disse o cavalheiro robusto.

– Sim, muito boa. Uma delícia, não está? – concordou ela.

Ele curvou o dedo parecido com uma linguiça em direção ao garçom.

– Traga-me um uísque duplo. – E virou-se para a Srta. Moss. – O que vai pedir?

– Bem, acho que vou tomar um conhaque mesmo.

Cinco minutos depois, o cavalheiro corpulento se inclinou sobre a mesa e soprou uma baforada de fumaça de charuto no rosto dela.

– Este é um exemplar tentador – disse ele.

A Srta. Moss ruborizou até que uma vibração que jamais sentira martelou no alto de sua cabeça.

– Sempre tive tendência a ficar rosada – disse ela.

O cavalheiro robusto a examinou, tamborilando os dedos na mesa.

– Gosto de mulheres robustas e bem-fornidas – disse.

A Srta. Moss deu uma risada desrespeitosa e alta, surpreendendo-se.

Cinco minutos depois o cavalheiro robusto se levantou.

– Bem, devo seguir o seu caminho, ou você segue o meu? – perguntou.

– Se é mesmo assim, eu vou seguir com você. – disse a Srta. Moss. E saiu do café deslizando logo atrás do iatezinho.

12

*Feuille d'Album**

1917

Era realmente uma pessoa difícil. E também era muito tímido. Sem absolutamente nada a seu favor. Incorrigível. Quando estava em seu ateliê, nunca sabia quando sair, mas ficava sentado até que alguém quase gritasse e ansiasse por jogar algo bem grande na direção dele, algo como um aquecedor de ferro fundido, quando finalmente ele dava um olhar de relance. O estranho era que, à primeira vista, ele parecia bem interessante. Todos concordavam a respeito disso. Se você aparecesse no café qualquer noite que fosse, o veria ali, sentado em um canto, com uma xícara de café diante de si, um rapaz abatido e magro, vestindo um colete de lã azul por baixo de um paletó cinza com mangas tão curtas que lhe davam a aparência de um garoto que desistiu de fugir e se tornar marinheiro. Mas que de fato fugiu, e em algum momento levantará e jogará sobre os ombros um lenço amarrado na ponta de uma vara com seu pijama e o retrato da mãe, caminhará noite adentro e se afogará... E até mesmo vai tropeçar na beira do cais no trajeto até o navio... Tem cabelo cortado rente, olhos acinzentados com longas pestanas,

---

*Possivelmente, o título deste texto, que em tradução livre seria "Folha de um álbum", remete à valorização do tempo presente e da memória, temas presentes na literatura da autora. *(N. do E.)*

bochechas brancas e os lábios esticados como se estivesse determinado a não chorar... Como alguém poderia resistir? Ah, o coração de qualquer um ficava partido ao ver isso. E, como se não fosse suficiente, havia o seu truque de ruborizar... Sempre que o garçom chegava perto, ele ficava vermelho – poderia ter acabado de sair da prisão, e o garçom podia saber disso...

– Quem é ele, meu caro? Você conhece?

– Sim. O nome dele é Ian French. Pintor. Dizem que é terrivelmente inteligente. Uma mulher começou a lhe dar uma atenção maternal. Ela perguntava com que frequência tinha notícias de casa, se havia cobertores suficientes na cama, qual a quantidade de leite consumida diariamente. Mas quando foi ao ateliê para dar uma olhada nas coisas dele, bateu e bateu, e, embora pudesse jurar que ouvira uma pessoa respirando lá dentro, ninguém atendeu a porta... Incorrigível!

Outra mulher chegou à conclusão de que ele deveria se apaixonar. Ela o atraiu, chamou-o de "garoto", inclinou-se sobre ele para que pudesse sentir a fragrância encantadora de seus cabelos, pegou no braço dele, falou de como a vida poderia ser maravilhosa se apenas tivesse coragem, certa noite foi até o ateliê dele e bateu e bateu... Incorrigível.

– O que o pobre rapaz realmente quer é animação total – disse uma terceira.

Então lá se foram para os cafés e cabarés, bailezinhos, lugares onde se bebia algo com sabor de suco de damasco enlatado, mas custava vinte e sete *shillings* a garrafa, e se chamava champanhe, outros locais, demasiado excitantes para serem descritos com palavras, onde sentava-se na mais terrível tristeza e onde alguém sempre tinha sido alvejado com um tiro na noite da véspera. Mas ele nem se mexeu. Somente uma vez ficou muito bêbado, mas, em vez de se sentir mal, ficou sentado ali, imóvel, com duas manchas vermelhas nas bochechas, como, sim, minha querida, a imagem inerte daquele *ragtime* que tocavam, como "Broken Doll". Mas quando ela o levou de volta para o ateliê, ele quase se recuperou, e lhe disse "boa noite" na rua de baixo, embora tenham voltado da igreja para casa juntos... Incorrigível.

Após Deus sabe quantas tentativas – porque a intenção de ser gentil logo desaparece entre as mulheres – elas desistiram dele. Claro que ainda eram perfeitamente agradáveis, e o convidavam para os seus shows e falavam com ele no café, mas era apenas isso. Um artista simplesmente não tem tempo para quem não corresponde. Não é?

– Além disso, eu realmente acho que deve haver algo muito suspeito em algum lugar... não acha? Ele não pode ser tão inocente quanto parece! Por que vir a Paris se você quer ser uma margarida no campo? Não, não estou desconfiada. Mas...

Ele morava num andar alto de um prédio alto deplorável com vista para o rio. Um desses prédios que parecem românticos em noites chuvosas e noites de luar, quando a porta pesada e as janelas estão fechadas, e o anúncio "apartamento para alugar imediatamente" aparece, em um desamparo indescritível. Um desses prédios que têm um cheiro tão pouco romântico durante todo o ano, e onde a *concierge* vive numa gaiola de vidro no térreo, enrolada em um xale sujo, mexendo algo numa panela e distribuindo generosamente ordens ao velho cachorro inchado refestelado numa almofada bordada com contas... Do alto, o ateliê tinha uma vista maravilhosa. As duas janelas grandes ficavam de frente para a água. Ele podia ver barcos e barcaças passando para cima e para baixo, e a margem de uma ilha arborizada, como um buquê redondo. A janela lateral tinha vista para outra casa, ainda menor e mais ordinária, e mais abaixo havia um mercado de flores. Podia se ver do alto os enormes toldos, de onde escapavam babados de flores coloridas. Barracas cobertas com lonas listradas que vendiam plantas em caixas e mudas de palmeiras com um brilho úmido em potes de terracota. As senhoras passavam rápido entre as flores, de um lado para outro, como caranguejos. Realmente não havia necessidade de sair. Caso se sentasse na janela até que a barba branca caísse no peitoril, ele ainda teria encontrado algo para desenhar...

Como essas meigas mulheres ficariam surpresas se tentassem arrombar a porta. Para isso ele mantinha o ateliê organizadíssimo. Tudo era arrumado de modo a formar um padrão, uma pequena "natureza-morta": as panelas com suas tampas na parede atrás do fogão, a tigela de ovos, a jarra de leite e o pote de chá na prateleira, os livros e a luminária com a cúpula de papel craquelê na mesa. Uma cortina indiana com uma barra de leopardos vermelhos em marcha cobria a cama de dia, e na parede ao lado da cama, na altura dos olhos quando alguém se deitava, havia um aviso pequeno e bem-impresso: LEVANTE-SE DE UMA VEZ.

Todos os dias eram muito parecidos. Com a luminosidade, era bom que labutasse na pintura, então cozinhasse as refeições e arrumasse o local. E durante as noites ia ao café, ou sentava-se em casa lendo, ou decifrava a mais complicada lista de despesas com o cabeçalho: "O que devo fazer para cumprir", que terminava com a declaração de um juramento... "Juro não exceder essa quantia no próximo mês. Assinado: Ian French."

Não havia nada muito suspeito; mas aquelas mulheres, vistas de longe, tinham muita razão. Não era tudo.

Certa noite, ele estava sentado perto da janela lateral comendo ameixas e jogando pedras nos toldos enormes do mercado de flores deserto. Chovera – a primeira chuva de verdade do ano tinha caído –, lantejoulas brilhantes pairavam sobre tudo, e o ar cheirava a botões de flores e a terra úmida. Muitas vozes lânguidas e alegres soavam no ar sombrio, e as pessoas que vieram fechar as janelas e venezianas, em vez disso, se inclinavam para fora. Lá embaixo, no mercado, as árvores estavam pontilhadas com o novo verde. Que tipo de árvores eram aquelas?, ele se perguntou. E agora veio o homem que acendia as lâmpadas. Ele olhou fixamente para a casa do outro lado, a casa pequena e miserável, e subitamente, como se fosse uma resposta ao seu olhar, duas folhas de janela se abriram e uma garota veio ao pequeno balcão carregando um vaso de narcisos.

Era uma moça bem magra, usava um avental escuro e um lenço cor-de-rosa amarrado sobre o cabelo. As mangas estavam arregaçadas quase até os ombros e os braços delgados brilhavam contra o escuro.

– Sim, está quente o suficiente. Isso lhes fará bem – disse ela ao colocar o vaso e se virar para alguém lá dentro da sala.

Quando se virou, ela colocou as mãos para o alto, alcançando no lenço alguns cachos de cabelo. Olhou para o mercado deserto lá embaixo e então para o céu, mas onde ele estava sentado parecia haver um buraco no ar. Ela simplesmente não viu a casa do outro lado. E então desapareceu.

O coração dele saiu pela janela do seu ateliê, e, abaixo, até o balcão da casa do outro lado, e enterrou-se no pote de narcisos debaixo dos botões semiabertos e dos brotos verdes... Aquele quarto com balcão era uma sala de estar, e o seguinte, na outra porta, era a cozinha. Ele ouviu o barulho das louças enquanto ela as lavava depois do jantar, e então ela veio à janela, bateu um pequeno esfregão contra a borda e o pendurou em um prego para secar. Nunca cantava ou soltava o cabelo ou estendia os braços para a lua, como as garotas geralmente fazem. E usava sempre o mesmo avental escuro e o lenço cor-de-rosa na cabeça... Com quem ela vivia? Ninguém além dela aparecia naquelas janelas, e, mesmo assim, estava sempre falando com alguém lá dentro. A mãe dela, ele determinou, era uma inválida. Viviam de costurar. O pai estava morto... Fora um jornalista – muito pálido, com bigodes longos, e uma mecha de cabelo preto caída sobre a testa.

Mesmo trabalhando o dia inteiro, só tinham dinheiro suficiente para viver, mas nunca saíam nem tinham amigos. Agora, quando ele se sentava à mesa, tinha que fazer uma lista de intenções... "Não ir à janela lateral depois de uma determinada hora. Assinado: Ian French." "Não pensar nela até ter terminado suas atividades de pintura do dia. Assinado: Ian French."

Era muito simples. Ela era a única pessoa que ele realmente queria conhecer, porque era, resolveu ele, a única pessoa viva que tinha a sua idade. Ele não podia suportar garotas sorridentes, e não sentia atração por mulheres mais velhas... ela era da idade dele, ela era... bem, era como ele. Ele se sentou no ateliê escuro, cansado, com um dos braços pendendo sobre o encosto da cadeira, fitando a janela da moça e se vendo em sua companhia. Seu temperamento era violento; às vezes discutiam terrivelmente, os dois. Tinha um jeito de bater os pés e torcer as mãos no avental... furiosa. E raramente ria. Riu somente quando lhe contou sobre um gatinho ridículo que teve e fingia ser um leão quando lhe davam carne para comer. Isso a fazia rir... Mas geralmente sentavam-se próximos, muito silenciosos; ele, assim como se sentava agora, e ela com as mãos dobradas no colo e os pés juntos, falando baixo, ou em silêncio, e cansados após um dia de trabalho. Claro que ela nunca lhe perguntou sobre os quadros, e claro que ele fez os mais maravilhosos desenhos dela, que os detestava, porque a mostravam tão magra e sombria... Mas como faria para conhecê-la? Isso podia prolongar-se por anos...

Então ele descobriu que uma vez por semana, à noitinha, ela saía para fazer compras. Por duas quintas-feiras seguidas chegou à janela vestindo uma capa antiquada sobre o avental, carregando uma cesta. De onde ele ficava não era possível ver a porta da casa dela, mas na noite da quinta-feira seguinte, no mesmo horário, colocou a boina e desceu as escadas. Uma fascinante luz cor-de-rosa iluminava tudo. Ele a viu cintilando no rio, e as pessoas que caminhavam em sua direção tinham faces e mãos rosadas.

Encostou-se contra a lateral do prédio esperando por ela, sem ter ideia do que iria fazer ou dizer. "Lá vem ela", falou uma voz em sua cabeça. Ela andava muito rápido, com passos curtos e leves; levava a cesta em uma das mãos, com a outra mantinha a capa fechada... O que ele poderia fazer? Poderia apenas seguir... Primeiro foi à mercearia, e ali passou um longo tempo, então foi ao açougueiro, onde teve de esperar sua vez. Depois ficou muito tempo no armarinho procurando algo, em seguida foi à quitanda e comprou um limão. Enquanto a olhava, ele teve mais certeza ainda de que precisava conhecê-la agora. Sua compostura, sua seriedade e sua solidão, até a maneira de andar, como se tivesse pressa de deixar este mundo de adultos, lhe pareciam tão espontâneas e inevitáveis.

"Sim, ela sempre foi assim", pensou ele com orgulho. "Não temos nada em comum com essa gente."

Mas ela estava a caminho de casa e ele nunca ficara tão afastado... Inesperadamente, ela entrou na leiteria e ele a observou através da vitrine comprando um ovo. Ela o tirou da cesta com tanto cuidado... um ovo em tom acobreado, com formato perfeito, aquele que ele teria escolhido. E quando saiu da leiteria foi em sua direção. Em um instante ele estava lá fora seguindo os passos dela para além da casa dele, pelo mercado de flores, esquivando-se dos guarda-chuvas, pisando nas flores caídas e nas marcas circulares onde haviam estado os vasos... Atravessou a porta dela, e subiu as escadas, com cuidado para lhe seguir os passos sem que ela percebesse. Afinal, ela parou no patamar entre dois lances da escada e tirou a chave da bolsa. Quando a colocou na fechadura, ele correu e encarou-a.

Mais ruborizado do que nunca, mas olhando-a com firmeza, ele disse, quase zangado:
- Com licença, senhorita, deixou isso cair.
E lhe entregou um ovo.

13

A fuga

1920

A culpa por terem perdido o trem foi dele, inteira e exclusivamente dele. E se os idiotas do hotel se recusaram a apresentar conta? Não foi simplesmente porque no almoço não deixara claro ao garçom que a conta devia estar pronta às duas horas? Qualquer outro homem teria se sentado lá e se recusado a se mexer até que a entregassem. Mas não! Sua estranha crença na natureza humana permitira que ele se levantasse e aguardasse que a trouxessem ao quarto... E então, quando a *voiture* realmente chegou, enquanto eles ainda estavam (Oh, céus!) esperando o troco, por que ele não providenciou a arrumação dos baús, para que pudessem, ao menos, ter saído no momento em que o dinheiro chegasse? Então ele esperava que ela ficasse lá fora, em pé debaixo do toldo, no calor, com a sombrinha? Um retrato muito divertido da vida doméstica inglesa. Mesmo que o cocheiro tenha sido instruído sobre a rapidez necessária, ele não prestou atenção ao que quer que fosse, apenas sorriu.

– Ah! – gemeu ela.

Se ela fosse o cocheiro, não poderia deixar de rir do modo absurdo como ele lhe pediu para se apressar. Então se recostou e imitou a voz dele: "*Allez, vite, vite*",* e pediu perdão ao cocheiro por perturbá-lo...

---
*Venha, rápido, rápido. (*N. da T.*)

E então a estação, inesquecível, com a visão do trenzinho vistoso se afastando e as crianças horrendas acenando das janelas. "Ah, por que sou obrigada a suportar essas coisas? Por que me exponho a isso...?" A luz ofuscante, as moscas, enquanto ele e o chefe da estação se debruçaram sobre a tabela de horários tentando encontrar um outro trem, que, é claro, eles não pegariam. As pessoas que se juntaram ao redor, a mulher que segurava o bebê com aquela cabeça medonha, medonha... "Ah, cuidar como eu cuido... sentir o que eu sinto, e nunca ser poupada de nada... nunca saber por um instante o que era para... para..."

A voz dela tinha mudado. Agora estava trêmula – agora chorava. Ela remexeu no fundo da bolsa e tirou um lencinho perfumado. Colocou o véu e, como se estivesse fazendo isso para outra pessoa, piedosamente, como se estivesse dizendo para alguém: "Minha querida, eu sei", pressionava o lenço contra os olhos.

A bolsinha, com as mandíbulas lustrosas e prateadas abertas, repousava em seu colo. Ele podia ver a esponja de pó de arroz, o batom vermelho, um maço de cartas, um frasco de pílulas pretas como sementes, um cigarro partido, um espelho, blocos de papel marfim com listras intensamente riscadas. Ele pensou: "No Egito ela seria enterrada com tudo isso."

Eles tinham deixado para trás as últimas casas, aquelas casinhas esparsas, com pedaços de vasos quebrados entre os canteiros, e galinhas quase peladas ciscando nas soleiras. Agora subiam por um caminho íngreme em torno da colina e sobre a próxima baía. Os cavalos seguiam sem firmeza, trôpegos. A cada cinco minutos, a cada dois minutos, o cocheiro lhes passava o chicote. Suas costas robustas eram sólidas como madeira, o homem tinha verrugas no pescoço avermelhado e usava um chapéu de palha novo e reluzente...

Ventava um pouco, o suficiente para soprar as novas folhas sedosas das árvores frutíferas, afagar a grama fina, pratear as azeitonas escurecidas – vento suficiente para levantar e fazer a poeira rodopiar na frente da carruagem, a poeira que vinha pousar nas roupas deles como as cinzas mais finas. Quando ela puxou a esponja de pó, a poeira veio voando sobre ambos.

– Ah, a poeira – disse ela, ofegante. – A poeira desagradável e revoltante. – E então abaixou o véu do chapéu e recostou-se como se estivesse rendida.

– Por que não usa a sombrinha? – sugeriu ele. Estava no assento dianteiro, e ele se inclinou para lhe entregar a sombrinha. Ela se empertigou de repente e teve outro acesso de raiva.

– Largue a minha sombrinha, por favor! Não quero a minha sombrinha! E alguém que não fosse totalmente insensível saberia que eu estou muito, muito exausta para segurar uma sombrinha. E ainda mais com um vento desses, que fica puxando e atrapalhando... Largue a sombrinha – determinou, brusca, e então lhe tomou a sombrinha, atirando-a para trás na capota, e então, ofegante, tentou se acalmar.

Outra curva da estrada, e da colina veio uma tropa de criancinhas, que riam e gritavam, garotinhas com os cabelos clareados pelo sol, garotinhos com boinas de soldados desbotadas. Levavam flores nas mãos – vários tipos de flores –, que seguravam pelo talo, e ofereciam correndo atrás da carruagem. Lilases, lilases clarinhos, crisântemos esverdeados, copos-de-leite, um ramo de jacintos. Eles enfiavam as flores e os rostos travessos para dentro da carruagem; um deles até jogou em seu colo um ramalhete de cravos-de-defunto. Pobre ratinho! E ele colocou a mão no bolso da calça diante dela.

– Por favor, não dê nada a eles! Isso é tão típico de você! Macaquinhos horríveis! Agora vão nos seguir por todo o caminho. Não os ajude; você *ajudaria* mendigos. – E ela atirou o ramalhete para fora da carruagem dizendo: – Bem, por favor, faça isso quando eu não estiver.

Ele viu o choque desconcertante no rosto das crianças. Elas pararam de correr. Ficaram para trás, e em seguida começaram a gritar algo, e foram gritando até que a carruagem fizesse outra curva.

– Ah, quantas curvas mais antes de chegarmos ao alto da colina? Os cavalos ainda nem trotaram. Certamente, não é necessário seguirem devagar por todo o caminho.

– Devemos chegar lá em um minuto – disse ele, e pegou a cigarreira. E então ela se virou na direção dele. Uniu as mãos e as segurou diante do peito; os olhos escuros pareciam imensos, imploravam por trás do véu; as narinas tremiam, ela mordeu o lábio, e a cabeça balançou com um breve espasmo nervoso. Quando começou a falar, a voz era fraca e muito, muito calma.

– Quero pedir uma coisa. Quero lhe implorar algo – disse ela. – Já pedi centenas e centenas de vezes antes, mas você tem esquecido. É algo tão insignificante, mas se soubesse como é importante para mim... – Ela pressionou as mãos unidas. – Mas não é possível que você saiba. Não poderia saber e ser tão cruel.

E então, devagar e olhando deliberadamente para ele com os enormes olhos sombrios:

– Peço e lhe imploro, pela última vez, que, quando estivermos viajando juntos, não fume. Se pudesse imaginar – disse ela – a angústia que sinto quando a fumaça vem flutuando no meu rosto...

– Muito bem – falou ele. – Não vou fumar. Eu esqueci. – E guardou a cigarreira.

– Ah, não – retrucou ela, e quase começou a rir, e colocou o dorso de uma das mãos sobre os olhos. – Você não pode ter esquecido. Não isso.

O vento voltou, soprando mais forte. Estavam no alto da colina.

– Eia, upa, upa, upa – gritou o cocheiro.

Eles seguiam balançando pela estrada que chegava a um pequeno vale, margearam a beira da costa, e em seguida serpentearam por uma cadeia de montanhas do outro lado. Agora havia casas novamente, janelas fechadas devido ao calor, com jardins ardentes e claros e tapetes de gerânios lançados sob as paredes rosadas. A beira do mar estava escura; no horizonte uma franja branca sedosa acabara de se agitar. A carruagem seguia balançando pela colina abaixo, batia e chacoalhava.

– Upa-upa – gritava o cocheiro.

Ela agarrou a beirada do assento, fechou os olhos, e ele entendeu que ela sentia que aquilo era proposital; o balançar e chacoalhar – tudo isso era produzido, e ele de algum modo era responsável por aquilo, para irritá-la porque ela perguntara se não podiam ir mais rápido. Mas logo que chegaram ao fundo do vale houve uma espantosa guinada. A carruagem quase virou, e ele viu os olhos dela o fuzilarem, e ela de fato sibilou:

– Suponho que você esteja gostando disso.

Eles continuaram. Chegaram ao fundo do vale.

– *Cocher! Cocher! Arrêtez-vous!** – Ela se virou e olhou a capota dobrada atrás. – Eu sabia. Eu sabia disso. Eu ouvi cair, e você também, no último solavanco.

– O quê? Onde?

– Minha sombrinha. Foi-se. A sombrinha que pertenceu a minha mãe. A sombrinha de que eu mais gostava... mais do que... – Ela estava simplesmente fora de si. O cocheiro se virou, seu rosto largo e alegre sorrindo.

– Também ouvi um barulho – disse o cocheiro num tom jovial. – Mas como *monsieur* e *madame* não disseram nada, pensei que...

------
*Cocheiro! Cocheiro! Pare! (*N. da T.*)

– Então você ouviu. Deve ter ouvido aquilo também. Então *aquilo* deve ser o motivo desse notável sorriso em seu rosto...

– Veja bem – disse o acompanhante –, não pode ter desaparecido. Se caiu, ainda estará lá. Fique onde está. Eu vou buscar.

Mas ela percebeu o que estava por trás disso. Ah, como ela percebeu o que estava por trás!

– Não, muito obrigada. – E lhe direcionou os olhos esperançosos e sorridentes, apesar da presença do cocheiro. – Eu mesma vou. Vou voltar lá e encontrá-la, e espero que você não me siga. Porque – sabendo que o cocheiro não entenderia, ela falou devagar e calma –, se eu não me afastar de você por um minuto, vou enlouquecer.

Desceu da carruagem.

– Minha bolsa.

Ele lhe entregou a bolsa.

– *Madame* prefere...

Mas o cocheiro já havia descido do assento e estava sentado no parapeito lendo um jornalzinho. Os cavalos balançavam as cabeças. Fazia silêncio. O homem na carruagem se esticou, dobrou os braços, sentia o sol bater nos joelhos, com a cabeça pendida sobre o peito. "Chuá, chuá", soava o mar. O vento suspirou no vale e se aquietou. Parado ali, ele se sentiu um homem vazio, sedento, murcho, como se fosse feito de cinzas. E o mar soava "Chuá, chuá".

Foi então que ele viu a árvore, se conscientizou daquela presença após o portão, dentro de um jardim. Era uma árvore imensa com um tronco grosso e prateado e um grande arco de folhas acobreadas que refletiam a luz e, mesmo assim, eram sombrias. Havia algo além na árvore: uma brancura, uma maciez, uma massa opaca, meio escondida – com suportes delicados. Quando olhava a árvore, ele sentia sua respiração definhar e se tornar parte do silêncio. A árvore parecia crescer, parecia se expandir no calor trêmulo até que grandes folhas buriladas esconderam o céu, e no entanto ela estava imóvel. Então de suas profundezas ou de mais além veio o som de uma voz feminina. Uma mulher estava cantando. A voz cálida e imperturbável flutuava no ar, e era parte do silêncio, como ele também. Subitamente, a voz se elevou, macia, sonhadora, suave, ele sabia que viria flutuando, oriunda das folhas escondidas, e então sua paz foi abalada. O que estava acontecendo com ele? Algo se agitou em seu peito. Algo escuro, algo insuportável e terrível avançava em seu peito, e como uma grande semente flutuava, balançava... era quente, sufocante. Ele tentou lutar para rompê-la, e no mesmo instante tudo acabou. Fundo, cada vez mais fundo ele mergulhou no silêncio, fitando a árvore e esperando pela voz que veio flutuando, caindo, até que ele se sentisse envolvido.

No corredor sacolejante do trem. Era noite. O trem corria e rugia através da escuridão. Ele segurou com as duas mãos no corrimão de metal. A porta do vagão deles estava aberta.

– Não se incomode, *monsieur*. Quando ele quiser vai entrar e se sentar. Ele gosta, de fato ele gosta, é o costume dele... *Oui, madame, je suis um peu souffrante... Mes nerfs...** Ah, mas meu marido nunca se sente tão feliz como quando está viajando. Ele gosta de lidar com isso... Meu marido... Meu marido...

As vozes murmuravam, murmuravam. Nunca ficavam em silêncio. Mas enquanto ele estava ali sua felicidade celestial era tamanha que ele desejava viver para sempre.

---

*Sim, madame, eu não estou muito bem... Meus nervos... (*N. da T.*)

14

Vestir o hábito

1922

Parecia impossível que alguém ficasse infeliz em uma manhã tão bonita. Ninguém estava, concluiu Edna, exceto ela mesma. As janelas estavam escancaradas nas casas. Lá de dentro vinha o som dos pianos, mãozinhas perseguiam uma a outra e fugiam uma da outra, treinando as escalas. As árvores se agitavam nos jardins ensolarados, radiantes com as flores da primavera. Os meninos da rua assoviavam, um cachorrinho latia; as pessoas passavam andando de um modo tão leve, tão rápido, pareciam que iam começar a correr. Agora ela realmente viu um guarda-sol, de um tom pêssego, o primeiro guarda-sol do ano.

Talvez Edna nem estivesse tão infeliz quanto se sentia. Não é fácil que uma pessoa de dezoito anos, extremamente bonita, com rosto, lábios e olhos brilhantes perfeitamente saudáveis, seja trágica, sobretudo usando um vestido azul-celeste e um novo chapéu de primavera enfeitado com centáureas. Verdade que ela levava debaixo do braço um livro encadernado com um couro preto horroroso. Talvez o livro desse o toque melancólico, mas apenas acidentalmente: era a encadernação habitual da biblioteca. Edna havia se obrigado a ir à biblioteca como uma desculpa para sair de casa e pensar, entender o que tinha se passado, decidir de algum modo o que deveria ser feito.

Algo muito ruim tinha acontecido. Foi inesperado, na noite passada, no teatro, quando ela e Jimmy estavam sentados nas poltronas do balcão nobre, sem nenhum aviso – de fato, ela havia terminado de comer uma amêndoa coberta com chocolate e lhe devolveu a caixa –, que ela havia se apaixonado por um ator. Mas se a-pai-xo-na-do...

O sentimento era diferente de tudo o que já imaginara. Não era nada agradável. Nem mesmo vibrante. A menos que se chame de vibrante a mais extrema sensação de abandono, desespero, agonia e infelicidade. Associada à certeza de que, se aquele ator a encontrasse na calçada, enquanto Jimmy estivesse procurando o cabriolé, ela o seguiria até o fim do mundo, com um aceno, um sinal, sem pensar duas vezes em Jimmy ou em seu pai e sua mãe ou em seu lar feliz ou nos vários amigos...

A peça começara razoavelmente alegre. Isso até o momento de comer a amêndoa com chocolate. Então o herói fica cego. Que cena terrível! Edna chorou tanto que precisou pedir emprestado o lenço macio e dobrado de Jimmy.

Não que o fato de chorar importasse. Fileiras inteiras de poltronas estavam em lágrimas. Até mesmo os homens assoavam o nariz com ruídos altos e tentavam examinar os programas em vez de olhar para o palco. Jimmy, por sorte, não estava com lágrimas nos olhos – como ela iria fazer sem o lenço dele? Ele apertou a mão de Edna e sussurrou:

– Vamos, se anime, querida!

E em seguida ela pegara o último chocolate e lhe devolvera a caixa de novo. Depois houve aquela assustadora cena com o herói sozinho em uma sala deserta, na penumbra, com uma banda tocando do lado de fora e o som de aplausos vindos da rua. Ele pretendia – ah! de um modo tão doloroso e tão penoso! – encontrar o caminho tateando até a janela. Afinal, conseguiu. Ali ficou, segurando a cortina enquanto um feixe de luz, apenas um feixe, brilhava completamente em seu rosto erguido sem expressão, e a música da banda desaparecia a distância...

Era muito... de fato, era totalmente... ah, mais... era simplesmente... na verdade, daquele momento em diante Edna percebeu que a vida jamais seria a mesma. Ela largou a mão de Jimmy, se recostou e fechou a caixa de chocolates para sempre. Finalmente isso era o amor!

Edna e Jimmy estavam noivos. Ela havia começado a usar o cabelo preso fazia um ano e meio; havia um ano que estavam oficialmente comprometidos. Mas eles já sabiam que iriam se casar desde o passeio no Jardim Botânico com suas babás, quando se sentaram na grama, cada um com seu biscoito e um cubo de açúcar de cevada para o chá. Era algo tão previsível que Edna usara uma imitação perfeita de um anel de noivado durante todo o tempo que esteve na escola. E até então eles não deixaram de ser devotados um ao outro.

Mas agora chegara o fim. Havia terminado de um modo tão definitivo que Edna achou difícil acreditar que Jimmy não percebia. Ela sorriu, sábia e triste, quando chegou aos jardins do Convento do Sagrado Coração e subiu a trilha que levava à Hill Street. Foi muito melhor saber disso agora do que esperar até que estivessem casados! Agora seria possível que Jimmy superasse isso. Não, não adiantava se iludir; ele nunca se recuperaria! Sua vida estava destruída, arruinada; isso era inevitável. Mas ele era jovem... As pessoas sempre diziam que o tempo, o tempo pode fazer alguma, só alguma diferença. Em quarenta anos, quando fosse velho, ele poderia pensar nela calmamente – talvez. Mas ela – o que o futuro reservava para ela?

Edna chegara ao alto da trilha. Lá, diante de uma árvore com folhas novas e cachinhos de flores brancas pendurados, ela se sentou em um banco verde e fitou os canteiros de flores do convento. No mais próximo dela cresciam caules novos com a borda azul, botões de amores-perfeitos, em outro canto uma moita de frésias claras, seus frágeis caules verdes misturados com as flores. Os pombos do convento faziam acrobacias no ar, e ela podia ouvir a voz da irmã Agnes, que dava uma aula de canto. *Ah-me*, soavam os tons profundos da voz da freira, e *Ah-me*, ecoavam...

Se ela não se casasse com Jimmy, é claro que não se casaria com ninguém. O homem por quem se apaixonara, o ator famoso – Edna tinha bom senso suficiente para perceber que jamais seria possível. Era muito estranho. Ela nem queria que aquilo se concretizasse. Aquela paixão era excessivamente intensa para isso. Deveria ser suportada, silenciosamente; devia torturá-la. Ela supunha que era simplesmente esse tipo de amor.

– Mas Edna! – gritou Jimmy. – Você nunca vai mudar de ideia? Não posso ter esperanças de novo?

Ah, é uma tristeza dizer isso, mas precisa ser dito:

– Não, Jimmy, eu nunca vou mudar.

Edna inclinou a cabeça; e uma florzinha caiu em seu colo, e a voz da irmã Agnes de repente gritou *Ah-no,* e veio o eco, *Ah-no...*

Naquele momento o futuro foi revelado, Edna viu tudo. Ela ficou espantada; primeiro retomou a respiração. Mas, afinal, o que poderia ser mais natural? Ela iria para um convento... O pai e a mãe dela fazem de tudo para dissuadi-la, em vão. E sobre Jimmy, não suportava pensar nele naquele estado mental em que estava. Por que não podiam entender? Como podem aumentar o sofrimento dela assim? O mundo é cruel, terrivelmente cruel! Depois da última cena na qual ela dá as próprias joias e os pertences para as melhores amigas – ela tão calma, elas tão condoídas – e vai para um convento. Não, um momento. A noite da ida é também a última noite do ator em Port Willin. Ele recebe uma caixa de um mensageiro desconhecido.

Está cheia de flores brancas. Mas não há nome, nem cartão. Nada? Sim, debaixo das rosas, em um lenço branco, a última fotografia de Edna, com a inscrição:

Do mundo se esquecendo, do mundo esquecida.

EDNA SE SENTOU imóvel debaixo das árvores; agarrou o livro preto com os dedos como se fosse o seu missal. Passou a se chamar irmã Ângela. *Tique! Tique!* Todo o seu lindo cabelo foi cortado. Terá permissão de mandar um cacho para Jimmy? Isso, de alguma forma, foi cogitado. E com um hábito azul com um véu branco na cabeça, irmã Ângela vai do convento para a capela, da capela para o convento, com algo estranho em sua expressão, em seus olhos tristes e no sorriso gentil com o qual cumprimenta as criancinhas que correm em sua direção. Uma santa! Ela ouve isso enquanto passa pelos corredores gelados, cheirando a cera. Uma santa! E os visitantes na capela ouvem falar da freira cuja voz se sobrepõe às outras vozes, de sua juventude, de sua beleza, de sua trágica, trágica paixão. "Houve um homem desta cidade cuja vida foi arruinada..."

Uma abelha grande, uma criatura peluda e dourada, pousou em uma frésia, e a delicada flor se inclinou, se dobrou, balançou e se sacudiu; e quando a abelha escapou, flutuava no ar como se estivesse rindo. Uma flor descuidada, feliz!

Irmã Ângela olhou para ela e disse:

– Agora é inverno.

Certa noite, deitada em sua cela gelada, ela ouve um grito. Algum animal está no jardim, um gatinho ou um cordeiro, ou... bem, qualquer animalzinho deve estar lá. A freira sonolenta se levanta. Toda vestida de branco, tremendo, mas sem medo, ela vai até lá e o traz para dentro. Mas, na manhã seguinte, quando os sinos tocam para as matinas, ela é encontrada se agitando com uma febre alta... em delírio... e nunca mais se recupera. Em três dias tudo está terminado. O funeral é realizado na capela, e ela é enterrada no canto do cemitério reservado às freiras, onde há muitas cruzes de madeira. Descanse em paz, irmã Ângela...

Agora é o entardecer. Um casal de velhos apoiados um no outro chega devagar à sepultura e os dois se ajoelham, soluçando.

– Nossa filha! Nossa filha única!

Agora vem outra pessoa. Ele está todo vestido de preto; vem devagar. Mas quando chega e levanta o chapéu preto, Edna percebe horrorizada que seu cabelo é branco como a neve. Jimmy! Tarde, muito tarde! As lágrimas descem pelo seu rosto; está chorando *agora*. Tarde, muito tarde! O vento sacode as árvores peladas no cemitério. Ele emite um terrível grito amargo. O livro preto de Edna cai com um estrondo na trilha do jardim. Ela se levanta com um salto e o coração aos pulos. Minha querida! Não, não é muito tarde. Tudo foi um engano, um sonho terrível. Ah, aquele cabelo branco! Como ela podia ter feito aquilo? Ela não fez aquilo. Ah, céus! Ah, que felicidade! Ela é livre, jovem, e ninguém sabe de seu segredo. Tudo ainda é possível para ela e Jimmy. A casa que planejaram ainda pode ser construída, o garotinho sério com as mãos cruzadas para trás os observando plantar rosas ainda pode nascer. Sua irmãzinha... Mas quando chega a esse ponto da irmãzinha Edna estica os braços como se um amorzinho viesse flutuando em sua direção, e olhando o jardim, os ramos brancos das árvores, os pombos adoráveis contra o céu azul, e o convento com suas janelas estreitas, percebe que finalmente agora, pela primeira vez na vida – nunca imaginara nenhum sentimento como este antes –, ela entendeu o que é estar apaixonada, mas a-pai-xo-na-da!

15

Srta. Brill

1920

Embora o clima estivesse ameno e radiante – o céu azul polvilhado de grandes fachos de luz como vinho branco derramado sobre os *Jardins Publiques* –, a Srta. Brill estava contente por ter decidido usar sua estola de pele. O ar estava parado, mas quando se abria a boca havia uma ligeira friagem, como a de um copo de água gelada antes de beber, e vez por outra uma folha vinha flutuando – de lugar nenhum, do céu. A Srta. Brill levantou a mão e tocou a estola de pele. Coisinha querida! Era bom senti-la outra vez. Ela a retirara da caixa naquela tarde, sacudira o pó antitraça, lhe dera uma boa escovada e devolvera vida aos olhinhos opacos com uma fricção. "O que aconteceu comigo?", disseram os olhinhos tristes. Ah, como era encantador vê-los piscar de novo no edredom vermelho...! Mas o nariz, de algum material preto, não estava nada firme. Deve ter levado uma pancada, de algum modo. Não importava; um pouquinho de cera de lacre preta no momento certo – quando fosse realmente necessário... Malandrinha! Sim, ela realmente se sentia assim a respeito daquilo. A Malandrinha mordendo a própria cauda bem na altura da orelha esquerda. Ela poderia tê-la tirado dali e a colocado no colo e a acariciado. Sentiu um formigamento nos braços e nas mãos, mas isso vinha da caminhada, supôs. E, quando ela respirava, algo leve e triste – não, não exatamente triste –, algo brando parecia passar em seu coração.

Muita gente havia saído nessa tarde, muito mais do que no domingo anterior. E a banda tocava mais alto e com mais alegria. Aquilo era porque a temporada começara. Embora a banda tocasse o ano inteiro aos domingos, fora da temporada nunca era a mesma coisa. Era como se alguém tocasse apenas para a família; não importava como tocava se não havia estranhos ouvindo. O maestro também não estava usando uma casaca nova? Ela tinha certeza de que era nova. Ele arrastava os pés e agitava os braços como um galo que vai começar a cantar, e os músicos da banda sentados no coreto verde inchavam as bochechas e fixavam o olhar na partitura. Agora vinha um pedacinho "flauteado": muito bonito! – uma pequena cadeia de notas brilhantes. Tinha certeza de que se repetiria. E foi; ela ergueu a cabeça e sorriu.

Somente duas pessoas dividiram o assento "especial": um velho refinado com um casaco de veludo, as mãos agarradas a uma enorme bengala entalhada, e uma mulher enorme, sentada ereta, com um rolo de tricô em seu avental bordado. Eles não conversavam. Isso foi uma decepção. Ela se tornou perita, acreditava, em ouvir, embora não escutasse, em observar apenas por um minuto a vida de quem falava ao seu redor.

Ela observava o casal idoso de enviesado. Talvez fossem embora logo. No último domingo, também, não havia sido tão interessante como de costume. Um inglês e sua esposa, ele usava um horrível chapéu panamá e ela, botas abotoadas. A mulher passou o tempo todo falando sobre a necessidade de usar óculos; sabia que precisava, mas não valia a pena comprar, com certeza quebrariam e nunca duravam. E ele fora tão paciente. Sugerira de tudo: aros de ouro, o tipo curvado preso atrás das orelhas, pequenos apoios na ponte entre as lentes. Não, nada agradaria a mulher. "Estão sempre escorregando pelo meu nariz!" A Srta. Brill teve vontade de sacudi-la.

Os velhos se sentavam nos bancos, parados como estátuas. Não importava, sempre havia uma multidão para observar. De um lado para o outro, diante dos canteiros de flores e do coreto da banda, os casais e grupos passeavam, paravam para conversar, se cumprimentar, comprar um ramo de flores do velho mendigo que tinha o tabuleiro preso aos gradis. As criancinhas corriam entre eles, se esbarrando e rindo; garotinhos com grandes laços de seda branca debaixo dos queixos. As garotinhas, umas bonequinhas francesas, vestidas de veludo e renda. E às vezes um menininho cambaleando chegava de repente, parava, olhava e caía sentado, "flop", até que a mãe corria para socorrê-lo como uma franguinha ralhando. Outras pessoas, quase sempre as mesmas, sentavam-se nos bancos e nas cadeiras verdes, domingo após domingo, e – a Srta. Brill sempre reparava – havia algo engraçado a respeito de quase todas elas. Eram esquisitas, silenciosas e quase todas velhas, e pelo jeito de olhar pareciam ter vindo dos mesmos quartinhos escuros ou mesmo – até mesmo de armários!

Atrás do coreto, as árvores delgadas com folhas amarelas caindo, e entre elas apenas uma linha do mar, e atrás o céu azul com nuvens estriadas de dourado.

Tum-tum-tum tidum-dum! Tidum-dum! Tum tidum-dum ta! – soava a banda.

Duas jovens de vermelho chegaram e dois jovens soldados de azul as cumprimentaram, e eles sorriram, formaram pares e seguiram de braços dados. Duas camponesas com chapéus de palha engraçados passaram, sérias, puxando belos jumentos cor de fumaça. Uma freira pálida e indiferente passou, apressada. Uma mulher bonita apareceu e deixou cair um ramalhete de violetas, e um garotinho correu para entregá-las a ela, que as pegou e as jogou fora como se estivessem envenenadas. Meu Deus! A Srta. Brill não sabia se devia se admirar ou não com aquilo! E agora uma mulher com um barrete de arminho e um cavalheiro de cinza se encontravam bem à sua frente. Ele era alto, rígido, digno, e ela usava o barrete de arminho que comprara quando seu cabelo ainda era louro. Agora tudo, cabelo, rosto, e até mesmo os olhos tinham a mesma cor da pele de arminho surrada, e a mão, que levou aos lábios, retirada da luva limpa, era uma patinha amarelada. Ah, ela estava satisfeita em vê-lo: encantada! Imaginara que iriam se encontrar naquela tarde. Ela descreveu os lugares por onde passara – em todos os lugares, aqui, ali, e à beiramar. O dia estava tão agradável – não achava? E ele talvez não queria...? Mas ele balançou a cabeça, acendeu um cigarro, soprou uma longa baforada no rosto dela, e mesmo quando ela ainda estava falando e rindo, jogou fora o palito de fósforo e se afastou. O barrete de arminho ficou sozinho; ela sorriu mais alegremente do que nunca. Mas até mesmo a banda parecia saber o que ela sentia e tocou com mais suavidade, tocou com ternura, e a batida do tambor: "Bruto! Bruto!" – sem cessar. O que ela faria? O que aconteceria agora? Mas, como a Srta. Brill imaginou, o barrete de arminho virou-se, levantou a mão como se tivesse visto outra pessoa, bem mais agradável, bem adiante, e foi rápido naquela direção. E a banda voltou a tocar mais rápido e mais alegremente do que nunca, e o casal idoso no banco da Srta. Brill levantou-se e foi embora, e um velhinho engraçado com longos bigodes manquejava no compasso da música e quase foi derrubado por quatro moças que caminhavam lado a lado.

Ah, como isso era fascinante! Como ela se divertia! Como gostava de sentar aqui, assistindo a tudo isso! Era como uma peça de teatro. Era exatamente como uma peça. Quem poderia imaginar que o céu ao fundo não era pintado? Mas até que um cachorrinho marrom passou trotando solenemente e depois saiu trotando, como cãozinho de "teatro", um cãozinho que parecia narcotizado, a Srta. Brill não percebera o que fazia tudo isso parecer tão excitante. Estavam todos em um palco. Eles não eram apenas a plateia, não somente assistiam, também atuavam. Até mesmo ela tinha um papel, e comparecia todos os domingos. Sem dúvida, alguém teria percebido caso não estivesse ali; afinal ela participava da encenação. Como era estranho não ter pensado nisso antes! E no entanto isso explicava por que ela fazia questão de começar de casa exatamente na mesma hora toda semana – assim não se atrasaria para o espetáculo –, e isso também explicava por que sentia certa timidez em contar aos alunos de inglês o que fazia nas tardes de domingo. Não é de se admirar?! A Srta. Brill quase riu alto. Ela estava no palco. Pensou naquele velho senhor inválido para quem lia o jornal quatro tardes por semana enquanto ele dormia no jardim. Havia se habituado com a cabeça frágil no travesseiro de algodão, os olhos fundos, a boca aberta e o nariz bem comprimido. Se ele tivesse morrido, ela não teria percebido por semanas; não teria se importado. Mas, de repente, ele descobria que o jornal era lido por uma atriz! "Uma atriz!" A velha cabeça se erguia; dois pontos de luz rebrilhavam nos velhos olhos. "Uma atriz – a senhora?" E a Srta. Brill alisava o jornal como se fosse o roteiro de seu papel e dizia amavelmente: "Sim, eu fui atriz por muito tempo."

A banda fizera um intervalo. Agora eles começaram de novo. E o que tocavam era cálido, ensolarado, embora tivesse um leve desânimo – algo, o que era aquilo? –, não a tristeza; não, não a tristeza – era algo que lhe fazia ter vontade de cantar. A melodia se elevava, se elevava, a luz brilhava; e a Srta. Brill teve a impressão de que todos eles, toda a companhia começaria a cantar. Os jovens, os que riam ao passar juntos, eles começariam, e as vozes masculinas, muito firmes e corajosas, se juntariam às deles. E então ela também, ela também, e os outros nos bancos – eles chegariam com uma espécie de acompanhamento –, algo baixo, que mal aumentava ou diminuía, algo tão bonito – emocionante... E os olhos da Srta. Brill se encheram de lágrimas e ela parecia sorrir a todos os outros integrantes da companhia. "Sim, nós entendemos, entendemos", pensou ela – embora não soubesse o que tinham entendido.

Exatamente naquele momento um rapaz e uma moça chegaram e se sentaram onde estava o casal de idosos. Estavam muito bem-vestidos; estavam apaixonados. O herói e a heroína, é claro, tinham acabado de chegar do iate dos pais dele. E ainda com aquela melodia ecoando, ainda com aquele sorriso hesitante, a Srta. Brill se preparou para ouvir.

– Não, não agora – disse a moça. – Não aqui, eu não posso.

– Mas por quê? Por causa daquela velha idiota na ponta do banco? – perguntou o rapaz. – Por que ela vem aqui? Quem se importa com ela? Por que não deixa em casa essa cara de velha tola?

– É a estola dela que é muito engraçada. – A moça dava risadinhas. – Parece direitinho com uma pescadinha frita.

– Ah, pare com isso! – disse o rapaz com um sussurro irritado. E depois: – Diga, *ma petite chérie*...

– Não, não aqui – disse a moça. – Não *ainda*.

No caminho de volta para casa, ela costumava comprar uma fatia de bolo de mel na padaria. Era o seu presente de domingo. Às vezes havia uma amêndoa em sua fatia, às vezes não. Isso fazia muita diferença. Se houvesse uma amêndoa seria como levar um presentinho para casa – uma surpresa –, algo que poderia muito bem não estar ali. Nos domingos em que havia uma amêndoa, ela se apressava e riscava o fósforo para acender a chaleira com elegância.

Mas hoje ela passou direto pela padaria, subiu as escadas, foi para o quartinho escuro – seu quarto parecia um armário – e se sentou no edredom vermelho. Ficou sentada ali por muito tempo. A caixa da estola de pele estava na cama. Ela abriu o fecho depressa e depressa colocou-a na caixa, sem olhar. Mas quando pôs a tampa ouviu algo chorar.

fim

Este livro foi composto na tipologia Minion Pro Regular,
em corpo 10,5/13, e impresso em papel off-set 56g/m² no Sistema
Cameron da Divisão Gráfica da Distribuidora Record.

TAMBÉM DISPONÍVEL EM EDIÇÃO DIGITAL. ISBN DO EBOOK: 978-85-01-10820-3